HEYNE BÜCHER

Von Marvin H. Albert sind
als Heyne-Taschenbücher erschienen:

Bettgeflüster · Band 01/44
Eine zuviel im Bett · Band 01/268
Vendetta · Band 01/6302
Der Don ist tot · Band 01/6336
Der Schnüffler · Band 01/6396
Driscoll's Diamanten · Band 01/6472
Der Korse · Band 01/6541
Ypsilon · Band 01/6668
Das Tal der Mörder · Band 01/6733
Der Dschungel · Band 01/6802
Der Boss · Band 01/6911

MARVIN H. ALBERT

THE UNTOUCHABLES
Die Unbestechlichen

Roman
nach einem Drehbuch von David Mamet

Deutsche Erstausgabe

WILHELM HEYNE VERLAG
MÜNCHEN

HEYNE ALLGEMEINE REIHE
Nr. 01/7641

Titel der amerikanischen Originalausgabe
THE UNTOUCHABLES
Deutsche Übersetzung von Andreas Brandhorst

Printed in Germany 1987
Umschlagfoto: Paramount Pictures Corporation
Innenfotos: Paramount Pictures Corporation
Umschlaggestaltung: Atelier Ingrid Schütz, München
Gesamtherstellung: Ebner Ulm

ISBN 3-453-02466-4

1

Am 1. September 1930 stieg Alphonse* Capone in Florida in einen Zug der ersten Klasse und fuhr nach Chicago zurück.

Er hatte einen Reporter zu sich gebeten, und während der Reise erläuterte er ihm seine Absicht zu verschiedenen Problemen der Welt und dem Leben im allgemeinen. Eine solche gute Gelegenheit ließ sich der Journalist natürlich nicht entgehen. Ein Exklusiv-Interview mit Al Capone – das war bestes Lesefutter für ein sensationslüsternes Publikum.

Andererseits achtete der Reporter sehr auf die Formulierung gewisser Fragen. Außerdem war er vorsichtig genug, nicht *alle* Anekdoten in seinen Bericht aufzunehmen, die ihm Capone im Verlaufe vieler Stunden schilderte.

Er wußte, als wie gefährlich es sich erweisen konnte, Capone zu verärgern, der sich durch ein recht komplexes Wesen auszeichnete. Man konnte ihn als einen Rohling bezeichnen – aber gewiß war er nicht schlicht. Zum Beispiel legte er großen Wert darauf, respektiert zu werden. Er haßte Leute, die nichts von ihm hielten. Und der Reporter vergaß nicht, daß sich der Sargdeckel bereits über vielen Männern geschlossen hatte, die Big Al durch ihre offensichtliche Antipathie aufgefallen waren.

In jenem Jahr war Al Capone einunddreißig geworden, und inzwischen hatte er ziemlich zugenommen: ein

* eigentlich: Alfonso; Capone war italienischer Herkunft und wurde am 17. 1. 1899 in Neapel geboren – Anm. des Übersetzers.

großer und rundlicher Körper mit einem dicken Hals und einem massigen Kopf. Sein Gesicht war ebenfalls rund. Er wußte um seine wulstigen und dunklen Lippen, die eher verträumt blickenden Augen mit den langen Wimpern, auch um die häßlichen Messernarben auf den Wangen, und aus diesem Grund ließ er sich niemals fotografieren.

Einige Leute meinten, er sähe aus wie ein grotesker Clown. Schmeichler hingegen behaupteten, er habe Ähnlichkeit mit dem berühmten Opernsänger Enrico Caruso. In jenem Jahr, 1930, wimmelte es überall von solchen Speichelleckern, denn Capone war als ›The Big Guy‹ bekannt. Es gab niemanden, der über ihm stand – jedenfalls nicht in einer von Gangstern beherrschten Stadt im Amerika der Prohibition.

Er hatte sich in seinem Anwesen von Palm Island aufgehalten und dort seine Frau und seinen Sohn besucht, aber nur kurz. Er konnte es sich nicht leisten, längere Zeit von Chicago fortzubleiben. Nur mit Hilfe seiner unmittelbaren Präsenz und der Angst, die sie anderen Leuten einjagte, war er dazu imstande, das riesige kriminell-politische Reich zusammenzuhalten, dessen Grundlagen nicht mehr nur aus Verbrechen bestanden, sondern auch aus scheinbar legalen Geschäften. Als einfacher Bootlegger – Alkoholschmuggler – hatte er angefangen, und mit eisernem Willen, hervorragender Cleverneß und einer ganzen Armee aus bewaffneten Gorillas war er zum Boß der Unterwelt Chicagos geworden.

Und natürlich mit Hilfe des nationalen Prohibitionsgesetzes.

Im Alter von einunddreißig Jahren befand sich Al Capone auf dem Höhepunkt seiner Macht, und das Ausmaß der Berühmtheit, die er genoß, ließ sich nur mit dem seines Vermögens vergleichen: In jedem Jahr flossen Hunderte von Millionen Dollar in seine Taschen, und jene Einnahmen stammten nicht nur aus den Kassen der Kaufleute, die Schutzgebühren an seine Organisation zahlen mußten, sondern auch aus den Bereichen Prostitution und Glücksspiel – und seine zunehmende Kontrolle über legale Geschäfte erbrachte ebenfalls immer höher werdende Erträge.

Wie er mit einem gewissen Bedauern immer dann feststellte, wenn er in den Spiegel blickte, war er auch noch nie so schwer gewesen, und dafür gab es eine ganz einfache Erklärung: seine besondere Vorliebe für gutes Essen und Trinken. Capone wog jetzt zweihundertfünfzig Pfund. Sechzig mehr als bei seiner ersten Zugreise nach Chicago. Damals, vor zehn Jahren, war er von New York aus aufgebrochen, um für Johnny Torrio zu arbeiten, als Rausschmeißer und Eintreiber.

Seinen kurz darauf begonnenen kometenhaften Aufstieg schrieb Capone zumindest zum Teil seiner Fähigkeit zu, von anderen Leuten zu lernen.

Von Big Jim Colosimo zum Beispiel – er war damals, als Capone in Chicago eintraf, der mächtigste Bandenchef gewesen – brachte er in Erfahrung, wie sehr es sich lohnte, einflußreiche Politiker zu schmieren, und außerdem begriff er den Nutzen einer sorgfältigen Buchführung. Leider hatte Big Jim längst den Löffel abgegeben. Er war nicht imstande gewesen, sich den geänderten Zeiten anzupassen, sich vorzustellen, daß mit dem Alkoholschmuggel angesichts der Prohibition weitaus mehr Geld zu verdienen war als mit Bordellen.

John Torrio hatte kummervoll seine Vermutung zum Ausdruck gebracht, daß Big Jim dem Fortschritt im Wege stand – eine Meinung, die er nur dem jungen Al Capone anvertraute. Und nicht viel später war Colosimo durch drei Kugeln getötet worden, in der prächtigen Lobby des besten Restaurants in der Stadt.

Von Torrio, den es später unglücklicherweise ebenfalls erwischte, lernte Capone den Vorteil umfassender Organisation kennen – wie man zu gegenseitigem Nutzen Gruppen vereinte, die sich bis dahin bekämpften. Darüber hinaus lehrte ihn Torrio auch, wie man Charme und Diplomatie zu Werkzeugen machte. Als Capone zum erstenmal nach Chicago gekommen war, hatte er nicht einmal gewußt, was jene Worte bedeuteten. Nach und nach aber gelang es ihm, in die neue Rolle zu schlüpfen, und inzwischen war er der Charme selbst. Er hatte diese neue Eigenschaft erlernen müssen, doch mittlerweile wirkte sie echt und natürlich und gehörte ebenso zu ihm wie die zusätzlichen Pfunde.

Allerdings ließen sich die meisten Leute davon nicht täuschen und hüteten sich davor, Capone mit weniger Furcht und Respekt zu begegnen.

Er hatte mit den Fäusten getötet, auch mit Knüppeln und Revolvern. Und dazu war er noch immer imstande, wenn er es für erforderlich hielt – oder wenn das jähzornige Temperament außer Kontrolle geriet, das sich unter der Tarnmaske aus Sanftmut und Freundlichkeit verbarg. Wenn das geschah, konnte der dicke Mann von einem Augenblick zum anderen erstaunlich flink werden und ein Inferno entfesseln.

Allerdings kam es nicht mehr sehr häufig dazu. Capone hatte ein ganzes Heer von Leuten, die ihm die schmutzige Arbeit abnahmen. Doch jenes Potential schlief nach wie vor in ihm, lauerte hinter dem Lächeln im runden und fleischigen Gesicht. Und der Reporter, der während der Fahrt von Florida nach Chicago mit ihm sprach, vergaß das keine Sekunde lang.

Der Journalist hieß Larry Earl, und er formulierte jede

einzelne Frage mit großer Sorgfalt, darauf bedacht, Capone nicht zu verärgern.

»Al«, sagte er vorsichtig, »Sie scheinen in dem Anwesen, das Sie in Florida gekauft haben, nicht allzuviel Zeit bei Ihrer Frau und Ihrem Sohn zu verbringen.«

Capone seufzte bekümmert. »Das stimmt. Ich wünschte wirklich, ich könnte länger bei ihnen bleiben. Wissen Sie, ich bin ganz in meinen Jungen vernarrt. Aber es gibt viel für mich zu tun, und es fällt mir schwer, mich auf die Arbeit zu konzentrieren, wenn ich bei der Familie bin. Sie verstehen sicher, was ich meine.«

»Ja, ich weiß. Bin selbst verheiratet und habe Kinder.«

Capone lächelte. »Na, sehen Sie! Dann dürfte Ihnen ja alles klar sein. Arbeit und Familie. Eine üble Mischung, was? Und was mich angeht: Ich muß mich heutzutage um zu viele Geschäfte kümmern. Ja, genau, das bin ich inzwischen: ein Geschäftsmann.«

»Ein *wichtiger* Geschäftsmann«, fügte Larry Earl hinzu.

»Und ob. Ein Magnat, könnte man sagen. Und nicht etwa ein Schnorrer, wie einige Leute behaupten.«

»*Ich* habe das nie von Ihnen gesagt.«

»Weil Sie nicht auf den Kopf gefallen sind. Reporter verstehen gewisse Dinge. Deshalb mag ich sie ja so sehr. Wissen Sie was? Das wäre ich gern geworden, hätte ich die Möglichkeit gehabt, die richtige Ausbildung zu bekommen: ein Reporter.«

»Die Bezahlung würde Ihnen bestimmt nicht gefallen, Al.«

»Tja«, meinte Capone mitfühlend. »Das ist das Problem, nicht wahr? Ihr Jungs kriegt nicht das in die Lohntüte, was ihr eigentlich verdient. Und deshalb greife ich dann und wann einigen von euch unter die Arme... Sagen Sie mal: Trinken Sie?« Capone grinste und beantwortete sich die Frage selbst. »Na klar. Alle Reporter trinken. Das ist ein weiterer Grund dafür, warum ihr Typen mir so sympathisch seid.«

»Nun, ab und zu genehmige ich mir schon mal ein Gläschen«, gestand Larry Earl ein.

Capone wandte sich Tony Accardo zu, dem großen Leibwächter, der in der Tür des Abteils stand. »He, Tony – hol uns die Flasche Cognac, die ich gerade aus Frankreich bekommen habe.«

»In Ordnung, Al.« Accardo marschierte durch den Gang davon und ließ zwei weitere Leibwächter zurück, die unmittelbar vor der Tür Stellung bezogen. Es gab noch andere, und sie saßen in den Abteilen, die an das Capones angrenzten. Harte Burschen wie zum Beispiel Louis Campagna und Phil D'Andrea. Und Frankie Rio, der schon in den Diensten Big Als gestanden hatte, als sein Cicero-Hauptquartier von acht Wagenladungen mit Maschinenpistolen bewaffneter Kerle überfallen worden war. Sie wurden von Hymie Weiss und Bugs Moran angeführt, die damals den Versuch unternahmen, sich für die Ermordung ihres geliebten Bosses Dion O'Bannion zu rächen.

Seit jenem Tag ließ sich Capone ständig von mehreren Leibwächtern begleiten.

Der Rest des Gefolges Big Als bestand aus einigen seiner engsten Mitarbeiter und Gorillas und den schönsten Mädchen, die Larry Earl jemals gesehen hatte. Den meisten von ihnen kam die Aufgabe zu, die Freunde Capones zu unterhalten. Aber die beiden hübschesten waren allein für den Chef reserviert. Al Capone hatte sich seinen Gefallen an Huren bewahrt, seit er als Siebzehnjähriger in einem Puff von Brooklyn erste Erfahrungen mit ihnen sammeln konnte.

»Sie haben gerade davon gesprochen, daß Sie sich selbst als einen bedeutenden Geschäftsmann betrachten«, fuhr der Reporter fort und überlegte seine Worte genau. »Sind Sie eigentlich nicht viel mehr als nur das? Ich meine... Nun, ich denke da an einen bestimmten Artikel, der vor einigen Monaten in einer New Yorker Zeitung erschien. Er war ein wenig ironisch, sicher, andererseits aber mehr als nur ein journalistischer Scherz. Der Autor schrieb, eigentlich seien Sie bereits der Bürgermeister Chicagos, und er fragte sich, warum man Sie noch nicht *offiziell* in dieses Amt eingesetzt hat.«

Capone lachte schallend. »Ja, ich kenne den Artikel. War echt lustig. Offenbar hat der Typ einen ausgeprägten Sinn für Humor...«

Er unterbrach sich, als Accardo mit einer kleinen geöffneten Kiste und zwei Gläsern zurückkehrte. Der Behälter wies das rote Kiefernemblem eines bekannten kanadischen Spirituosenherstellers auf.

Capone griff in die Kiste, zog eine Flasche Cognac aus der Strohumhüllung und zeigte sie Larry Earl. Der Reporter pfiff anerkennend.

Das gefiel Al. »Wie ich schon sagte: kein Fusel. Kommt direkt aus Frankreich. Das beste vom Besten.« Er reichte die Flasche an Accardo weiter, der sich voller Respekt daranmachte, sie zu öffnen. Unterdessen wandte sich Capone wieder Larry Earl zu und kam erneut auf den Artikel zu sprechen, dessen Autor den Vorschlag gemacht hatte, man solle ihn zum Bürgermeister Chicagos ernennen.

»Tja, wissen Sie, ich sag' Ihnen was: Der Artikel war *rührend*. Wie viele Dinge im Leben. Wir lachen, weil wir etwas für komisch halten und es wahr ist.«

Der Reporter kannte diesen Tonfall: der Philosoph in Capone kam durch.

Big Al fügte hinzu: »Einige Leute – Leute, die sich als Reformer bezeichnen – meinen: ›Bringt den Mann hinter

Gitter – was denkt er eigentlich, wer er ist?‹ Nun, ich glaube, der Zeitungsartikel trifft in gewisser Weise den Kern der Sache. Ich meine, ich bin der, der ich bin, und ich hoffe, eine bestimmte Funktion wahrnehmen zu können. Ich reagiere auf den Willen des Volkes.«

Tony Accardo schenkte die beiden Gläser fast bis zum Rand voll. Das erste reichte er Capone, das zweite dem Reporter. Larry Earl nippte daran und strahlte. Capone lächelte und nahm einen großen Schluck, bevor er fortfuhr.

»Nun, einige andere Leute regen sich auf und werfen mir vor, das Gesetz zu mißachten. Aber was zum Teufel *ist* das Gesetz eigentlich? Doch nichts weiter als eine Entsprechung des Volkswillens. Stimmt's? Und in diesem Fall – ich meine die Prohibition – ist es ein *schlechtes* Gesetz. Es entspricht *nicht* dem Willen des Volkes.«

Mit aller gebotener Vorsicht arbeitete sich Larry Earl noch etwas näher an den Punkt heran, auf den es ihm wirklich ankam. »Irgend jemand hat einmal geschrieben, man werde dann am besten mit einem schlechten Gesetz fertig, wenn man es durchsetzt. Trifft das auf die Prohibition zu?«

Fast traurig schüttelte Capone den Kopf. »Nein. Und ich brauche mich nicht auf irgendwelche Schulweisheiten zu beziehen, wenn ich Ihnen sage, daß das auch niemals der Fall sein wird. Und aus welchem Grund nicht?« Er hob sein Glas und deutete damit auf das des Reporters. »Weil die Leute auch weiterhin trinken werden. Das wissen Sie ebensogut wie ich. Und ich handle nur auf der Grundlage dieser Tatsache. Was soll daran so schlecht sein?«

Er trank sein Glas aus und ließ es sich von Accardo neu füllen. »Und dann all das Gerede über gesetzlose Alkoholschmuggler ... Nun, was ist das Bootlegging eigentlich?

Was steckt hinter diesem Begriff? In Hinterhöfen und billigen Ginspelunken nennt man es Bootlegging, doch bei den besseren Kreisen wird ›Gastlichkeit‹ daraus. Welchen Vergehens mache ich mich also schuldig – sieht man einmal davon ab, daß ich den Leuten das verschaffe, was sie haben möchten? Ich bin einfach nur ein Geschäftsmann. Wie jemand, der Gebrauchtwagen oder Kleidung verkauft. Angebot und Nachfrage – durch dieses Prinzip ist Amerika zum reichsten Land der Welt geworden, und das wissen alle. Stimmt's?«

Der Brandy hatte den Wagemut Larry Earls geweckt, und er riskierte es, die Frage auszusprechen, die ihm auf dem Herzen lag. »Was ist mit Ihrem Ruf, Al? Was halten Sie davon, daß behauptet wird, Sie setzten das Mittel der Gewalt ein, um Ihre Geschäfte zu kontrollieren? Daß man sagt, diejenigen, die sich weigerten, Ihre Waren zu kaufen – oder die eigenen Produkte ohne Ihre Erlaubnis anzubieten –, würden verprügelt oder müßten gar mit noch Schlimmerem rechnen?«

Der Reporter war erleichtert, als er sah, daß Al Capone daraufhin nicht verärgert das Gesicht verzog.

»Ich bin in einem ziemlich miesen Viertel von Brooklyn aufgewachsen«, erwiderte Big Al und deutete dabei ein dünnes Lächeln an. »Und dort hieß es: Mit Freundlichkeit und einer Knarre in der Hand kommt man weiter als nur mit Höflichkeit.«

Larry Earl kicherte pflichtbewußt.

Und das schallende Lachen Al Capones hallte laut im Abteil wider. Dann wurde er von einem Augenblick zum anderen ernst. Er beugte sich vor und preßte die harte und dicke Kuppe des Zeigefingers auf das Knie Earls. »Und in *jenem* Viertel war da sogar was Wahres dran«, sagte er betont. »Hinzu kommt, daß einem manchmal ein bestimmter Ruf *folgt*. Etwas aus der Vergangenheit, aus einer Zeit, in der man nur ein grüner Junge war. Und viele Jahre später versuchen einige Leute dann, einem ein Etikett anzuhängen, nachdem man längst zu einem vernünftigen und ehrbaren Geschäftsmann geworden ist.«

Capone seufzte theatralisch und schüttelte den massigen Kopf. »Es *gibt* Gewalt in Chicago, Larry. Klar. Aber ich greife nicht zu diesem Mittel. Und auch keiner meiner Jungs, die für *mich* arbeiten. Ich halte nichts davon. Und ich will Ihnen auch den Grund dafür nennen: Gewalt ist schlecht fürs Geschäft. Das können Sie wörtlich zitieren!«

Larry Earl war alles andere als ein naiver Provinzblattreporter. Er hatte viele einschlägige Erfahrungen sammeln können, und er spürte es sofort, wenn jemand versuchte, ihm einen Haufen Pferdemist anzudrehen. Doch er beabsichtigte tatsächlich, die Bemerkungen Capones in ihrem vollen Wortlaut in seinen Bericht aufzunehmen. Und außerdem war er sicher, daß sie in seiner Zeitung auf der ersten Seite erschienen, in dicken fetten Lettern.

In Hinsicht darauf, was man der Leserschaft präsentieren sollte, war vom zynischen Presseguru H. L. Mencken ein klarer Leitsatz formuliert worden: »Es ist noch niemand dadurch in den Konkurs getrieben worden, weil er die Intelligenz der amerikanischen Öffentlichkeit unterschätzte.«

Und die große, Zeitung lesende Öffentlichkeit würde eifrig jedes einzelne Wort schlucken, das von den Lippen dieses aufgeblasenen Gangsters kam. Denn Capones Macht – die er nicht nur auf Chicago, sondern auf die ganze Ära der Prohibition ausübte – hatte inzwischen ein solches Ausmaß erreicht, daß er nicht mehr nur als ein erfolgreicher Verbrecher galt. Er war in der ganzen Welt berühmt. Selbst Leute, denen es schwerfiel, sich an den Namen des amtierenden Präsidenten zu erinnern, wußten sofort, um wen es ging, wenn man ihnen das Stichwort Capone nannte.

Wenn man während jener Zeit irgendwelchen Europäern das Stichwort Amerika gab, so lautete mit ziemlicher Sicherheit der erste Name, der ihnen dabei in den Sinn kam: Al Capone.

Zwei Tage nach der Rückkehr Al Capones ins Zentrum seiner Macht fuhr jemand anders mit dem Zug nach Chicago – und die Reise jenes Mannes begann in Washington, D. C.

Er wurde nicht von einer Gruppe aus Leibwächtern begleitet, nur von seiner schwangeren Frau namens Catherine und ihrer achtjährigen Tochter. Und sie führten gerade so viel Gepäck bei sich, wie sie tragen konnten.

Es gab keine Reporter, die diesen Mann verabschiedeten, und niemand befragte ihn nach seiner Meinung über nationale Probleme. In jenen Tagen hätte sein Name für die Leserschaft der Zeitungen nicht die geringste Bedeutung gehabt.

Er war groß und hager und gut dreißig Jahre alt. Seine Hände erweckten den Eindruck, als könnten sie gut mit Werkzeugen umgehen. Das grobknochige Gesicht wies auf eine norwegische Abstammung hin. Ein Mann, der mit ruhiger Stimme sprach und sich zurückhaltend gab, dessen Erscheinungsbild keine Besonderheiten aufwies, die bei den anderen Reisenden mehr als nur beiläufiges Interesse geweckt hätten.

Und doch gab es etwas an ihm – etwas, was die meisten anderen Menschen nicht bemerkten. Zum Beispiel die Augen: Wenn jener Mann andere Personen ansah, so schien er sie zugleich einzuschätzen. Das matte Funkeln in den Pupillen wirkte nicht etwa arrogant oder einschüchternd, nur nachdenklich.

Und der breite Mund konnte bei bestimmten Gelegenheiten zu einer schmalen Linie werden. So wie jetzt, als er durch das Fenster des Abteils auf die vorbeistreichende Landschaft starrte, während Catherine dem auf ihrem Schoß hockenden Mädchen eine Kindergeschichte vorlas. Sein Gesichtsausdruck ließ sich vielleicht mit dem eines entschlossenen Verteidigers vergleichen, der bei einem wichtigen Footballmatch mit dem Gedanken spielte, die gegnerische Abwehrlinie zu durchbrechen und den Quarterback am Gras schnuppern zu lassen – wobei es ihm nichts ausmachte, wenn er sich dabei ebenfalls einige blaue Flecken holte.

Sein brauner und dreiteiliger Anzug wirkte zwar nicht schäbig, war jedoch schon drei Jahre alt, was man ihm auch deutlich ansah. Und für den Preis, zu dem er ihn erstanden hatte, kaufte Al Capone nicht einmal ein Taschentuch.

Die offene Jacke über der Weste des jungen Mannes saß nicht ganz richtig. Sie schien ihm eine halbe Nummer zu groß zu sein.

Der Grund dafür war die 45er Automatik, die er gelegentlich in einem Schulterhalfter trug und die sich nicht unter der Jacke verraten sollte.

Derzeit hatte er die Waffe nicht bei sich. Sie befand sich in seinem Koffer.

Aber wenn er erst einmal in Chicago eingetroffen war, wollte er sie wieder an sich nehmen und ständig bei sich führen, ganz gleich, wohin er auch ging.

Denn sein Auftrag bestand darin, Al Capone das Handwerk zu legen.

Der Name des Mannes lautete Eliot Ness.

2

Frank Nitti stand im Eingang des Hotels Lexington, Capones Hauptquartier von Chicago, und er wartete darauf, daß der Fahrer den Wagen brachte. Es war der 14. September, kurz nach vierzehn Uhr. Die kräftigen Finger seiner linken Hand hatten sich um den Griff einer dicken Aktentasche geschlossen. Er hielt sie sehr sorgfältig, bewegte sie nicht mehr als unbedingt notwendig.

Nitti war ein eher häßlicher Mann mit flacher Nase und dünnen Lippen. Er trug einen blauen Serge-Maßanzug, dessen rechte Tasche eine besondere Verstärkung aufwies: Darin brachte er für gewöhnlich seine Waffe unter – einen Revolver vom Kaliber 38. Der Kopf wurde von einem perlgrauen Hut mit schmaler schwarzer Krempe bedeckt. In seinem zehnten Jahr der Ära, die ganz unter dem Zeichen der Schwarzbrennerei und des Alkoholschmuggels stand, war aus dieser Aufmachung Nittis in der Schurkenarmee Capones so etwas wie eine Uniform geworden, und viele der anderen Jungs ahmten seinen besonderen Stil nach.

Die von dem Hutrand beschatteten Augen Frank Nittis waren hellgrau und offenbarten einige dunkle Flekken. Nur sehr selten entdeckte man in jenen Pupillen einen Glanz, der auf menschliche Empfindungen hindeutete.

Wenn Nittis Augen tatsächlich dazu in der Lage gewesen wären, so etwas zum Ausdruck zu bringen, so hätte sich derzeit vermutlich Verdruß darüber in ihnen widergespiegelt, außerhalb des Hotels in dem miesen Wetter warten zu müssen. Er stammte aus dem gleichen verrufenen Viertel Brooklyns wie auch Capone. Das Wetter dort war nicht gerade entzückend gewesen: zu heiße Sommer und zu kalte Winter, ebenso wie in dieser Stadt.

Aber in New York gab es wenigstens keinen Wind, der von Kanada über den See wehte.

Chicago – die stürmische Stadt. An diesem Nachmittag war der Wind kalt, kalt und naß. Die Böen peitschten den Regen durch die Straßen, und die dicken Tropfen schienen sich einander wütend über das Pflaster und über die Gehsteige hinweg zu jagen. Es gluckerte und schäumte in den Rinnsteinen der Michigan Avenue.

Frank Nitti mochte es überhaupt nicht, im Regen zu arbeiten. Aber Capone hatte ihm einen Auftrag gegeben. Und bisher war der Big Guy noch nie von ihm enttäuscht worden. Nicht bei allen Jobs kam es darauf an, irgendwelche Typen umzunieten. Bei einigen ging es darum, bestimmte Probleme auf subtilere Weise zu lösen. Nitti wußte, wann er zum Mittel der Bestechung oder Erpressung greifen mußte oder eine Mischung aus beiden angeraten war. Und er verstand es auch, besonders hartnäckige Burschen mit genau dem richtigen Tonfall zur Vernunft zu bringen.

Ganz gleich, worum es auch ging: Nitti wurde immer damit fertig. Er war zuverlässig, tüchtig und fähig, machte keine Fehler. Gerade aus diesem Grund betrachtete Al Capone ihn als sein bestes Pferd im Stall.

Er war derart erfolgreich, daß die Art seiner Missionen in der Unterwelt zu seinem Spitznamen geworden war: Frank ›Vollstrecker‹ Nitti.

Und deshalb wußte Nitti auch, daß in einer so reichen und korrupten und von Gewalt bestimmten Stadt wie Chicago seiner weiteren Karriere keine Grenzen gesetzt waren. Es kam nur darauf an, daß er alle Jobs zur vollsten Zufriedenheit seines Auftraggebers erledigte. Er vergaß dabei nicht, daß Capone genau auf diese Art und Weise seinen Aufstieg begonnen hatte und zum größten Boß geworden war – indem er Johnny Torrio die schmutzige

Arbeit abnahm, indem er dazu all die Mittel einsetzte, die er für erforderlich hielt: Knüppel, Revolver, Bomben, manchmal auch nur einige warnende Worte, an die richtige Adresse gerichtet.

Eine braune LaSalle-Limousine rollte an den Bordstein vor dem Hotel. Trotz des strömenden Regens lief Nitti nicht auf den Wagen zu. Angesichts dessen, was er bei sich trug, wäre das auch nicht sonderlich klug gewesen.

Statt dessen schritt er ruhig aus und ließ es zu, daß er dabei naß wurde. Als er einstieg und neben dem Fahrer Shelly Brennan Platz nahm, achtete er darauf, daß die Aktentasche nirgends anstieß. Er legte sie sich auf die Knie, bevor er die Tür schloß. Dann nannte er Brennan das Ziel der Fahrt: ein Speakeasy auf der anderen Seite des Flusses, in der North Side.

Die Limousine fuhr an, und mit beiden Händen hob Nitti die Tasche leicht an, um ihren Inhalt vor Erschütterungen zu schützen.

Bei dem Auftrag, den Nitti an jenem Nachmittag von Capone erhalten hatte, ging es um einen eher traditionellen Job, der jedoch im Chicago jener Tage aus der Mode gekommen war. Während der ersten Jahre der Prohibition aber waren solche Dinge noch an der Tagesordnung gewesen.

Als nach zehn Jahren das Bundesgesetz in Kraft trat, das sowohl die Herstellung als auch den Genuß von alkoholischen Getränken unter Strafe stellte, bestand die Unterwelt Chicagos aus Dutzenden von rivalisierenden Banden, von denen jede einen kleinen Teil der Stadt kontrollierte. Der O'Bannion-Gruppe gehörte die Northeast Side. Die Genna-Familie machte ihre Geschäfte in der South Side. Die Polish-Gang sahnte in der Southwest Side ab, und die Ragen's Colts in den Stockyard Districts.

Damals hatte es noch viele andere kleine Organisationen gegeben.

Und natürlich war es dann und wann zu Auseinandersetzungen zwischen ihnen gekommen. Ehrgeizige Bandenchefs hatten immer wieder versucht, Teile fremder Territorien und ihre Ertragsmöglichkeiten zu übernehmen und gleichzeitig den eigenen Herrschaftsbereich abzusichern. Das alles jedoch ließ sich nicht mit dem offenen Krieg vergleichen, der unmittelbar nach der Prohibition ausbrach.

Das neue Gesetz gab der Unterwelt die Möglichkeit, mehr Geld zu verdienen, als sie sich jemals erträumt hatte – indem sie der nunmehr geächteten Nachfrage der Bürger nach Hochprozentigem mit einem entsprechenden Angebot begegnete. Wenn es einem Bandenchef gelang, seine Kontrolle über die Grenzen des bisherigen Einflußbereiches hinaus zu erweitern, so konnte er zu unglaublichem Reichtum und ebensolcher Macht gelangen – eine Versuchung, der nur wenige widerstanden.

Die lukrativsten und gleichzeitig gefährlichsten Ziele waren die Brauereien der Rivalen, ihre wichtigsten Brennereien und Lager, auch die Lastwagen, die den illegalen Whisky transportierten. Aber es war nicht leicht, sie zu lokalisieren, und außerdem wurden sie schwer bewacht. Damit blieben die Speakeasies der Konkurrenten übrig: die gesetzwidrigen Kneipen, die einer anderen Gang gehörten oder von ihr kontrolliert wurden. Sie konnten nicht alle geschützt werden. Und dieser Umstand machte jene Spelunken zum Hauptangriffsziel. Wenn ein Speak verwüstet wurde, so blieb dem entsprechenden Schnapsbaron nichts anderes übrig, als sich zu revanchieren – also möglichst schnell und gemein zurückzuschlagen.

Nach Schätzungen fanden in den sechs Jahren des Bootlegger-Krieges rund vierhundert Gangster den Tod.

Aber das alles war inzwischen Vergangenheit. Zwar wurden dann und wann noch immer Leute umgelegt, aber das kam jetzt nicht mehr so häufig vor, weil sich nur selten die Notwendigkeit dazu ergab. Die langen Jahre der Bandenfehden blieben nicht ohne Folgen: Die kleineren und nicht ganz so erfolgreichen Bosse waren aus dem Geschäft gedrängt worden – man hatte sie umgepustet oder ihnen eine solche Angst eingejagt, daß sie sich rechtzeitig genug aus dem Staub machten.

Zu ähnlichen Entwicklungen kam es in allen anderen größeren Städten Amerikas. Nach und nach konzentrierte sich die Macht über die Unterwelt in den Händen einiger weniger Leute, die sich als besonders geschickt und klug erwiesen hatten.

Und doch gab es einen Unterschied zu Chicago.

Nirgendwo sonst war es einem einzelnen Gangster gelungen, die völlige Kontrolle über eine ganze Stadt zu gewinnen, so wie in Hinblick auf Chicago Alphonse Capone, dessen Erfolg sich auf die gnadenlose Ausschaltung seiner Rivalen gründete, auf die umfassende Bestechung von Politikern, Richtern und der Polizei.

Was allerdings nicht bedeutete, daß unter seinem Regime Frieden herrschte in der Unterwelt Chicagos. Ab und zu kam es noch immer zu kleinen Ärgernissen. Manchmal verbündeten sich einige unzufriedene Hitzköpfe in der Absicht, sich ein größeres Stück von dem Kuchen der Macht und des Reichtums abzuschneiden und den Gangsterkönig von seinem Thron zu stürzen.

Der letzte Versuch dieser Art war von dem sizilianischen Gauner Joey Aiello, seinem Bruder und einem Vetter namens Benny Russo unternommen worden. Sie scharten die wenigen Reste der ehemaligen Genna- und O'Bannion-Gangs um sich und machten Anstalten, die sizilianischen Stützpunkte in der Stadt zu übernehmen, die zuvor den Gennas gehört hatten. Joey Aiello erinnerte an die neapolitanische Abstammung Capones und meinte, er habe kein Recht, den Sizilianern Vorschriften zu machen. Und Al Capone schickte seine Leute los, um ihm mitzuteilen, daß er eine andere Ansicht vertrat.

Joey Aiello hatte keine Chance, und anschließend trachtete er danach, den Besitzer des Cafés Little Italy zu bestechen und ihn dazu zu bringen, Al Capone zu vergiften. Der Eigentümer dachte sorgfältig über die Machtverhältnisse nach und informierte Big Al rasch. Joey mußte untertauchen, und er setzte fünftausend Dollar Belohnung für denjenigen aus, der seinen Gegner umlegte. Daraufhin wurde es nicht nur für die Organisation Capones, sondern auch die Cops auf seiner Lohnliste zur wichtigsten Aufgabe, Joey Aiello und seine Kumpane zu finden.

Als erster wurde der Bruder Joeys entdeckt, von Frank Nitti und Machine-Gun McGurn. Als sie ihn zurückließen, war er achtundzwanzig Kugeln schwerer. Und ganz allein stöberte Nitti Joey Aiello auf und erledigte ihn ebenfalls. Die überlebenden Mitglieder der O'Bannion- und Genna-Gangs wurden erneut auseinandergejagt. Damit blieb nur noch der Vetter Aiellos, Benny Russo.

Doch Benny floh aus Chicago und verschwand. Das war Capone nur recht. Auf sich allein gestellt, hatte Benny nicht das Zeug, um einen Rachefeldzug zu organisieren. Andererseits wollte Big Al vermeiden, daß Russo jemals nach Chicago zurückkehrte. Um das zu verhindern, gab es eine einfache Möglichkeit: Es mußte dafür gesorgt werden, daß nichts mehr existierte, zu dem Benny zurückkehren konnte. Das einzige, was er noch in Chicago besaß und einen gewissen Wert hatte, war eine Kette von insgesamt sieben Speakeasies, die während der Abwesenheit Russos von dessen Frau geleitet wurden.

Capone wandte sich persönlich an sie. Sie hatte nichts zu befürchten. In jener relativ friedlichen Zeit bestand eine der strengsten Gangsterregeln darin, daß nicht selbst aktiv werdende Familienangehörige auf keinen Fall zu Schaden kommen durften. Und für Al Capone gab es allen Grund, sich daran zu halten. Er hatte selbst eine Familie, eine Frau, die sich die meiste Zeit über in seinem Anwesen von Palm Island in Florida aufhielt, wo ihr keine Gefahr drohte, zusammen mit ihrem Sohn, den er sehr liebte. Er bedrohte die Frau Bennys nicht. Er bat sie höflich darum, sich mit ihrem Mann in Verbindung zu setzen und ihm mitzuteilen, daß er seine Speakeasies kaufen wollte.

Al Capone stand in dem Ruf, sehr großzügig zu sein und den Leuten, die mit Existenzproblemen zu kämpfen hatten, besondere Sympathie entgegenzubringen. Man brauchte nur diejenigen zu fragen, die sich in der Lobby des Hotels Lexington herumtrieben: Das Lächeln Big Guys war keine Maske; er hatte ein weiches Herz. Nicht selten kam es vor, daß er einem Bettler fünf Bucks in die Hand drückte oder einem Zeitungsjungen fünfzig Dollar für eine einzige Ausgabe bezahlte.

Manchmal streckte er einem gealterten Nachtklubkomiker oder einem heruntergekommenen Sänger einen Tausenddollarschein in die Tasche. Und der Charme, mit dem er anschließend auf den Dank der Betreffenden reagierte, gab ihnen das Gefühl, daß er sich aufrichtig darüber freute.

Doch die Großzügigkeit Al Capones erstreckte sich keineswegs auch auf Leute, die versucht hatten, ihm ans Zeug zu fahren.

Die Summe, die er für die sieben Speakeasies Bennys bot, entsprach nicht einmal dem Wert eines einzigen davon.

Seitdem war rund eine Woche vergangen. Und noch hatte Benny nicht auf das Angebot Big Als reagiert.

Aus diesem Grund hatte Capone Frank Nitti den Auftrag gegeben, einen bestimmten Job zu erledigen – einen, der den Fähigkeiten und dem Temperament des ›Vollstreckers‹ angemessen war.

3

Es handelte sich um ein schäbiges Speakeasy in einem heruntergekommenen Viertel. In den Häusern dieses Bereiches wohnten größtenteils einfache Arbeiter mit ihren Familien, Leute, die angesichts der von dem Bankenkrach vor einem Jahr eingeleiteten landesweiten Depression zunehmende Schwierigkeiten hatten, über die Runden zu kommen.

Von den insgesamt sieben Speaks Bennys erbrachte dieses eine den geringsten Profit. Und natürlich kam es Al Capone nicht darauf an, die einträglicheren zu demolieren.

An diesem Tag sollte nur eine Warnung erfolgen – um Benny zu verstehen zu geben, daß Big Al nicht scherzte.

Kurz bevor die LaSalle-Limousine das Viertel erreichte, hörte es plötzlich auf zu regnen, doch die tiefhängenden Wolken deuteten auf weitere Schauer hin, und die schmalen Straßen waren noch immer naß. Einen halben Block vor dem Speakeasy hielt Shelly Brennan an.

Der neben ihm sitzende Nitti öffnete die Aktentasche gerade weit genug, um den Zeitzünder einzustellen. Dann schloß er sie wieder, stieg aus und ging den Rest des Weges zu Fuß.

Er verschwendete keinen Gedanken daran, ob Brennan

noch auf ihn warten würde, wenn er die Sache hinter sich gebracht hatte. Nicht einmal ein ganzes Regiment bis an die Zähne bewaffneter Nationalgardisten hätte diesen dazu bringen können, die Flucht zu ergreifen und ihn, Nitti, im Stich zu lassen. In seiner Freizeit war Brennan als Fahrer für Bankräuber tätig. Und er stand in dem Ruf, immer erst dann Gas zu geben, wenn alle Leute wieder im Wagen saßen – ganz gleich, in welche Schwierigkeiten er auch geriet.

Er galt als zuverlässig. Ebenso wie Nitti.

Das Speakeasy war zuvor eine Wäscherei gewesen, die Benny Russo vor drei Jahren gekauft und umgebaut hatte. Es befand sich zwischen einem Eisenwarenladen und einer Drogerie. Auf dem Schild über der Tür stand noch immer HAUSMANS WÄSCHEREI, aber es gab niemanden im Umkreis von mehreren Blocks, der nicht wußte, was dort wirklich vor sich ging, und man brauchte auch keine bestimmte Parole zu kennen, um ins Innere zu gelangen: Man drehte einfach den Knauf und trat ein. Während der Öffnungszeiten – von Mittag bis drei Uhr nachts – war die Tür niemals verschlossen.

Die Geschäfte dieses besonderen Speakeasies waren ebensowenig getarnt wie die aller anderen in Chicago, und das traf sowohl auf die besseren als auch die einfachen zu. Es wurden ganz offen alkoholische Getränke ausgeschenkt – trotz der mehr als dreihundert Prohibitionsagenten und den dreitausend Polizisten, die in der Stadt patrouillierten und deren Aufgabe darin bestand, dem Gesetz Genüge zu verschaffen. Wobei es keine Rolle spielte, wie blödsinnig irgendein Gesetz sein mochte. Und vielleicht war das einer der Gründe dafür, warum viele Bürger Chicagos sowohl dem Gesetz als auch denjenigen, die es durchzusetzen versuchten, mit einer Art amüsierter Geringschätzung begegneten.

Einige Leute machten sich sogar einen Spaß daraus, die ironische Bemerkung Al Capones zu zitieren: ›Zum Teufel auch, die Cops machen mehr Moos mit der Prohibition als die Schwarzbrenner.‹

Als Frank Nitti eintrat, war der einzige Kunde, der sich im Speak aufhielt, ein stämmiger und müde wirkender Mann, der einen geflickten Overall und schmutzige Stiefel trug. Er hockte in der Nähe der Theke an einem hölzernen Tisch, auf dem sich Brandspuren von Zigaretten zeigten, und mürrisch starrte er in ein zur Hälfte mit schalem Bier gefülltes Glas.

Der Barkeeper nickte, als Nitti näher kam. »Was darf's sein?«

Nitti legte einen Nickel auf die Theke und deutete auf den Zapfhahn.

Während der Barkeeper ein kleines Glas unter den Hahn hielt, setzte Nitti vorsichtig die Aktentasche ab und lehnte sie an die Fußleiste des Tresens.

Als er sich wieder aufrichtete, kam ein elfjähriges Mädchen namens Esther Blackmer mit einer leeren Karaffe herein. Es stellte sie auf die Theke und begrüßte den Barkeeper. »Hallo, Mr. Bartola. Würden Sie sie bitte füllen? Mein Pa meint, er könne seine Schulden bei Ihnen ganz bestimmt am kommenden Samstag bezahlen.«

»Na gut, Kleine; ich kümmere mich gleich darum.« Der Barkeeper stellte das Glas Bier vor Nitti ab, nahm den Nickel und schob ihn in die Kasse. Dann griff er nach der Karaffe und betätigte den Zapfhahn. »Wie geht es denn heute deinen Eltern, Esther?«

»Gut, Mr. Bartola.«

Nitti trank sein Bier rasch aus und trat durch die Tür nach draußen, als der Barkeeper das Mädchen gerade fragte: »Hat sich der Zustand deiner Mutter gebessert?«

»Nun, sie ist noch immer ein wenig erkältet, aber sie dürfte bald wieder gesund sein ...«

Brennan hatte die ganze Zeit über mit laufendem Motor gewartet, und in dem Augenblick, als Nitti den Bürgersteig erreichte, machte der abseits parkende braune Wagen einen jähen Satz nach vorn. Direkt vor Frank bremste Brennan scharf und stieß die Beifahrertür auf. Nitti stieg rasch ein, riß die Tür wieder zu und sagte mit gepreßter und doch völlig emotionsloser Stimme: »Und jetzt *los.*«

Brennan steuerte die Limousine vom Bordstein fort in die Mitte der Straße und beschleunigte. Nitti löste den Knoten seiner Krawatte, knöpfte sich das Hemd auf und lehnte sich völlig entspannt im Beifahrersitz zurück.

Im Innern des Speakeasy stellte der Barkeeper die gefüllte Karaffe vor Esther Blackmer auf den Tresen und meinte: »Da hätten wir's.«

»Danke, Mr. Bartola.« Das Mädchen wollte gerade nach dem Krug greifen, als es die an der Fußleiste lehnende Aktentasche bemerkte. »He, der Mann eben hat seinen Koffer vergessen!« Esther griff nach der Tasche, lief hinaus auf den Bürgersteig und blickte die Straße hoch und runter. Doch sie konnte den Mann, der kurz vor ihr die Kneipe verlassen hatte, nirgends sehen. Sie bemerkte nur einen braunen Wagen, der sich mit recht hoher Geschwindigkeit entfernte und fast die Querstraße am Ende des Blockes erreicht hatte.

Daraufhin brachte sie die Aktentasche ins Speakeasy zurück. »Er ist weg«, sagte sie, als sie sich der Theke näherte.

»Mach dir nichts draus, Kleine«, erwiderte der Barkeeper. »Bestimmt erinnert er sich daran und kommt zurück.«

Am anderen Ende des Blocks zeigte der Tacho der braunen Limousine bereits fünfzig Meilen an, und

Brennan beschleunigte weiter. Voraus beschrieb die Straße eine scharfe Kurve. Und ein Gemüseverkäufer war gerade dabei, seinen Wagen über die Kreuzung zu schieben. Brennan fluchte und riß das Lenkrad herum, um dem unerwartet aufgetauchten Hindernis auszuweichen. Doch auf dem nassen Asphalt rutschten die Reifen. Der eine Kotflügel der Limousine prallte gegen die Seite des Gemüsewagens, der daraufhin umkippte. Grüner Salat fiel aufs Pflaster.

»Mist!« knurrte Brennan, gab erneut Gas und lenkte das Fahrzeug in eine Seitenstraße. Er warf einen kurzen Blick in den Rückspiegel und beobachtete den Händler hinter ihnen. Der Mann stand neben seinem umgestürzten Karren, starrte auf das am Boden verstreute Gemüse, fluchte und reckte wütend die Faust.

Dann wurde Brennan auf etwas aufmerksam. »Himmel! Wir kriegen Schwierigkeiten.«

Frank Nitti drehte den Kopf.

Ein Motorradpolizist folgte ihnen mit blitzendem Blinklicht.

»Was soll ich jetzt machen?« hauchte Brennan.

Und Nitti erwiderte ganz ruhig: »Fahr an den Straßenrand und halt an.«

Brennan kam der Aufforderung nach, ohne den Motor auszuschalten, und er ließ vorsichtshalber den Gang drin und zog die Handbremse nicht an. Der linke Fuß trat die Kupplung durch, und der rechte ruhte auf dem Gaspedal – für alle Fälle. Vielleicht mochte es notwendig werden, so rasch wie möglich zu verschwinden.

Der Cop stieg von dem Motorrad ab und holte seinen Block hervor, als er an die Limousine herantrat: »Sie haben eben gerade einen Unfall verursacht«, sagte er scharf. »Erzählen Sie mir bloß nicht, Sie hätten nichts davon gemerkt.«

»Es war nicht meine Schuld«, antwortete ihm Brennan durch das geöffnete Seitenfenster. »Durch den Regen ist die Straße glatt, und ...«

»Aber Sie haben nicht angehalten«, unterbrach ihn der Polizist mit schneidender Stimme. »Das ist Fahrerflucht. Wenn ...«

In diesem Augenblick explodierte die Bombe im Speakeasy.

Die Druckwelle fegte den größten Teil der Gebäudefassade auf die Straße, und Steine, Holz- und Glassplitter jagten Dutzende von Metern weit dahin. Schwarze Rauchschwaden wallten und verwehrten den Blick auf die Verwüstungen im Innern des Gebäudes. Es ertönten keine Schreie. Als einziges Geräusch grollte das dumpfe Krachen der einstürzenden Decke.

Das Donnern der Explosion war laut genug, um noch in einer Entfernung von einem ganzen Block gehört zu werden, auch in der Nebenstraße, in der der Polizist sein Motorrad abgestellt hatte, um den Fahrer der braunen Limousine zur Rechenschaft zu ziehen. Es fiel dem Cop nicht schwer, das Geräusch zu identifizieren. Nicht zum erstenmal ging in Chicago eine Bombe hoch.

»Was zum Teufel ...«, schnappte er und blickte in die Richtung, aus der er das Dröhnen der Explosion vernommen hatte. Dann starrte er mißtrauisch die beiden Männer im Wagen an.

Der Fahrer, so dachte er, konnte alles mögliche sein. Der Mann auf dem Beifahrersitz aber war zweifellos ein Gangster. Der Cop hatte in den letzten Jahren genug gesehen, um solche Typen auf den ersten Blick zu erkennen. Nach der guten Kleidung zu schließen, handelte es sich um einen Gauner mit recht gutem Einkommen. Sein Gesicht – und insbesondere die Augen – deuteten darauf hin, daß er ziemlich gefährlich war.

Brennan umfaßte das Lenkrad und lehnte sich ein wenig zurück. Durch die Windschutzscheibe beobachtete er die Straße. Der Motor lief noch immer. Und er brauchte nur die Kupplung kommen zu lassen und das Gaspedal durchzutreten...

Nitti griff in die Jacke seines blauen Serge-Anzugs.

Die rechte Hand des Cops schloß sich um den Griff seiner im Holster steckenden Dienstwaffe.

Doch Nitti zog nicht etwa einen Revolver hervor, sondern eine große Geschäftskarte. Er reichte sie dem Polizisten, der sie sich genau ansah. Auf der Rückseite standen einige Worte, niedergeschrieben in einer säuberlichen Handschrift. Die einzelnen Zeichen waren leicht schräg. ›Wen es betreffen mag: Bitte begegnen Sie dem Inhaber dieser Karte, Mr. Frank Nitti, mit aller Zuvorkommenheit. Wm. Thompson, Bürgermeister von Chicago.‹

Der Cop erkannte die Handschrift. Es war nicht das erstemal, daß er eine solche Karte sah. Er reichte sie Nitti, trat vom Wagen zurück und salutierte.

»Es tut mir leid, Sie belästigt zu haben, Sir.«

»Schon gut, Officer«, erwiderte Nitti. Und an die Adresse Brennans gerichtet: »Los geht's.«

Sie hatten zwei weitere Blocks hinter sich gebracht, als die ersten Polizeiwagen und Einsatzfahrzeuge der Feuerwehr an ihnen vorbeirasten, in Richtung der qualmenden Ruine des kleinen Speakeasys, in dem der Barkeeper, ein am Tisch sitzender Gast und ein junges Mädchen namens Esther Blackmer einen jähen Tod gefunden hatten.

Die drei Leichen waren zerfetzt und völlig verkohlt.

Kurz nach zweiundzwanzig Uhr an jenem Abend traf Eliot Ness zum erstenmal mit einem Chicagoer Polizisten namens James Malone zusammen.

4

Das verfallene zweistöckige Gebäude, in dem der Spitzel wohnte, gehörte zu einer Reihe von ähnlichen Häusern zwischen South Wabash und der Hochbahn im Südosten der Dearborn Station. Das ältere Ehepaar, dem das Haus gehörte, lebt im ersten Stock. Das Erdgeschoß hatten sie an den Informanten vermietet, einen kleinen Gauner namens Stash Moser. Sein Apartment verfügte sowohl über eine Vordertür, die auf die Veranda und die Straße führte, als auch einen Hinterausgang, durch den man in eine Gasse gelangen konnte. Und jene hintere Tür benutzte Eliot Ness, als er an diesem Abend den Spitzel verließ.

Moser hatte vor dem Eintreffen Eliots das Licht am Hintereingang ausgeschaltet, und in der Gasse gab es keine Lampen. Die Dunkelheit würde Ness einen gewissen Schutz gewähren für den Fall, daß draußen jemand auf ihn wartete.

Er hielt das jedoch für unwahrscheinlich. Er hatte seinen Wagen acht Blocks entfernt geparkt, an der South Branch von Chicago River, und auf dem Weg hierher war er sehr vorsichtig gewesen. Er glaubte nicht, daß ihm jemand folgte. Darüber hinaus hatte er vor dem Eintreten die Häuser in der Nähe beobachtet und sich vergewissert, daß Stash Moser nicht beschattet wurde.

Aber in einer Stadt wie Chicago konnte man niemals ganz sicher sein, daß keine Feinde in der Nähe weilten. Eliot zog seine 45er aus dem Schulterholster, entsicherte sie und hielt die Waffe schußbereit, als er durch die Hintertür in die finstere Gasse trat. Er stellte sich mit dem Rücken an die äußere Wand – vor dem dunklen Hintergrund war seine hochgewachsene und hagere Gestalt fast unsichtbar –, sah in beide Richtungen und horchte. Er vernahm nur ein dumpfes Rattern, mit dem ein Zug über die nahen Hochschienen rollte. Keiner der Schatten in der Gasse bewegte sich.

Das kürzere Ende der schmalen Passage führte direkt auf die Straße, und auf der anderen Seite endete sie auf einem kleinen Hof im Innern des Blockes. Eliot entschied sich für den zweiten Weg und schlich an den Rückwänden der Reihenhäuser und dem hohen Holzzaun eines Schrottplatzes vorbei, auf dem Müll lagerte, für den nicht einmal mehr Lumpensammler Verwendung hatten. Lautlos kletterte er über die Abfälle hinweg und betrat kurz darauf eine zweite Gasse, durch die er auf die andere Seite des Blockes gelangte.

Nach einem aufmerksamen Blick in die daran anschließende Straße sicherte Eliot seine Waffe und schob sie unter die Jacke zurück. Dann ging er in Richtung seines Wagens.

Es regnete inzwischen nicht mehr, und es zeigten sich Lücken in der Wolkendecke, doch der Nachtwind war trotzdem sehr kalt. Die wenigen anderen Passanten, denen Eliot unterwegs begegnete, trugen alle zugeknöpfte Mäntel, im Gegensatz zu ihm. Ein derartiger Mantel konnte einen ernsthaft behindern, wenn es darum ging, möglichst schnell die Knarre zu ziehen. Außerdem hatte ihm Kälte noch nie viel ausgemacht. Das war ein weiterer Vorteil seiner norwegischen Abstammung, von seinem starken Knochenbau einmal abgesehen.

Ein langer und arbeitsreicher Tag lag hinter ihm, und er war müde. Gleichzeitig aber fühlte er sich sonderbar nervös. Er ging mit langen und entschlossenen Schritten, versuchte auf diese Weise, sich weiter zu erschöpfen, um zumindest einen Teil der Anspannung in sich loszuwerden, bevor er zu Hause bei seiner Frau eintraf.

Andererseits gab es allen Grund für diese innere Erregung. Nach fast zwei Wochen der Ermittlungen und Vorbereitungen war Eliot für den ersten Schlag gegen Al Capone bereit.

Morgen.

Es hatte schon andere Versuche gegeben, Capone festzunageln, und bisher waren alle fehlgeschlagen. Der illegale Handel mit Alkohol war nur das offensichtlichste seiner Verbrechen. Auf der Liste seiner Vergehen standen auch zahllose Morde, Erpressung und viele andere Dinge. In Chicago jedoch war er bisher für keine einzige dieser Straftaten verhaftet worden – aus gutem Grund.

Nach Schätzung der Bundesregierung bezahlte Capone rund zwanzig Millionen Dollar im Jahr als Schmiergelder an offizielle Repräsentanten der Stadt Chicago, an einfache Streifenpolizisten ebenso wie an hochrangige Richter.

Nur ein enormes Einkommen aus illegalen Geschäften konnte Capone in die Lage versetzen, derartige Summen zum Zwecke der Bestechung zu verwenden. Gelang es aber, seinen Profit zu schmälern – so lauteten die Überlegungen in Washington –, konnte er nicht länger alle korrupten Beamten Chicagos bezahlen. Und wenn er in Verzug geriet, mochten sich seine Gönner im Rathaus von ihm abwenden.

Und dann war Capone nicht mehr völlig abgesichert und wurde verwundbar, dem Gesetz gegenüber.

Mit einem solchen Auftrag hatte sich Eliot Ness von Washington aus auf den Weg gemacht.

Und natürlich konnte er auf wertvolle Unterstützung zurückgreifen.

Die Bezirksstaatsanwaltschaft Chicagos war bereit, jede seiner Aktionen abzusegnen.

Der Polizeipräsident der Stadt arbeitete mit ihm zusammen und stellte ihm einige seiner besten und vertrauenswürdigsten Officers aus seinem Department zur Verfügung, damit Eliot Ness aus ihnen eine Sondereinheit zur Bekämpfung Capones bildete – eine verschworene Gruppe, die allein seinem Befehl unterstand.

Und außerdem hatte er noch einen Trumpf in der Hand, über den bisher nur er selbst und der Staatsanwalt Bescheid wußten: einen Spitzel in den Reihen des Gegners.

Bis vor vier Monaten hatte sich Stash Moser den größten Teil seines Lebensunterhaltes mit bewaffneten Überfällen verdient. Zweimal war er dafür zu längeren Gefängnisstrafen verurteilt worden. Vor vier Monaten hatte man Moser zum drittenmal erwischt, auf frischer Tat. Und als Konsequenz mußte er damit rechnen, den Rest seines Lebens hinter Gitter zu verbringen.

Hinter den Kulissen machte der Staatsanwalt Stash Moser ein Angebot. Als Eliot Ness in Chicago eintraf, arbeitete Moser bereits für die Organisation Capones – zwar nur als ein sehr einfacher Angestellter, aber doch genau in der Position, in der Ness für seinen ersten Schlag besonders dringend Informanten brauchte: Moser war Verladearbeiter in einem der geheimen Lager Big Als.

Vor zwei Tagen ließ er ihm den Tip zukommen, auf den Eliot gewartet hatte. In jenem Lager wurde eine große Lieferung erstklassiger importierter Spirituosen von einem kanadischen Lieferanten erwartet. Eine Gruppe schwerbewaffneter Lakaien Capones war nach Norden gefahren, um die beladenen Lkw irgendwo an der Grenze zu übernehmen.

An diesem Abend hatte Moser noch einmal alles bestätigt: Die Lieferung war eingetroffen. Aus seinen Beschreibungen in Hinsicht auf die Menge und Qualität der Ware schloß Eliot, daß dem Inhalt des Lagers nun ein Wert von rund einer Million Dollar zukam.

Der Verlust von einer Million Bucks würde Al Capone nicht in den Ruin treiben. Aber er mochte ihn in eine ziemlich unangenehme Lage bringen.

Und wenn es wieder geschah, wenn sich dieser Vorgang mehrmals wiederholte, würde aus dem Ärgernis ein echtes Problem werden. Genau darin bestand die Strategie, mit der Eliot nach Chicago gekommen war: Er beabsichtigte, nach und nach die einzelnen Lager und Brennereien Capones ausfindig zu machen und nicht nur gegen sie vorzugehen, sondern auch gegen die Spirituosentransporte. Wenn eine solche Taktik Erfolg hatte, besaß Big Al bald nicht mehr genug Bargeld, um weiterhin seine korrupten Mittelsmänner im Rathaus zu schmieren, die ihn bisher geschützt hatten. Und wenn es dazu kam, ergaben sich ernste Schwierigkeiten für Capone.

Morgen, dachte Eliot, und ein dünnes und fast unmerkliches Lächeln der Vorfreude umspielte seinen Mundwinkel. *Morgen beginnen wir damit, dich in die Enge zu treiben.*

Er hatte seinen Wagen am östlichen Ende der breiten Brücke abgestellt, die den Fluß überspannte. Es handelte sich um ein schwarzes Pontiac-Coupé, und in gewisser Weise ähnelte es den drei Anzügen, die ihm gehörten: Einerseits wirkte es zwar nicht in dem Sinne schäbig, aber andererseits sah man dem Wagen deutlich sein Alter an. Allerdings war er noch immer in bester Ordnung. Eliot stieg nicht sofort ein. Es gab da einige Einzelheiten an der für den nächsten Tag geplanten Aktion, die noch genauer ausgearbeitet werden mußten, und die kalte Luft machte ihm das Nachdenken leichter. Er zog eine zerknitterte Schachtel aus der Tasche und stellte mit gelinder Überraschung fest, daß nur noch eine Zigarette darin verblieben war. Bei Stash Moser hatte er ziemlich viel geraucht. Er schob sich den letzten Glimmstengel in den Mundwinkel, zerknüllte die Packung und warf sie in den Fluß.

Und hinter ihm schnappte eine scharfe Stimme: »He, zum Teufel, was fällt Ihnen denn ein?«

Eliot drehte sich um, und sein Blick fiel auf einen gut vierzig Jahre alten Polizisten in Uniform. Seine scharfgeschnittenen Gesichtszüge wirkten ebenso irisch wie der Klang seiner Stimme. Das einzige Licht stammte von der Straßenlampe am Ende der Brücke, und in dem matten Schein hatten die zusammengekniffenen Augen, die Eliot musterten, einen bläulichen Glanz. Die in ihnen funkelnde Bitterkeit sah Ness nicht zum erstenmal. Der Cop war recht groß, mindestens so hochgewachsen wie Eliot – und ein ganzes Stück breiter in den Schultern. Ein Teil jenes Erscheinungsbildes mochte auf die natürliche Fülligkeit mittleren Alters zurückgehen, doch bestimmt nicht alles. Der Polizist wirkte sehr kräftig, und seine dicken Muskeln schienen alles andere als erschlafft zu sein.

Der Gummiknüppel in seiner großen Hand sah wie ein zerbrechliches Spielzeug aus, als er damit auf den Fluß weiter unten deutete. »Wenn Sie irgendwelchen Müll loswerden wollen, so suchen Sie beim nächstenmal gefälligst einen verdammten Abfallkorb.«

»Tut mir leid, Officer. Hab' nicht nachgedacht.«

»Tja, dann sollten Sie schleunigst damit beginnen. Mit dem Nachdenken. Dazu ist der Kopf nämlich da – für den Fall, daß man Sie noch nie darauf hingewiesen hat.«

Plötzlicher Ärger stieg in Eliot hoch – nicht nur deshalb, weil der Polizist ihn bei seinen Gedankengängen gestört hatte, sondern auch aufgrund seines beleidigenden Tons. »Hat die Polizei denn keine wichtigeren Dinge zu tun, als nach Leuten Ausschau zu halten, die leere Zigarettenschachteln in den Fluß werfen?«

»Das schon, aber derzeit brauche ich keine Killer zu jagen. Wir verstehen uns doch, oder?«

Eliot zuckte mit den Achseln und machte Anstalten, sich die Zigarette anzuzünden.

Von einem Augenblick zum anderen war der Cop die Wachsamkeit selbst, stieß Eliot das Ende des Gummiknüppels in die Magengrube und zwang ihn dazu, in Richtung des Pontiac zurückzuweichen. Dort hielt er ihn auf Armeslänge fest. »Na schön, Junge«, sagte er mit zwar leiserer, aber noch drohenderer Stimme. »Leg die Karten auf den Tisch.«

Eliot starrte ihn groß an, und einige Sekunden lang begriff er nicht, was der Cop meinte.

Der Polizist hielt ihn nach wie vor mit dem Knüppel in Schach. »Warum trägst du eine Waffe bei dir?«

Eliot entspannte sich ein wenig. »Ich habe die Erlaubnis dazu. Ich arbeite als Agent für das Finanzministerium.«

»Oh.« Der Cop musterte Eliot noch einige Sekunden lang und ließ dann den Gummiknüppel sinken. »Na gut. Aber denken Sie an das, was ich Ihnen sagte – in bezug auf Abfälle, meine ich.« Seine Stimme klang noch immer ein wenig gepreßt, doch die schneidende Schärfe war jetzt aus ihr verschwunden. Er drehte sich um und schlenderte davon.

Eliot starrte ihm nach, schnippte die Zigarette in den Fluß und folgte dem Polizisten.

»Warten Sie eine Sekunde, he, einen Augenblick! Lieber Himmel, was hat diese gottverdammte Stadt denn für eine Polizei? Sind Sie denn überhaupt nicht ausgebildet worden? Sie haben einem bewaffneten Mann gerade den Rücken zugekehrt!«

Der Cop blieb stehen und sah Ness an. »Sie haben das Recht, eine Waffe zu tragen. Sie sind Finanzagent.«

»Woher wollen Sie das wissen? Ich habe das behauptet. Und wenn es eine Lüge gewesen wäre?«

»Ach, kommen Sie«, erwiderte der Cop mit einem gewissen abfälligen Sarkasmus. »Wer würde denn durch die Gegend laufen und einfach so behaupten, zu den Typen zu gehören?«

Eliot spürte, wie ihm das Blut ins Gesicht schoß. Er verstand den Hinweis des Polizisten, und es geschah nicht zum erstenmal, daß er damit konfrontiert wurde. In Chicago gab es eine Menge Agenten der Bundespolizei, und bisher schienen sie keinen sonderlichen Erfolg mit dem Bemühen zu haben, dem Gesetz Geltung zu verschaffen. Einige Leute fragten sich nach dem Grund dafür und gelangten zu bestimmten Schlußfolgerungen, die insbesondere deswegen böses Blut weckten, weil sie nicht ganz an den Haaren herbeigezogen waren.

»Wie soll ich das verstehen?« fragte Ness aufgebracht.

Der Cop zuckte mit den Schultern. »So wie Sie wollen.«

»Nicht jeder Agent ist korrupt«, sagte Eliot scharf, und sein Zorn wuchs.

»Wenn Sie meinen ...«

»Wir sind nicht korrupter als die *Cops* dieser Stadt!«

»Wenn Sie das sagen ...«, entgegnete der Polizist in unverändertem Tonfall. Doch während er Eliot beobachtete, offenbarte er einen anderen Gesichtsausdruck. Er sah ihn auf eine Art und Weise an, die Ness an ihn selbst erinnerte, an seine Gewohnheit, andere Leute einzuschätzen. Etwas sanfter fügte der Uniformierte hinzu: »Ich bin einige Jährchen älter als Sie, mein Junge, und das bedeutet, ich habe mehr Erfahrungen gesammelt. Ich will Ihnen was sagen: Es gibt da eine traurige Erkenntnis, zu der Sie sicher auch noch kommen werden: In diesen Zeiten ist ein ehrlicher Mann schwieriger zu finden als jemand, der darauf achtet, wo er seinen Abfall läßt.«

»Wie heißen Sie?« fragte Eliot. »Und welcher Einheit gehören Sie an?«

Der Polizist deutete auf sein Rangabzeichen. »Die Einheit ist hier angegeben, und mein Name lautet James Malone. Warum fragen Sie? Haben Sie was zu meckern? Wollen Sie mich melden, weil ich Ihnen nicht den angemessenen Respekt entgegenbrachte?«

Eliot holte tief Luft und beruhigte sich langsam. »Nein. Es tut mir leid, wenn sich das eben so anhörte. Vielleicht bin ich heute abend ein wenig zu nervös.« Er zögerte und musterte Malone. »Sagen Sie mir eins: Woher wußten Sie, daß ich bewaffnet bin? Ich dachte, man würde die Automatik unter der Jacke nicht bemerken können.«

»He, was wollen Sie eigentlich? 'ne Gratislektion über Polizeiarbeit?« Malones Lächeln überraschte Eliot. »Alles in Ordnung mit Ihnen, Junge?«

»Ja. Ach, ich habe nur einen harten Tag hinter mir. Bin abgespannt.«

»Sind Sie nach Hause unterwegs?«

Eliot nickte. »Ich wollte mich gerade auf den Weg machen.«

»Nun, dann haben Sie sich an die erste und wichtigste Regel all derjenigen gehalten, die das Gesetz vertreten: Wenn deine Schicht vorüber ist, kehre nach Hause zurück – lebend.« Erneut zeigte sich jenes erstaunliche Lächeln in seinem Gesicht. »Und damit ist die Lektion auch schon beendet.«

Im Anschluß an diese Worte drehte sich James Malone um. Er zog dabei eine kleine Kette aus der Tasche. An ihrem Ende hing ein Schlüssel, am anderen war ein altes Medaillon befestigt. Und das ließ er hin und her baumeln, als er über die Brücke schritt.

Eliot Ness blieb noch eine Zeitlang stehen, und sein nachdenklicher Blick folgte Malone.

5

In einem bescheidenen Wohnviertel in der Nähe der Universität von Chicago hatte Eliot Ness ein kleines Holzhaus gemietet. Es eignete sich auch deshalb für die Familie, weil es nur drei Blocks von der Grundschule entfernt war, die seine Tochter Cora besuchte. Früh am nächsten Morgen begleitete Catherine das Mädchen, und unterdessen holte sich Eliot die Zeitung, die der Austräger auf die Veranda geworfen hatte, und blätterte sie nach interessanten Neuigkeiten durch.

Er wollte gerade ins Haus zurückkehren, als sein Blick auf die erste Seite fiel. Er blieb abrupt stehen und starrte auf die Schlagzeile und das Bild.

Die Überschrift lautete: ›SCHNAPSKRIEG ENTFLAMMT ERNEUT – KIND GETÖTET.‹

Das Bild zeigte Esther Blackmer, das Mädchen, das am vergangenen Abend durch die Bombenexplosion im Speakeasy ums Leben gekommen war. Auf dem bereits mehrere Monate alten Foto trug Esther ein hübsches Kleid zum Anlaß ihres elften Geburtstages – des letzten, den sie feiern konnte.

In den Augen Eliots begann es kalt zu glitzern, als er den Bericht las. Im Schlußabschnitt stand, die Ermittlungen der Polizei hätten bisher noch keinen Hinweis ergeben, wer für den Bombenanschlag die Verantwortung trug.

Erneut betrachtete Ness das Lächeln des inzwischen toten Mädchens. Dann klemmte er sich die Zeitung unter den Arm und kehrte in die Küche zurück, wo er vor wenigen Minuten zusammen mit Catherine und seiner eigenen Tochter gefrühstückt hatte. Er schenkte sich eine zweite Tasse Kaffee ein und trug sie und die Zeitung in das Zimmer, das ihm als häusliches Büro diente.

Seine Jacke hing an der Rückenlehne des Stuhls, der vor dem offenen Rollschreibtisch stand. Auf dem Tisch lagen eine Karte und die Skizze, mit der er sich gestern vor dem Einschlafen noch ein wenig beschäftigt hatte.

Die Skizze war nach der detaillierten Beschreibung Stash Mosers von dem bewußten Lager Capones entstanden. Besondere Kennzeichnungen markierten die Lkw-Zufahrt, die Tür daneben, das hintere Tor und die Luke im Dach. Es gab keine Fenster, die man hätte benutzen können, um ins Innere des Gebäudes zu gelangen oder es zu verlassen.

Die Karte zeigte den Bereich der Stadt, in dem sich das Lager befand. Eliot hatte darauf nicht nur die besten Annäherungsrouten der von ihm geleiteten Einsatzgruppen eingezeichnet, sondern auch die Positionen, die die Reserveeinheiten beziehen sollten, um die Gorillas Capones bei einem etwaigen Fluchtversuch während des Angriffs zu stellen. Nach Angaben Mosers wurde das Lager Tag und Nacht von mindestens fünf Leuten Big Als bewacht, die zudem schwer bewaffnet waren. Eliot beabsichtigte, sie in gewisser Weise auf frischer Tat zu erwischen, mit ihren Kanonen und dem illegalen Whisky.

Er stellte die Kaffeetasse auf dem kleinen Beistelltisch neben dem Stuhl ab und legte auch die Zeitung aus der Hand. Einige Sekunden lang blieb er stehen und sah sich außerstande, den Blick von dem Bild Esther Blackmers abzuwenden. Schließlich setzte er sich, nahm einen Schluck und wandte sich erneut der Karte zu. Er machte ein weiteres Zeichen an einer Stelle, die sich seiner Ansicht nach für die Stationierung einiger Männer seiner Reservegruppe eignete, und er wollte gerade wieder nach der Kaffeetasse greifen, als da Telefon klingelte.

Mike Casey war am Apparat, der Stellvertreter des Chicagoer Polizeipräsidenten. Er hatte den Auftrag erhalten, als Verbindungsmann zwischen dem Chef der Polizei und der kürzlich gebildeten Einsatzgruppe zu fungieren.

Allein persönliche Leistung und Befähigung waren der Grund für die Karriere Mike Caseys und nicht etwa nützliche Beziehungen zu Höherrangigen. Er galt als intelligenter und pragmatisch denkender Officer, der sich sowohl durch einen auffallend unbekümmerten irischen Charme auszeichnete als auch durch viel Erfahrung, die er unmittelbar auf der Straße gesammelt hatte. Großzügigerweise war Casey sofort dazu bereit gewesen, Eliot an dieser Erfahrung teilhaben zu lassen – wobei er jedoch in aller Offenheit darauf hinwies, daß Ness seiner Meinung nach kaum eine Chance hätte.

Capone das Handwerk zu legen, sei schon des öfteren versucht worden, gab Casey zu bedenken, und ganz gleich, welche Methode man auch anwandte: Capone gelang es immer wieder, sich aus der Affäre zu ziehen, er war noch immer auf freiem Fuß und konnte lächelnd und praktisch ungestört seinen Geschäften nachgehen.

»Tut mir leid, daß ich Sie so früh zu Hause störe, Eliot«, entschuldigte sich Casey.

»Ist schon in Ordnung, Mike. Um was geht's?«

»Ich hab' gerade einen Anruf vom Chef bekommen. Er hat für heute mittag im Hauptquartier eine Pressekonferenz einberufen: Sie sollen die Fragen einiger Vertreter der hiesigen Presse beantworten. Der Chef meint, es sei an der Zeit, daß Sie zumindest einen Teil der Neugier der Zeitungsfritzen befriedigen.«

»Und *was* wissen die Jungs bereits über mich?« fragte Eliot gepreßt.

»Keine Sorge – nur allgemeine Dinge. Sie haben gehört, daß Sie von Washington hierher kamen, um die illegalen Alkoholgeschäfte aufs Korn zu nehmen.«

»Offenbar habe ich einen Presseagenten, dessen Namen ich nicht einmal kenne.«

Mike Casey lachte leise. »Vermutlich steckt der Chef selbst dahinter. Er nimmt ebenfalls an der Konferenz teil – um keinen Zweifel daran aufkommen zu lassen, daß Sie seine Unterstützung genießen. Für den Fall, daß Sie irgendeine überraschende Aktion unternehmen, die sich als interessant erweist.«

»Ich glaube«, antwortete Eliot, »der heutige Tag könnte durchaus für neue Schlagzeilen sorgen. Allerdings möchte ich vermeiden, daß die Reporter vorzeitig von dem Wind bekommen, was wir planen.«

»Machen Sie sich keine Gedanken – die Jungs erwarten nur das von Ihnen, was sie bereits gewöhnt sind. Ein paar nichtssagende Bemerkungen in einem harten und entschlossenen Ton, irgendwelche Worte, die zwar gut klingen, aber überhaupt nichts Neues ergeben.«

»Mike, bevor ich ins Hauptquartier komme, muß ich heute morgen erst dem Staatsanwalt einen Besuch abstatten. Könnten Sie Lieutenant Alderson für mich Bescheid geben? Ich möchte, daß er alle Mitglieder meiner Einsatzgruppe für kurz nach Mittag ins Besprechungszimmer bestellt, damit ich sie einweisen kann.«

»Klar. Steht irgendwas an?«

»Ich habe gestern abend einen Tip auf ein Lager bekommen, in dem gerade eine neue Lieferung eintraf. Wir machen einen kleinen Abstecher dorthin.«

»Prächtig. Und wann?«

»Heute abend. Tagsüber sind in dem entsprechenden Viertel zu viele Leute unterwegs. Und wenn es knallt, möchte ich vermeiden, daß Unschuldige zu Schaden kommen.«

»Heute abend – dann bleibt Ihnen für die Vorbereitungen noch genug Zeit.«

»Die brauchen wir auch – um die Ausrüstungen zu beschaffen und die Transportfrage zu klären. Und um sicherzustellen, daß jeder meiner Leute ganz genau weiß, wann er aktiv werden muß und wie er vorgehen soll.«

»Ich leite Ihre Nachricht an Anderson weiter. Und sorgen Sie dafür, daß Sie nicht zu spät zur Pressekonferenz kommen. Sonst reißt Ihnen der Chef den Kopf ab. Und mir geht es dann ebenfalls an den Kragen.«

»Ich werde pünktlich sein. Und Ihren Rat beherzigen und einige Kraftausdrücke zum besten geben. Was die Typen jedoch nicht am Schnarchen hindern dürfte.«

Mike Casey lachte erneut und legte auf.

Eliot starrte wieder auf die Zeitung, als Catherine ins Zimmer kam.

Sie reagierte sehr sensibel auf die verschiedenen Stimmungen ihres Mannes, und als sie seinen Gesichtsausdruck sah, fragte sie rasch: »Was ist los, Eliot?«

Er deutete auf die erste Seite.

Catherine las die Schlagzeile, betrachtete das Bild und nickte langsam. »Ja, ich weiß. Ich habe die Nachricht gestern abend im Radio gehört, bevor du nach Hause gekommen bist. Du wirktest sehr müde und abgespannt, und deshalb wollte ich dir erst heute morgen davon erzählen.« Sie schwieg einige Sekunden lang und sah auf das Foto des toten Mädchens. »Was sind das nur für... Tiere – Leute, die zu so etwas fähig sind...?«

»Du hast es gerade selbst gesagt«, erwiderte Eliot. *»Tiere!«*

Er sprach dieses Wort ganz ruhig aus, fast gelassen, aber davon ließ sich Catherine nicht täuschen. Die meisten Menschen sahen nur das beherrschte Äußere Eliots, ohne eine Vorstellung davon zu haben, was in seinem Innern vor sich ging. Catherine aber wußte ganz genau, wie es in ihrem Mann aussah. Sie kannte die ganze Tiefe seines Wesens, seit damals, seit ihrer ersten Begegnung am College.

Sie hatte Geisteswissenschaften studiert und Eliot Volkswirtschaft. Als er ihr kurz vor seinem Heiratsantrag mitteilte, daß seine Absicht nicht darin bestand, zu einem Geschäftsmann zu werden, brauchte Catherine ihn nicht nach dem Grund dafür zu fragen. Der lag auf der Hand.

Er brauchte ein Arbeit, die ihn mit aufregenden Dingen konfrontierte – eine Möglichkeit, ein Ventil für die Energien zu finden, die tief in ihm brodelten. Aktion, ja – aber mit einer Zweckbestimmung, die ihm etwas bedeutete. Er brauchte das Gefühl, auf der Seite des Guten zu kämpfen – gegen das Böse. Ein solches Motiv klang heutzutage ziemlich banal und abgedroschen, und das wußte Eliot auch. Deshalb sprach er nicht darüber. Was jedoch nichts daran änderte, daß er sich von jenem Prinzip leiten ließ.

Doch Catherine verriet nichts von diesen Überlegungen, als sie ihrem Mann sagte: »Schnapp dir die Tiere, Eliot. Bring sie hinter Schloß und Riegel, damit sie nie wieder solche Dinge anstellen können.«

Er lächelte schief. »Dazu werde ich mir alle Mühe geben. Übrigens: Ich fange gleich heute abend damit an. Warte nicht auf mich. Wahrscheinlich komme ich erst morgen früh oder noch später zurück.«

»Und ich schätze, du hast wie üblich keine Zeit, eine ordentliche Mahlzeit zu dir zu nehmen. Ich bereite dir etwas vor, was du zwischendurch an deinem Schreibtisch oder unterwegs essen kannst. Okay?«

»Okay«, antwortete Eliot und sah Catherine liebevoll nach, als sie in die Küche ging.

Sie arbeitete rasch, stellte zwei große Sandwiches zusammen und schnitt einige Möhren. Dabei fiel ihr auf, daß der Wandkalender noch immer das Datum des Vortages zeigte, und sie riß das Blatt ab und wickelte die Karotten darin ein. Die Schnitten hüllte sie in Wachspapier, schob sie zusammen mit den Möhren in eine braune Papiertüte und fügte auch noch ein wenig Konfekt hinzu.

Dann zögerte sie und holte die Karotten wieder hervor. Sie wickelte sie aus, nahm einen Stift zur Hand und schrieb einige Worte auf das Kalenderblatt. Lächelnd verstaute sie sie anschließend erneut in der Tüte und kehrte ins Büro Eliots zurück. Er machte sich gerade zum Aufbruch bereit, legte die Skizze samt der Karte in seine Aktentasche und fügte auch eine Liste mit detaillierten Notizen hinzu, die für die Einsatzbesprechung mit seinen Leuten bestimmt waren.

Seine Tasche ähnelte sehr derjenigen, die Frank Nitti am Nachmittag zuvor im Speakeasy zurückgelassen hatte – aber das konnte Eliot natürlich nicht wissen. Die Beamten von der Spurensicherung, die die Trümmer des Hauses untersuchten, fanden keine Reste des Koffers, in dem sich die Bombe befunden hatte. Es war ihnen noch nicht einmal gelungen, alle Teile der zerfetzten Leichen einzusammeln.

Catherine legte das Lunchpaket in die Aktentasche, und Eliot knöpfte sich die Weste zu und stand auf. Er öffnete eine Schreibtischschublade und holte das Schulterholster seiner 45er hervor. Als er es anlegte, rechnete Catherine unwillkürlich damit, erneut zu schaudern – wie jedesmal, wenn sie ihn dabei beobachtete. Es war ein deutlicher Hinweis auf die Gefährlichkeit der Arbeit, der er nachging. Und mit dieser Erkenntnis ging die bedrükkende Sorge einher, ob Eliot – wenn er in einen Kampf geriet, bei dem es um Leben oder Tod ging – tatsächlich dazu in der Lage sein mochte, Gebrauch von der Waffe zu machen.

Catherine hatte einmal erlebt, wie Eliot an einem Polizeiwettbewerb teilgenommen hatte. Er war als zweitbester von insgesamt zwölf Schützen klassifiziert worden. Doch das Schießen auf Zielscheiben ließ sich nicht damit vergleichen, auf Menschen anzulegen. Catherine erinnerte sich daran, ihren Mann einmal gefragt zu haben, ob er dazu fähig sei.

»Darauf weiß ich keine Antwort, Schatz«, erwiderte Eliot nach kurzem Nachdenken. »Ich glaube, das wird sich erst dann erweisen, wenn ich mich in einer entsprechenden Situation entscheiden muß.«

Er nahm auch eine zusätzliche Munitionsschachtel aus der Schublade und legte sie ebenfalls in die Aktentasche, die er daraufhin schloß. Dann stand er auf. Catherine nahm seine Jacke vom Stuhl und streifte sie ihm über die Schultern. Eliot drehte sich um, legte ihr die Hände auf die Wangen und hauchte ihr einen Kuß auf die Lippen.

Nach kurzem Zögern trat Catherine zurück und sah mit einem angedeuteten Lächeln zu ihm auf. »Ich liebe dich ebenfalls – aber du solltest solche Dinge jetzt lassen, wenn du nicht zu spät zur Arbeit kommen willst.«

Sie schlang Eliot den einen Arm um die Taille und brachte ihn zur Tür. Auf der Veranda blieb sie stehen und sah ihm nach, als er an den Pontiac herantrat und einstieg. Er fuhr den Wagen auf die Straße, und Catherine winkte zum Abschied.

Dann ließ sie die Hand sinken und verschränkte fest die Finger ineinander.

6

Die für den Mittag einberufene Pressekonferenz fand in einem extra dafür vorgesehenen Raum im Hauptquartier der Polizei Chicagos statt. Insgesamt neun Reporter waren zugegen, und drei hatten Blitzlicht-Kameras dabei. Eliot saß ganz vorn im Zimmer, den Journalisten direkt gegenüber, und der Polizeipräsident stand neben ihm und hielt eine lange und wortgewaltige Ansprache, der die Reporter nur wenig Beachtung schenkten.

Sein Stellvertreter Mike Casey hockte in einer Ecke hinter den Pressevertretern und schien sich ebenfalls nicht sonderlich für die Worte seines Vorgesetzten zu interessieren. Casey war ein kräftig gebauter und gut vierzig Jahre alter Mann, mit breiten, nach unten geneigten Schultern und der Andeutung eines massigen Bierbauchs. Er hatte die dicken Arme über der uniformierten Brust verschränkt, und in seinem rötlichen und offenen Gesicht zeigte sich ein gelangweilter Ausdruck. Einige Male begegnete sein Blick dem Eliots, und dann deuteten seine Lippen ein dünnes und zynisches Lächeln an.

Eliot achtete darauf, jenes Lächeln nicht zu erwidern, denn er wußte, daß die ganze Zeit über die neugierigen Blicke der Reporter auf ihm ruhten. Er ließ sich auch seine Erleichterung nicht anmerken, als eine Veränderung im Tonfall des Polizeipräsidenten darauf hindeutete, daß er sich allmählich dem Ende seiner Rede näherte.

Er erklärte, wie sehr er – ebenso wie alle anderen anständigen Bürger der Stadt – den gräßlichen Bombenanschlag verurteilte, dem am vergangenen Nachmittag drei Personen, unter ihnen ein elfjähriges Mädchen, zum Opfer gefallen waren. »Ich möchte Ihnen allen versichern«, fuhr er fort, »daß die Ermittlungsbeamten meines Departments rund um die Uhr arbeiten, um dieses Ver-

Chicago zur Zeit der Prohibition. Der Regierungsbeamte Eliot Ness (Kevin Costner) wird beauftragt, dem Gangsterboß Al Capone das Handwerk zu legen.

Al Capones (Robert De Niro, Mitte) Macht erscheint grenzenlos: Sein Einfluß reicht bis in die obersten Ränge des Staatsapparates.

brechen aufzuklären und die dafür Verantwortlichen zur Rechenschaft zu ziehen. Darüber hinaus erinnere ich Sie daran, daß der Alkoholschmuggel und die damit in Zusammenhang stehenden vielen abscheulichen Verbrechen ein landesweites Problem darstellen und nicht nur allein Chicago betreffen. Außerdem möchte ich darauf hinweisen, daß meine Mitarbeiter und ich im Verlaufe der letzten Jahre unter den schwierigsten Bedingungen alles Menschenmögliche unternommen haben, um unsere Stadt von diesem Fluch zu befreien.«

Der Polizeichef legte eine Kunstpause ein und fügte mit hallender Stimme hinzu: »Und wir sind fest entschlossen, in unseren Bemühungen nicht nachzulassen.« Er deutete auf Eliot. »Dieser Gentleman, Mr. Eliot Ness, ist Spezialagent des Finanzministeriums, und er wurde von Washington hierhergeschickt, um mein Department und mich bei unseren Anstrengungen zu unterstützen.« Er wandte sich Eliot zu. »Wären Sie so freundlich, einige Worte an die Herren von der Presse zu richten, Mr. Ness?«

Eliot erhob sich zögernd. Es war noch zu früh, um Außenstehenden die Methoden zu erläutern, von denen er Gebrauch machen wollte, um seinen Auftrag durchzuführen. Nach dem in einigen Stunden beginnenden Einsatz und einigen weiteren Aktionen aber mußte seine Taktik allgemein bekannt werden. Dann konnte er öffentliche Erklärungen abgeben, die mehr ins Detail gingen. Bis dahin jedoch konnte er den Reportern nichts anderes anbieten als nur eigentlich unbedeutende Allgemeinplätze – so wie vor ihm auch der Polizeipräsident. Und das war sicher nicht dazu angetan, ihn bei der Presse und den Zeitungslesern beliebt zu machen.

Andererseits jedoch hatte ihm der Chef die volle Unterstützung seines Departments zugesichert, ein Umstand, der Eliot ebenfalls zur Kooperation verpflichtete und ihm keine andere Wahl ließ, als in Hinsicht auf die Öffentlichkeitsarbeit dem Beispiel des Polizeipräsidenten zu folgen.

»Auf eine Anfrage der Stadt Chicago hin«, sagte Eliot, »hat die Bundesregierung eine Sonderprogramm ins Leben gerufen, mit dem der illegale Alkoholschmuggel und die ihn begleitende Gewalt bekämpft werden sollen.«

»Und worin besteht dieses Sonderprogramm?« hakte einer der Reporter nach und kam damit sofort auf die Einzelheiten zu sprechen, die Eliot ihm noch nicht nennen konnte.

»Zusammen mit anderen Agenten der Regierung«, wich Ness vorsichtig aus, »arbeite ich mit der Polizei Chicagos und anderen Kontrollorganen zusammen, um die Prohibition gemäß den Bestimmungen des Volstead Acts durchzusetzen.«

»Ist das denn nicht nur weitere Makulatur?« fragte ein zweiter Reporter. »Ein neuerlicher Versuch, der Bevölkerung Sand in die Augen zu streuen und ihr einzureden, es käme bald alles in Ordnung – obgleich sich dann überhaupt nichts verändert?«

Bevor Eliot Gelegenheit bekam, diese Frage zu beantworten, meldete sich ein dritter Reporter zu Wort. »Was halten Sie von der Prohibition, Mr. Ness? Sie persönlich, meine ich. Als gewöhnlicher Bürger und nicht als Sprecher der Regierung.«

Eliot ging rasch auf beide Fragen ein. »Es handelt sich *nicht* um Makulatur, und ich will Ihnen ganz offen sagen, wie ich zur Prohibition stehe. Sie ist geltendes Gesetz. Und ich bin weder ein gewöhnlicher Bürger noch ein Sprecher der Regierung, sondern ein Beamter, der einen Eid darauf geleistet hat, den Gesetzen dieses Landes Geltung zu verschaffen. Und das ist auch meine Absicht.«

»Glauben Sie denn wirklich, Sie könnten alle Leute verhaften, die sich ab und zu ein Gläschen genehmigen, Mr. Ness?«

»Ich bin nicht hinter den Bürgern her, die dann und wann etwas trinken«, erwiderte Eliot scharf. »Ich habe es vielmehr auf die gemeingefährlichen Gangster abgesehen, die sich durch den illegalen Alkoholschmuggel eine goldene Nase verdienen. Auf Ungeheuer wie Al Capone, dem es mit Hilfe seiner enormen Profite gelungen ist, sowohl das Gesetz dieses Landes als auch diejenigen zu korrumpieren, die es eigentlich vertreten sollten.«

Und ein besonders ironischer Journalist bemerkte bissig: »Für mich hört sich das ganz so an, als betrachteten Sie sich als eine Art edler Ritter, Mr. Ness. Als ein Ritter, der auf seinem weißen Roß gegen einen Drachen in den Kampf reitet. Ist es nicht so?«

»Wir alle wissen, daß es Drachen nur in Märchen und Legenden gibt, nicht wahr?« hielt ihm Eliot ruhig entgegen. »Andererseits jedoch symbolisieren sie etwas, und jenes Etwas existiert *wirklich*. Die meisten Ihrer Zeitungen zeigen heute auf der Titelseite eine Fotografie – das Bild eines kleinen Mädchens, das eigentlich noch sein ganzes Leben vor sich hatte. Doch gestern nachmittag wurde es in einem Speakeasy von der Explosion einer Bombe in Stücke gerissen. Wenn Sie sich das nächstemal Al Capone als einen harmlosen mythischen Drachen vorstellen, sollten Sie sich erneut jenes Bild ansehen.«

Und diese Worte Eliots erkannten die Reporter sofort als einen journalistischen Leckerbissen. Flink kritzelten die Schreibstifte übers Papier und notierten die Bemerkung. Anschließend jedoch ging es bei den Fragen verständlicherweise darum, auf welche Weise Eliot gegen das organisierte Verbrechen vorzugehen gedenke. Er gab so offen wie möglich Auskunft, ohne die Einzelheiten zu enthüllen, die noch nicht bekannt werden durften. Er bedauerte es sehr, nicht mehr erklären zu können, und der zunehmende Sarkasmus der Reporter verwunderte ihn nicht. In den letzten Jahren hatten sie bereits zu viele zwar großartig klingende, aber doch inhaltsleere Worte gehört – und bisher bestand das einzige Ergebnis all jener Versprechungen darin, daß Al Capone immer mächtiger und frecher wurde.

Kurz darauf beendete der Polizeipräsident die Pressekonferenz. Er legte Eliot den Arm um die Schultern, um sicherzustellen, daß einige der Fotos auch ihn zeigten, und offenbarte sein strahlendstes Lächeln. Einige Journalisten traten auf sie zu, um noch einige letzte Fragen zu stellen. Eliot überließ die Antworten dem Mann an seiner Seite und blickte über die Sitzreihen hinweg.

Deputy Chief Mike Casey war aufgestanden und trat auf die gläserne Doppeltür zu. Er gab Eliot ein Zeichen, indem er kurz den massigen Kopf neigte.

»Bitte entschuldigen Sie mich jetzt, meine Herren«, sagte Eliot. »Ich muß an meine Arbeit zurück.« Er wandte sich von dem Polizeipräsidenten und den Reportern ab und begab sich in den rückwärtigen Bereich des Zimmers.

Ein älterer Cop hielt ihm einen der beiden Türflügel auf, und Eliot betrat den breiten Korridor, in dem Mike Casey auf ihn wartete.

»Nettes Gerede, das Sie da eben zum besten gegeben haben«, sagte er geradeheraus. »Sie sind fast so gut wie der Chef.«

Eliot verzog das Gesicht. »Die Wunde schmerzt noch immer. Reißen Sie sie nicht wieder auf.«

Casey grinste. »Na gut – diesmal schone ich Sie noch. Was die Einsatzgruppe angeht: Ich habe Lieutenant Alderson Bescheid gegeben. Ich hoffe, er schafft es, alle

Leute bis zum genannten Zeitpunkt zusammenzutreiben.«

»Das hat er bereits. Ich habe Alderson kurz vor der Pressekonferenz gesehen. Die Gruppe erwartet mich um eins.« Eliot sah kurz auf die Uhr. »Es bleibt mir keine halbe Stunde mehr.«

»Kommen Sie ohne mich zurecht?« fragte Casey. »Ich habe noch einige andere Dinge zu erledigen, die mir der Chef auftrug. Bestimmt erwartet er, vor dem Beginn der Aktion heute abend unterrichtet zu werden. Aber die Einzelheiten kann ich mir später noch besorgen, von Ihnen oder Alderson. Okay? Können Sie bei der Einweisung auf mich verzichten?«

»Ich brauche niemanden, der mir die Hand hält.«

»Das freut mich. Der Chef kann manchmal nicht auf ein Kindermädchen verzichten. Fast nie, um genau zu sein.«

»Das ist der Nachteil, wenn man eine wichtige Position bekleidet, Mike.«

»Eine wichtige Position? Ich dachte, recht wichtig zu sein, als ich mir noch als Streifenpolizist die Füße plattlatschte. Aber bei dieser erhabenen Truppe hier bin ich mir da gar nicht so sicher.« Niedergeschlagen schüttelte Casey den Kopf, doch gleich darauf erhellte sich seine Miene wieder. »Ach, was soll's – hören Sie nicht auf einen alten Brummkopp wie mich. Habe was erreicht und beschwere mich sogar noch darüber.« Er klopfte Eliot mit der breiten Hand auf die Schulter. »Viel Glück für heute abend.«

Ein Reporter aus dem Konferenzzimmer – einer der drei, die mit Kameras ausgerüstet waren – kam gerade in dem Augenblick durch die Doppeltür, als Casey jene Worte aussprach. Und er hörte sie.

Er war nicht schwer von Begriff. Er kniff die Augen zusammen und musterte erst Casey und dann Eliot. »Viel Glück für *was*?«

»Verzieh dich, Fergy!« knurrte Casey.

Aber die Aufmerksamkeit des Reporters blieb weiterhin auf Eliot gerichtet. »Was haben Sie *wirklich* vor, Mr. Ness? Was ist für heute abend geplant?«

Eliot bedachte ihn mit einem freundlichen Lächeln. »Ich weiß nur das, was ich in der Zeitung gelesen habe.«

»Kommen Sie, Mr. Ness, machen Sie mir nichts vor. Ganz gleich, was Sie auch beabsichtigen – ich möchte Sie begleiten. Ich bring' Sie auf die Titelseite, Mann – mit Foto und einer Superstory. Und das nützt Ihnen ebenso wie mir.«

»Tut mir leid«, erwiderte Eliot und lächelte nach wie vor.

»Dieser Kerl hier«, sagte Casey trocken und deutete auf den Reporter, »heißt Ferguson. Arbeitet für die *Tribune*. Ein ziemlich gerissener Typ, der einem manchmal ganz schön auf die Nerven gehen kann. Ist zu aufdringlich. Muß immer wieder in seine Schranken gewiesen werden.« Seine Hand schloß sich fest um den Ellenbogen Fergusons. »Komm mit und red mit dem Chef, Fergy – *der* mag die Presse.« Casey zog den Mann einfach mit sich durch die Doppeltür ins Konferenzzimmer zurück.

Catherine behielt recht: Eliot hatte gerade Zeit genug, im zweiten Stock des Hauptquartiers ein sehr hastiges Mittagessen einzunehmen. Als er die Dinge aus der Tüte nahm, die seine Frau für ihn vorbereitet hatte, bemerkte er die kurze Notiz auf dem Kalenderblatt, in das die Möhren eingewickelt waren. Er glättete es auf dem Schreibtisch und lächelte, als er die Handschrift Catherines erkannte:

›Ich bin sehr stolz auf dich.‹

Darunter zeigte sich eins der kleinen Herzen, mit denen sie manchmal schriftliche Hinweise für ihn signierte.

Er lächelte noch immer, als er den Zettel sorgfältig zusammenfaltete und ihn in die Seitentasche der Jacke schob. Vielleicht wurde er zu einem guten Souvenir, zu einem Andenken, das ihn später an das erinnerte, was an diesem Abend geschehen würde – an den ersten Schlag gegen Al Capone.

Er schluckte gerade den letzten Bissen des zweiten Sandwiches hinunter, als Lieutenant Alderson ins Büro kam.

Alderson hatte die Aufgabe, die Ausbildung der Leute zu übernehmen, die die Einsatzgruppe Eliots bildeten. Er war etwa im Alter von Ness und ebenso groß – ein gertenschlanker Mann mit tadellos sitzender Uniform, blondem Haar und ruhig blickenden braunen Augen. Trotz seiner erst recht kurzen Laufbahn konnte Alderson nicht nur eine beeindruckend lange Liste von Verhaftungen vorweisen, sondern auch zwei Tapferkeitsmedaillen und einen Abschluß in Jura, den er in der Abendschule erworben hatte, während er tagsüber als Streifenpolizist tätig gewesen war. Aufgrund dieser Leistungen – und mit der Hilfe seines Onkels, der in der gesetzgebenden Körperschaft des Landes irgendeinen hohen Posten bekleidete – nahm er bereits den Rang eines Lieutenants ein.

Nach Eliots Meinung gab sich Alderson ein wenig zu steif und förmlich. Er glaubte, in ihm den Karrieretyp zu erkennen, den man eigentlich eher beim Militär erwartete und nicht so sehr bei der Polizei. Andererseits wußte er, daß er sich auf ihn als Officer verlassen konnte. Alderson war unglaublich tüchtig, und er sorgte für strenge Disziplin bei der Einsatzgruppe.

»Mr. Ness«, sagte der junge Mann, »die Männer sind alle eingetroffen und warten. Wenn Sie jetzt mit ihnen sprechen möchten . . .«

»Ich bin bereit, Lieutenant.« Eliot nickte in Richtung

der großen Kanevas-Karte, die sich Alderson zusammengerollt unter den einen Arm geschoben hatte. »Ist das die, die ich angefordert habe?«

»Ja, Sir.«

»Gut. Dann kommen Sie.«

»Nach Ihnen, Sir.«

Zusammen mit Alderson begab sich Eliot Ness ins Besprechungszimmer.

7

Durch die Fenster in der einen Wand des Raumes konnte man auf den großen Parkplatz hinter dem Polizei-Hauptquartier blicken. An zwei anderen Wänden standen diverse Waffen: von Tränengasgranaten bis hin zu abgesägten Schrotflinten. Die vierte Wand bot Platz für eine große Tafel und ein Notizbrett aus Kork, an dem diesmal jedoch keine Mitteilungen hingen. Auch die Tafel war leer.

Es handelte sich um ein recht großes Zimmer, doch es genügte gerade, um alle Mitglieder der Einsatzgruppe aufzunehmen. Insgesamt dreißig Männer warteten auf Eliot. Sie hatten auf Bänken und Klappstühlen Platz genommen, und ihre Uniformjacken saßen ebenso tadellos wie die Lieutenant Aldersons. Vervollständigt wurde ihre Aufmachung von Reithosen und polierten Stiefeln. Sie waren einerseits jung genug, um in bester körperlicher Verfassung zu sein, doch andererseits hatten sie Gelegenheit gehabt, einige Jahre lang im aktiven Außendienst Erfahrungen zu sammeln.

Alle dreißig sprangen auf und salutierten, als Eliot und der Lieutenant eintraten.

Alderson blickte sie der Reihe nach aus seinen kühlen braunen Augen an und nahm eine rund zehn Sekunden dauernde Inspektion vor. Dann sagte er scharf: »Rührt euch!«

»Setzen Sie sich«, wandte sich Eliot kurz darauf an seine Leute. »Und machen Sie es sich bequem. Die Einweisung wird einige Zeit in Anspruch nehmen.«

Als sie wieder Platz genommen hatten, trat Eliot an einen flachen Schreibtisch an der Wand heran, an der die Tafel und das Notizbrett hingen. Er stellte seine Aktentasche ab und wandte sich den Wartenden zu.

»Von einem zuverlässigen Informanten habe ich den Tip bekommen, daß in Capones Lager hier in Chicago eine ziemlich große Lieferung von Spirituosen aus Kanada eingetroffen ist. Nach den mir vorliegenden Informationen wird jenes Lager ständig von einigen bewaffneten Wachen gesichert. Ich hoffe also, Sie haben sich für diese Gruppe gemeldet, weil Sie auf Action aus sind. Es sieht nämlich ganz danach aus, als sollten Sie die bekommen. Wir greifen das Lager heute abend an.«

Eliot machte eine kurze Pause, beobachtete die Gesichter der Männer und sah keine Furcht darin, nur Interesse und Entschlossenheit. »Die Gorillas, mit denen wir es zu tun bekommen«, fuhr er fort, »haben bereits einige Kämpfe hinter sich. Hauptsächlich gegen die Typen, die früher die Konvois überfielen. Sie wissen, wie man mit Kanonen umgeht, und bestimmt haben sie keine Bedenken, damit zu töten. Ich möchte, daß sie festgesetzt werden, daß wir sie zu fassen kriegen. Lebend, wenn möglich – aber nicht um jeden Preis. Wenn jemand erschossen werden muß, wenn wir das Lager stürmen, so will ich nicht, daß es einer von uns ist. Irgendwelche Fragen hierzu?«

Eine Hand kam in die Höhe.

Lieutenant Alderson sah den Mann an. »Sergeant McGough.«

»Okay, Sergeant«, sagte Eliot. »Um was geht's?«

»Um die Verhaftung der Leute im Lager«, antwortete McGough. »Ich habe vor rund einem Jahr schon einmal an einer solchen Aktion teilgenommen. Wir benutzten Äxte und Vorschlaghämmer, um einzudringen. Die hölzernen Tore stellten dabei kein Problem dar, aber wie sich herausstellte, gab es dahinter massive Stahltüren. Und es dauerte eine halbe Ewigkeit, bis wir die durchbrochen hatten – lange genug, um den Gangstern die Möglichkeit zu geben, spurlos zu verschwinden. Sie setzten sich durch einen geheimen Fluchttunnel ab.«

»Das Lager, das für heute abend auf dem Plan steht, weist ebenfalls einen solchen Tunnel auf«, sagte Eliot. »Außerdem auch noch zwei weitere mögliche Ausgänge. Aber wir wissen, wo sie sich befinden und wohin sie führen, und einige von Ihnen werden so stationiert, daß Sie die Kerle schnappen können, die sich aus dem Staub machen wollen. Dazu komme ich später noch.«

Und bei seinem Vortrag ging es auch um stählerne Türen. Nach der Auskunft Stash Mosers gab es durchaus eine solche, und zwar hinter dem Holztor, durch das die Lkw einfuhren. Doch Eliot hatte schon vor einer Woche eine Lösung für dieses Problem gefunden, und von Lieutenant Alderson waren entsprechende Vorbereitungen getroffen worden. Es stand ein schwerer Mack-Laster mit frisiertem Motor bereit, der vorn über einen verstärkten Schneepflug verfügte. Derzeit befand sich das Fahrzeug in einer Garage, drei Blocks vom Hauptquartier entfernt.

Eliot holte Skizze und Karte aus seiner Aktentasche, breitete sie auf dem Schreibtisch aus und nickte Alderson zu. »Lieutenant, bitte hängen Sie jetzt die Karte auf, die Sie mitgebracht haben.«

Mit Reißzwecken steckte Alderson den oberen Rand der großen Karte an dem Mitteilungsbrett fest und entrollte sie anschließend. Die Darstellung zeigte einen zehn Blocks umfassenden Bereich, der das Lager umgab, und alles war ganz deutlich zu erkennen: jede Straße und Gasse, jedes einzelne Gebäude.

Eliot griff nach einem Stift und markierte das Lager mit einem X. »Das ist unser Ziel. Jeder der drei Gruppen, in die Lieutenant Alderson Sie eingeteilt hat, kommt eine besondere Aufgabe zu. Gruppe A führt den Angriff durch. Gruppe B überwacht die Ausgänge des Lagers und schnappt sich jeden, der zu entkommen versucht. Gruppe C hält sich am Rande in Bereitschaft, schirmt bei Beginn der Aktion das Gelände ab und hält die Leute davon fern, bis alles vorbei ist. Lieutenant, bitten Sie die Leiter der einzelnen Gruppen hierher.«

Alderson nannte drei Namen. Eliot wartete, bis sie sich zu ihm gesellt hatten, und dann machte er sich daran, seine Skizze des Lagers mit Kreide auf die Tafel zu kopieren. Als er damit fertig war, richtete er die Aufmerksamkeit des Anführers von Gruppe A auf die Lkw-Zufahrt. »Wir brechen hier durch. Lieutenant Alderson und ich schließen uns der Angriffsgruppe an.«

Nachdem er die Methode und zeitliche Abstimmung des Vorstoßes erklärt hatte, wandte sich Eliot der Aufgabe von Gruppe B zu, die von Sergeant McGough geleitet wurde. »Dies hier sind die drei möglichen Fluchtwege aus dem Lager. Teilen Sie Ihre Leute entsprechend ein, um sie zu überwachen.« Ness zeigte auf die Darstellung an der Tafel und markierte die Hintertür. »Ein Drittel Ihrer Männer hier. Die zweite Einheit benötigt eine Leiter, um die Luke im Dach kontrollieren zu können. Sorgen Sie dafür, daß die entsprechenden Leute *leise* Stellung beziehen.«

Im Abschluß daran sah Eliot wieder auf die Karte. »Der Fluchttunnel aus dem Lager endet in dieser Gasse hier.« Er kennzeichnete sie. »Der Rest von Gruppe B geht dort in Position. Ich möchte, daß die drei Einheiten genau eine Minute vor dem Angriff von Gruppe A in Stellung gehen. Nicht eine Sekunde vorher. Und erst recht nicht später. Klar?«

»Ja, Sir. Genau eine Minute vorher.«

Dann ging Eliot die Karte mit Lieutenant Alderson und dem Leiter von Gruppe C durch, und sie wählten die besten Plätze für die Männer und Fahrzeuge, um sicherzustellen, daß das Gelände abgeriegelt war. Kurz darauf wandte sich Ness noch einmal der Zeichnung auf der Tafel zu und markierte die Stellen, an denen sich nach Auskunft Stash Mosers die Wachen für gewöhnlich aufhielten: vorne, direkt hinter dem Tor der Lkw-Zufahrt.

»Außerdem stehen in jenem Bereich viele der kürzlich eingetroffenen Spirituosenkisten. Jede von ihnen weist ein rotes Kiefernemblem auf. Einige Arbeiter werden heute abend damit beschäftigt sein, sie auf Karren zu verladen und in die hintere Sektion des Lagers zu bringen.«

Das erinnerte Eliot an das Problem seines Spitzels.

»Einer der Männer ist mein Informant, einer der beiden Arbeiter. Er trägt keine Waffe bei sich, ebensowenig sein Kollege. Und *mein* Mann ist an einem roten Halstuch zu erkennen. Ich möchte nicht, daß ihm irgend etwas geschieht.«

»Rotes Halstuch«, wiederholte Lieutenant Alderson laut. »Haben das alle verstanden?« Die Leute nickten, und der Lieutenant drehte sich wieder zu Eliot um. »Keine Sorge – wir achten darauf, daß Ihr Mann nicht zu Schaden kommt.«

»Sie brauchen ihn nicht unbedingt mit Samthandschuhen anzufassen; die Gangster dürfen nicht merken, daß er es war, der uns den Tip gab. Sorgen Sie nur dafür, daß er nicht erschossen oder zusammengeschlagen wird. Ich beabsichtige, ihn zusammen mit den anderen Kerlen zu verhaften, die wir im Lager vorfinden.«

Der Umstand, daß man weder bei Moser noch bei seinem Kollegen eine Waffe entdecken würde, sollte später als Vorwand für eine rasche Entlassung aus der Untersuchungshaft herhalten – ohne daß irgend jemand Verdacht schöpfte. Auf diese Weise konnte Moser in einem anderen Teil der Organisation Capones für Eliot weiterarbeiten.

Kurz nach Einbruch der Dunkelheit verließ Eliot Ness das Hauptquartier und betrat den Parkplatz hinter dem Gebäude. Er näherte sich dem unauffälligen Packard, den ihm das Polizei-Department zur Verfügung gestellt hatte, stieg ein und nahm vorne Platz, neben dem Fahrer, einem einfachen Streifenpolizisten namens Preseuski. Der vierschrötige junge Mann gehörte ebenfalls zur Einsatzgruppe, und für die nun bevorstehende Aktion trug er gewöhnliche Zivilkleidung.

Eliot schloß die Tür, lehnte sich im Sitz zurück und fragte leise: »Wie sieht's aus, Preseuski?«

Der Fahrer nickte. »Die Jungs sind fast fertig, Sir.« Seine Stimme klang dumpf und angespannt.

Eliot blickte durch die Windschutzscheibe und beobachtete, wie die Mitglieder der Gruppen B und C in die Wagen stiegen. Die zehn Männer der Gruppe A warteten auf die Ankunft ihres Fahrzeugs. Jeder von ihnen war entweder mit einem Karabiner oder einer Schrotflinte bewaffnet.

»Nervös?« erkundigte sich Eliot.

»Nein, Sir«, erwiderte Preseuski. »Nur ein wenig aufgeregt. Aber ich habe keine Angst – um Ihre eigentliche Frage zu beantworten.«

»Ein *bißchen* Angst kann nicht schaden«, sagte Eliot. »Das hilft einem, in kritischen Situationen schneller zu reagieren.«

Er griff in die Tasche und tastete nach den Zigaretten. Als er die Packung hervorzug, hielt er auch noch etwas anderes in der Hand: den zusammengefalteten Zettel mit der Notiz Catherines. Er zündete sich eine Zigarette an und schob die Packung mitsamt dem Kalenderblatt in die Tasche zurück. »Sind Sie verheiratet, Preseuski?«

»Ja, Sir. Seit einigen Jahren schon.«

»Es ist wunderbar, wenn man die richtige Frau an seiner Seite hat.«

»Da bin ich ganz Ihrer Meinung, Sir. Eine tolle Sache. Solche Frauen sind nicht leicht zu finden.«

In diesem Augenblick kam der große Mack-Laster aus einer dunklen Seitenstraße und fuhr auf den Parkplatz. Mit dem vorn befestigten verstärkten Schneepflug sah der Wagen wie ein vorsintflutliches Ungeheuer aus, das aus den Schatten heranstampfte.

Lieutenant Alderson saß neben dem Fahrer in der Kabine. Der Laster wurde langsamer und hielt an. Die Mitglieder von Gruppe A näherten sich ihm und kletterten hinein.

Eliot sah auf seine Uhr. Sie hatten noch sechzehn Minuten Zeit, bis sich die drei Einheiten der Einsatzgruppe auf den Weg nach dem Lager machen sollten, aber Ness konnte nicht länger warten und wollte sich das Gelände ansehen, bevor die anderen eintrafen.

Er schnippte die Zigarette aus dem Seitenfenster. »Geben Sie Gas, Preseuski.«

8

Ein Industriegebiet mit Halden und Schuppen, dunkel und schmutzig, ätzender Staub in der Luft. Und der Wind trieb die stinkenden Qualmwolken dahin, die aus den Schornsteinen eines nahen Chemiewerkes wallten. Die Straßen waren jetzt finster und leer, und die Tore des unübersichtlichen Durcheinanders aus Fabriken, Lagern und umzäunten Lkw-Parkplätzen hatten sich für die Nacht geschlossen.

Der Wagen, in dem Eliot und sein Fahrer saßen, stand an einer besonders dunklen Stelle, an der Mauer eines Betriebes, in dem Pappkartons hergestellt wurden. Die einzige Straßenlampe war einen halben Block entfernt und glühte matt an der Ecke einer Kreuzung. Und noch einmal einen knappen halben Block weiter befand sich das Lager mit illegalem Hochprozentigem.

Es handelte sich um ein gedrungen wirkendes viereckiges Gebäude, das einmal zur Unterbringung von Ersatzteilen für landwirtschaftliche Maschinen gedient hatte. Vor zwei Jahren war es von Al Capone gekauft worden. Allerdings gab es keine Verträge oder andere offizielle Unterlagen, die den Eigentumswechsel dokumentierten.

Man konnte es für ebenso verlassen halten wie alle anderen Häuser und Schuppen im Umkreis von mehreren Blocks. Sie waren langsam daran vorbeigefahren, und anschließend hatte es sich Eliot heimlich aus der Nähe angesehen. Hinter den Fenstern schimmerte kein Licht, und nicht das geringste Geräusch drang aus dem Innern.

Ness hielt eine abgesägte Schrotflinte in den Händen. Der neben ihm sitzende Preseuski war mit einer Axt ausgerüstet, und die Finger der rechten Hand schlossen sich um den Kolben seines Revolvers. Sie brauchten nur noch einige wenige Minuten zu warten. Die Mitglieder der Gruppe C hatten inzwischen am Rande des Geländes Stellung bezogen, und Gruppe B teilte sich gerade in drei Einheiten auf, um die Ausgänge und Fluchtwege zu blockieren. Die Männer, die den eigentlichen Angriff durchführen sollten, würden sich gleich mit dem Mack-Laster nähern.

Eine schattenhafte Gestalt trat aus der schmalen Gasse in der Nähe der Kreuzung. Der Mann blieb stehen, sah sich aufmerksam um und schien nach irgend etwas Ausschau zu halten. In der Finsternis konnte Eliot ihn nicht erkennen. Offenbar hielt er in der einen Hand einen zwar klobigen, doch nicht allzu großen Gegenstand.

Plötzlich setzte sich der Mann wieder in Bewegung und trat mit raschen Schritten auf die Kreuzung zu. Dadurch näherte er sich auch dem Wagen; es war jedoch zweifelhaft, ob ihm das Fahrzeug in der Dunkelheit auffiel, und ganz sicher bemerkte er nicht die beiden darin sitzenden Personen. Als er die Kreuzung erreicht, blieb er erneut stehen und beobachtete die davon abzweigenden Wege.

Das matte Licht der Straßenlampe fiel auf den Gegenstand, den er bei sich führte, und als Eliot das Objekt sah, wußte er, mit wem sie es zu tun hatten. Ness gab leise einen nicht zu unterdrückenden Fluch von sich, stieg aus und eilte dem Mann entgegen, wobei er darauf achtete, so wenige Geräusche wie möglich zu verursachen.

Der Mann hörte ihn erst im letzten Augenblick und drehte sich erschrocken zu ihm um. Dann grinste er, als er ihn erkannte.

Eliot sprach gedämpft, was jedoch nicht über den scharfen Klang seiner Stimme hinwegtäuschte. »Sie verdammter Hurensohn! Wie haben Sie es herausgefunden?«

»War ganz einfach, als ich erst einmal einen Riecher

dafür hatte und ahnte, daß heute abend irgend etwas läuft«, erwiderte Ferguson selbstzufrieden. »Ich kenne eine ganze Menge Cops – und darunter auch einige, die Ihrer neuen Einsatzgruppe angehören. Oh, machen Sie sich keine Sorgen: Niemand von ihnen hat mir was verraten. Ich habe mich nur im Hauptquartier herumgetrieben, die Augen offengehalten und mich umgehört. Und ich bin euch Jungs gefolgt, als ihr euch auf den Weg machtet. Als einige Ihrer Mitarbeiter in der Nähe dieses Bereichs Sperren einrichteten, ließ ich meinen Wagen zurück und schlich durch eine Gasse, auf der Suche nach dem zentralen Aktionsbereich. Sieht ganz danach aus, als hätte ich ihn gefunden, was?«

»Verschwinden Sie von hier, und zwar schnell«, schnappte Eliot. »Bevor ich Sie windelweich prügele und Ihre Kamera in Schrott verwandle.«

»Seien Sie doch vernünftig«, drängte der Reporter und Pressefotograf. »Meine Anwesenheit kann Ihnen viele Vorteile bringen. Ich schreibe einen Exklusivbericht und lockere ihn mit einigen netten Fotos auf, und morgen sehen Sie sich auf der Titelseite wieder. Eine gute Presse hat noch niemandem geschadet. Und dann bekommen Sie all die Unterstützung, die Sie für Ihre Arbeit brauchen. Geben Sie sich einen Ruck, Mr. Ness.«

Preseuski trat an die Seite Eliots. »Ich könnte ihn mit den Handschellen ans Lenkrad fesseln«, schlug er vor. »Oder ihn auf andere Art und Weise außer Gefecht setzen, bis ...«

Aber es war bereits zu spät, um Ferguson irgendwie kaltzustellen. Der mit dem Schneepflug ausgerüstete Mack-Laster kam zwei Blocks entfernt um eine Ecke und rollte in Richtung des Spirituosenlagers.

»Halten Sie sich zurück, wenn Sie sich keine Kugel einfangen wollen.« Eliot lief los, um zu dem rasch näher kommenden Lkw aufzuschließen, und Preseuski folgte ihm dicht auf den Fersen.

Der Laster hatte das Lager fast erreicht, als er plötzlich bremste. Lieutenant Alderson und die Männer der Angriffsgruppe sprangen mit den Waffen im Anschlag von der Ladefläche. Die eine Hälfte des Teams ging zusammen mit Alderson auf der rechten Seite des Lkw in Position, während die anderen unter der Leitung des Gruppenführers die linke Flanke sicherten. Als Eliot den Anführer erreichte, gab der Fahrer Gas, und der Mack machte einen Satz nach vorn und hielt auf das Tor zu.

Der Schneepflug zersplitterte das Holz und rammte gegen den Stahl der dahinter verborgenen Tür. Zwei Sekunden lang röhrte der Motor, und die Räder drehten quietschend und qualmend durch. Die metallene Barriere erzitterte, und dann sprang sie aus den Angeln und stürzte mit einem ohrenbetäubenden Krachen nach innen.

Der Laster rollte darüber hinweg und hielt im Innern des Lagers an.

Zwei in Overalls gekleidete Männer spielten Poker an einem Klapptisch. Die Karten fielen ihnen aus den Händen, als ihnen der Schneepflug entgegenraste. Aus weit aufgerissenen Augen starrten sie auf den enormen Laster, und langsam hoben sie die Hände. Die Arme kamen ganz in die Höhe, als die Leute der Angriffsgruppe hinter dem Mack hervorstürmten und ihre Waffen auf sie richteten.

Eliot war mit seiner Schrotflinte als erster heran. »Bundespolizei«, informierte er die beiden Kartenspieler knapp. »Ich verhafte Sie wegen der Verletzung der Bestimmungen des Volstead Acts.«

Die beiden Männer waren wie erstarrt und rührten sich nicht von der Stelle, als die Mitglieder der Angriffsgruppe, unter der Leitung Lieutenant Aldersons und des

Gruppenführers, ausschwärmten und in dem Lager nach weiteren Wachen suchten. Nur einer der Beamten blieb zurück, hielt die beiden Typen am Tisch in Schach und schützte Eliot und Preseuski.

In der Nähe des Klapptisches standen fünf Kisten, und als Eliot das rote Kiefernemblem auf den Seitenflächen sah, lächelte er zufrieden. Er nahm die Schrotflinte in die linke Hand und streckte die rechte aus. Preseuski reichte ihm die Axt, und mit einem entschlossenen Hieb öffnete Ness die erste der Kisten. Als er die Axt sinken ließ, bemerkte er Ferguson, der mit seiner Kamera neben dem Laster stand.

»Nun«, sagte Eliot, »wenn Sie ein Bild machen wollen – jetzt haben Sie Gelegenheit dazu.« Er griff in die aufgebrochene Kiste und strich das Verpackungsmaterial beiseite.

Doch unmittelbar darauf runzelte er die Stirn, als seine Hände nur weitere Holzwolle berührten. Verwirrt schob er sie tiefer in die Kiste, und schließlich ertastete er etwas Festes. Aber der Gegenstand fühlte sich nicht wie eine Flasche an. Er zog ihn hervor, und er stellte sich als ein kleiner und bunter Sonnenschirm heraus.

Als Ness ihn anhob, klappte er auf.

Ferugson hob die Kamera, und ein Blitzlicht flammte, während Ness noch völlig perplex auf den Sonnenschirm in seiner Hand starrte.

»Bringen Sie ihn weg!« knurrte Eliot. »Schmeißen Sie ihn raus!«

Preseuski packte Ferguson, stieß ihn auf die Straße und folgte ihm, um sicherzustellen, daß sich der Reporter auch tatsächlich aus dem Staub machte.

Eliot blickte sich um und betrachtete die anderen mit dem roten Kiefernsymbol versehenen Kisten. Irgendwo in seiner Magengrube krampfte sich etwas zusammen. Er griff nicht erneut nach der Axt. Statt dessen drehte er sich um und filzte die beiden Männer am Kartentisch.

Sie waren nicht bewaffnet. Und das überraschte Ness inzwischen nicht mehr.

Unterdessen hatte Lieutenant Alderson die Hintertür des Lagers erreicht, entriegelte sie und ließ die draußen wartenden Leute der Gruppe B ein. Einige von ihnen arbeiteten sich systematisch zu Eliot vor, wobei sie jede Kiste zerschmetterten, die sie unterwegs fanden. Die anderen begaben sich in den ersten Stock und begannen dort mit einer gewissenhaften Suche.

Sie entdeckten nicht eine einzige Flasche Whisky.

Und sie fanden auch keine Waffen.

Außerdem hielten sich, abgesehen von den beiden Kartenspielern, keine weiteren Wachen im Lager auf. Und gerade das empfand Eliot als einen schweren Schlag.

Weit und breit keine Spur von Stash Moser...

In der Nähe der Hochbahn lenkte Preseuski den Packard in die Straße, die zu beiden Seiten von einfachen Reihenhäusern gesäumt wurde, und Eliot war mit einem Satz draußen, noch bevor der Wagen ganz stand.

Diesmal verzichtete er darauf, besondere Vorsicht walten zu lassen. Er riß seine Automatik aus dem Schulterholster, stürmte über den Gehsteig und hielt direkt auf die Eingangstür der Wohnung Stash Mosers zu.

Sie stand einen Spaltbreit offen. Und im Innern brannte Licht. Eliot trat die Tür ganz auf und trat entschlossen ein.

Er brauchte nicht lange zu suchen. Stash Moser lag im ersten Zimmer.

Er trug das rote Tuch nicht mehr um den Hals geschlungen. Es steckte vielmehr in seinem Mund, und es sah so aus, als habe er den größten Teil davon geschluckt.

Die Arme des Informanten waren weit ausgebreitet.

Und aus den Handflächen ragten die stählernen Spitzen der Eispickel, mit denen man ihn an den Boden genagelt hatte.

Der dritte durchstach das Herz des Toten.

»Lieber Himmel!« brachte Preseuski heiser hervor, als er Eliot in den Raum folgte und die Leiche sah.

»Im Nebenzimmer steht ein Telefon«, sagte Eliot tonlos. »Rufen Sie das Morddezernat an und bleiben Sie hier, bis die Jungs eingetroffen sind.«

Preseuski kam der Aufforderung nach. Ness blieb noch einige Sekunden lang stehen und starrte auf den ermordeten Spitzel. Dann drehte er sich um und ging nach draußen.

Auf dem Bürgersteig blieb er stehen und sog sich tief die kühle Nachtluft in die Lungen. Aus einem Reflex heraus griff er in die Tasche, um die Packung mit den Zigaretten hervorzuziehen, und dabei berührte er den zusammengefalteten Zettel mit der kurzen Notiz Catherines. Er nahm ihn zur Hand und starrte auf die Worte: *Ich bin stolz auf dich.*

Eliot zerknüllte das Kalenderblatt und machte Anstalten, es fortzuwerfen. Aber dabei erinnerte er sich an James Malone, den muskulösen Cop, der ihn am vergangenen Abend auf der Brücke angeschnauzt hatte. Und eine Zeitlang konzentrierten sich seine Gedanken auf jenen Polizisten.

Anschließend schob er sich den knittrigen Zettel in die Tasche zurück. Er mochte ihm noch immer als Souvenir nützlich sein, dachte er verbittert. Als Erinnerung daran, daß er sich seiner zu sicher gewesen war – und Schläue und Gefährlichkeit des Feindes weit unterschätzt hatte.

Er mußte sehr genau darüber nachdenken, was an diesem Abend schiefgelaufen und warum der Erfolg ausgeblieben war, bevor er weitere Aktionen gegen Capone unternehmen konnte.

Tief in Gedanken versunken, setzte Ness einen Fuß vor den anderen. Er schien kein besonderes Ziel anzusteuern. Und wenn er sich bei seiner Wanderung durch die nächtliche Stadt in eine bestimmte Richtung wandte, so wurde ihm das nicht bewußt.

Eine Stunde vor Mitternacht begriff Eliot plötzlich, daß er gerade die Michigan Avenue südlich des Loop betreten hatte und sich dem Hotel Lexington näherte – dem Hauptquartier Al Capones.

9

Das Lexington war ein altertümlich wirkendes und zehnstöckiges Hotel mit vielen kleinen Turmverzierungen und langen Reihen von Erkerfenstern. Man hatte es in den neunziger Jahren des vergangenen Jahrhunderts errichtet, um einigen Besuchern der in Chicago stattfindenden Weltausstellung eine angemessene Unterkunft zu bieten. Im Jahre 1928 war es von Al Capone übernommen worden. Er mochte die zentrale Lage, die dicken und massiven Wände, die großen Räume mit ihren hohen Decken.

Besonders luxuriös waren die im vierten Stock gelegenen sechs Zimmer, aus denen die Privatsuite Big Als bestand, und sie galten als ebenso sicher wie opulent. Die anderen Räume in jener Etage standen seinen engsten Mitarbeitern als Quartier zur Verfügung, und in den Gängen patrouillierten mit Revolvern und Maschinenpistolen bewaffnete Gorillas. Selbst für den geschicktesten Eindringling wäre es unmöglich gewesen, auch nur bis in den vierten Stock zu gelangen. In den Etagen darüber und darunter hielten sich ebenso ausschließlich Mitglieder der Gang Capones auf, und es fehlte nicht an hübschen Mädchen und den ständig wechselnden Betthäschen Big Als.

Capone hatte auch noch ein anderes, ebenso komfortables und festungsartiges Hauptquartier, das allerdings nicht ganz so zentral lag. Es handelte sich dabei um das dreistöckige Hawthorne Hotel in Cicero, einer kleinen Stadt vor den Grenzen Chicagos. Während einer kurzen Periode, in der Reformer die Politik des Rathauses bestimmten und einen andauernden Aufenthalt Capones in Chicago unratsam erscheinen ließen, richtete sich der Big Guy dort ein.

Mit der Übernahme des Hawthorne erweiterte Capone seinen Einfluß auch gleich auf den Rest von Cicero. Innerhalb kurzer Zeit wurde sie als eine Stadt bekannt, in der alles möglich war – mit einer Ausnahme. Die Bürger tolerierten die Morde und Erpressungen Capones, auch die illegalen Geschäfte mit Hochprozentigem und dem Glücksspiel. Aber da sie großen Wert auf Moral und Anstand legten, ging ihnen Prostitution gegen den Strich. Capone fand sich damit ab und verbannte die Huren aus Cicero. Er brachte einige Gemeinden am Stadtrand unter Kontrolle, und er richtete seine Bordelle dort ein.

Big Al mochte Cicero und das Hawthorne. In der letzten Zeit aber traf man ihn häufiger im Lexington an. Von der gegenwärtigen Administration Chicagos hatte er nichts zu befürchten. Chicago gehörte *ihm* – daran herrschte seit nunmehr zwei Jahren nicht mehr der geringste Zweifel.

Damals hatte ein Bürgerschutzkomitee darüber nachgedacht, wie man es verhindern konnte, daß sich bei der nächsten Wahl die Gewalttätigkeiten wiederholten, an die sie sich von der letzten her noch gut erinnerten:

Wähler und Wahlhelfer, die nicht die Kandidaten Capones unterstützten, waren in aller Öffentlichkeit bedroht und zusammengeschlagen worden. Nach Ansicht des Ausschusses gab es nur eine Möglichkeit, solche Ausschreitungen zu vermeiden. Der Vorsitzende der Kommission – ein fünfundsiebzigjähriger Aristokrat, der als sehr respektabel galt –, begab sich ins Lexington und bat Al Capone, etwas zu unternehmen. Geschmeichelt erklärte sich Big Al dazu bereit – und löste sein Versprechen ein. Bei der nächsten Wahl kam es zu keinen Zwischenfällen.

Aber die Sache hatte natürlich ihren Preis – die Selbstdemütigung eines respektablen Würdenträgers vor dem neunundzwanzigjährigen Al Capone.

Danach wurde das Hotel Lexington im Volksmund ›Capones Schloß‹ genannt.

Auf der anderen Straßenseite lehnte sich Eliot Ness an eine Mauer, schob die Fäuste in die Taschen und starrte verbittert zu dem Licht empor, das hinter den Erkerfenstern des vierten Stocks glänzte.

Er fragte sich, was ihn hierhergeführt hatte. Hoffte er etwa, den Drachen allein mit seinem Zorn besiegen zu können? Oder wollte er seinem Feind deshalb nahe sein, weil er es für möglich hielt, auf diese Weise seine Absichten zu erraten? Eliot kam sich ziemlich närrisch vor. Er war alles andere als ein Magier, und mit irgendwelchen okkulten Geisteskräften konnte er nichts gegen den Boß der Unterwelt ausrichten. Er wußte, daß er eigentlich nach Hause hätte zurückkehren sollen, um sich auszuschlafen und am nächsten Tag mit klarem Kopf seine Strategie zu überdenken – ohne dabei von Erschöpfung oder Niedergeschlagenheit behindert zu werden.

Dennoch blieb er eine Weile stehen, und über die Michigan Avenue hinweg beobachtete er das Hotel Lexington. Er überlegte, ob sich Capone jetzt wohl in seinem Quartier befand und seinen neuerlichen Sieg genoß – den Triumph über einen weiteren Repräsentanten der Vereinigten Staaten, einen Mann namens Eliot Ness.

Capone hielt sich tatsächlich in seinem Hauptquartier auf – aber er dachte nicht an Eliot. Die neuen Agenten der Bundespolizei, die in Chicago arbeiteten, waren für Capone nichts weiter als Ärgernisse von untergeordneter Bedeutung: Probleme, die er bereits als gelöst betrachtete. Derzeit galt seine Aufmerksamkeit weitaus wichtigeren Dingen.

Er befand sich in dem großzügig ausgestatteten Büro neben dem Schlafzimmer und beriet sich mit seinem Buchhalter, einem fünfzigjährigen Mann namens Walter Payne. Sie befaßten sich mit den ökonomischen Konsequenzen der letzten Errungenschaften Capones in der Welt legaler Geschäfte und der Industrie.

Um seinen Boß in dieser Hinsicht auf dem laufenden zu halten, benutzte Payne einige Akten und Kontenblätter, die er auf dem großen Schreibtisch aus Ebenholz ausgebreitet hatte. In der mit einem Kombinationsschloß gesicherten Tasche, die er ständig bei sich führte, befanden sich weitere Unterlagen dieser Art. Und in einer dieser Mappen hielt Walter Payne täglich die komplizierten Transaktionen des gewaltigen Finanzimperiums Big Als fest.

Wenn sich ihm eine Möglichkeit dazu ergab, kopierte Payne die entsprechenden Blätter und brachte sie in wesentlich größeren Ordnern unter, die er im Safe seines Büros verwahrte, das sich ebenfalls im vierten Stock des Hotels Lexington befand, und anschließend vernichtete er die Originale. Allerdings blieb er mit seiner Arbeit fast immer im Rückstand. Al Capones Geschäftsvolumen vergrößerte sich mit enormer Geschwindigkeit, und außerdem kam es darin zu ständigen Veränderungen. Es war alles andere als leicht, nicht die Übersicht über alle Einzelheiten von so vielen Einnahmen und Ausgaben zu verlieren.

Der schwierigste Aspekt dieser Aufgabe bestand natürlich darin, die umfangreiche Liste der vielen Bestechungsgelder zu führen. Die Summen begannen bei fünf Dollar für die einfachen Angestellten in den verschiedenen Verwaltungen, und es ging weiter mit vierstelligen Beträgen für höhere Funktionäre und Richter. Den krönenden Abschluß bildeten einmalige ›Bonus‹-Zahlungen in Höhe von mehreren hunderttausend oder gar einer Million Dollar – und die Empfänger waren die wichtigsten Leute in der Stadt. Über all diese Dinge mußte Payne Buch führen.

Und trotz dieser ungeheuren Arbeitsbelastung gelang es Walter Payne, nicht in allzu großen Verzug zu geraten – indem er sich ganz auf seine Aufgabe konzentrierte, mit einer talentierten Hingabe, die Al Capone nicht nur mit einem großzügigen Gehalt honorierte, sondern auch mit aufrichtigem Respekt.

Sie bildeten ein seltsames Paar. Keine anderen zwei Männer hätten unterschiedlicher sein können als Walter Payne und der massige und körperlich recht beeindrukkende Capone. Payne war klein und dürr und neigte die schmalen Schultern ständig nach vorn. Er hatte sich einen dichten Oberlippenbart wachsen lassen, um über sein fliehendes Kinn hinwegzutäuschen, und sein graues Haar lichtete sich an vielen Stellen. Hinter den dicken Gläsern der Brille wirkten seine kurzsichtigen Augen unnatürlich groß.

Aber die Unterschiede betrafen nicht nur das äußere Erscheinungsbild. Die Anwendung direkter Gewalt entsetzte Payne, und selbst als Halbwüchsiger war er nie in einen Kampf verwickelt worden. Außerdem hatte er weder jemals eine Waffe benutzt noch in die Hand genommen. Und aus diesem Grund ärgerte er sich sehr, als ihn einige Journalisten als Gangster bezeichneten, was Payne als Beleidigung empfand: Er sah sich als Buchhalter.

Und in dieser Funktion hatte er von Anfang an mit Capone zusammengearbeitet, seit damals, als der junge Alphonse seine steile Karriere begann. Er war bereits Buchhalter in den Diensten Colosimos gewesen, als Big Jims Leutnant Johnny Torrio Al Capone anwarb und nach Chicago kommen ließ. Als Torrio den Laden Colosimos nach dessen Tod übernahm, machte er sich sofort daran, die vielen Geschäfte neu zu organisieren. Er begriff, daß eine wachsende Organisation unbedingt eine strenge finanzielle Kontrolle benötigte – und mit dieser Aufgabe betraute er Walter Payne.

Und Torrio übertrug sowohl sein Organisationsverständnis als auch seinen Respekt den Fähigkeiten Paynes gegenüber auf den jungen Capone, bevor er sich in den Ruhestand zurückzog – nachdem er fast bei einer Schießerei ums Leben gekommen wäre. Seitdem war Capone der Boß, und Payne führte ihm die Bücher.

Big Al vertraute ihm wie kaum jemandem sonst. Es war Payne, der sich mit großen Bargeldsummen auf den Weg machte, um zum Beispiel ausländische Spirituosen-Lieferanten zu bezahlen. Der Grund dafür bestand nicht allein in dem Vertrauen, das Capone ihm entgegenbrachte. Die Prohibition gab es nur in den Vereinigten Staaten. In allen anderen Teilen der Welt galten Leute, die sich ihren Lebensunterhalt mit dem Verkauf von Hochprozentigem verdienten, als respektable und ehrbare Bürger. Und sie mochten es nicht, mit offensichtlichen Gangstern

Geschäfte zu machen. Bei Walter Payne allerdings hatten sie keine derartigen Bedenken.

Darüber hinaus beschränkte sich die Beziehung zwischen Gangsterboß und Buchführer nicht nur auf die Arbeit: Im Verlaufe der Jahre hatte Capone gegenüber Payne eine echte Zuneigung entwickelt. Für gewöhnlich fühlte sich Payne deshalb geschmeichelt. Doch manchmal entsetzte ihn die Sympathie Big Als geradezu.

Wie zum Beispiel damals, als ein gewalttätiger Bootlegger, Nick Ryan, in einem Restaurant auf Payne losgegangen war – weil er sich in seinem betrunkenen Zustand von der Schüchternheit des unscheinbaren Buchhalters herausgefordert fühlte. Capone warf einen kurzen Blick auf die aufgesprungene Lippe Paynes und auf dessen blaues Auge – und stellte Ryan sofort nach. Als er ihn fand, jagte er ihm fünf Kugeln in den Schädel, aus einer Entfernung von nur einigen wenigen Zentimetern.

Es gab viele Zeugen für diesen Mord, und Capone tauchte für einige Tage unter. Als er sich wieder in der Öffentlichkeit blicken ließ, fand man die Leiche eines Zeugen im Chicago River, und ein weiterer war verschwunden. Die anderen klagten über Gedächtnisschwund.

Walter Payne schauderte vor Grauen, wenn er an jenen Zwischenfall zurückdachte. Manchmal hatte er deswegen Alpträume.

Aber Capones Sympathie kam auch in kleinen und rührend anmutenden Gesten zum Ausdruck. Wie zum Beispiel jetzt, als er die leere Kaffeetasse Paynes sah. Er wandte sich an Tony Accardo, den Leibwächter, der es sich in einem Lehnstuhl neben der Tür des Büros bequem gemacht hatte. »Tony«, brummte er, »hol frischen Kaffee für Mr. Payne.«

Payne war der einzige, den Capone mit ›Mister‹ ansprach. Ein weiterer Beweis für den Respekt, den er seinem Buchhalter entgegenbrachte.

Kurz darauf kehrte Accardo mit dem Kaffee zurück, und Payne dankte ihm. Capone knurrte nur und stellte Walter einige weitere Fragen, bei denen es um die Zahlen für die aktuellen Tagesergebnisse ging. Unterdessen trat Accardo an das Erkerfenster heran, blieb dort stehen und starrte geistesabwesend hinaus, während er sich eine Zigarre anzündete.

Dann wurde er plötzlich aufmerksam, als er eine schlanke und hochgewachsene Gestalt bemerkte, die auf der anderen Straßenseite stand und zum Hotel emporsah.

Accardo beobachtete den Fremden einige Minuten lang. Die Gestalt rührte sich nicht. »Boß«, sagte Tony daraufhin, »da draußen steht ein Typ und behält das Gebäude im Auge. Ich glaube, er sieht zu uns hoch.«

»Irgendein Kerl, den wir kennen?«

»Ich kann sein Gesicht nicht ausmachen.« Accardos Lippen deuteten ein Lächeln an. »Vielleicht ein Tourist? Jemand, der dich gern um ein Autogramm bitten würde, Boß, aber zu schüchtern ist, um hereinzukommen?«

Capone lachte. Er fand Gefallen daran, eine Berühmtheit zu sein. Dann jedoch wurde er wieder ernst. Ab und zu kam es tatsächlich vor, daß sich vor dem Hotel Leute in der Hoffnung herumtrieben, einen Blick auf ihn erhaschen zu können. Nicht aber mitten in der Nacht.

»Sag einigen der Jungs Bescheid«, wies er Accardo an. »Geht runter und knöpft euch den Typ vor.«

Accardo trat in den Gang und hielt nach den Wächtern Ausschau. In diesem Augenblick kam Frank Nitti mit einem Mädchen aus seinem Zimmer. Accardo näherte sich ihm, sagte dem Mädchen, es solle verduften, und erklärte Nitti, worum es ging. Dann begaben sich die beiden Männer nach unten.

Um wen auch immer es sich bei dem Beobachter draußen handeln mochte: Accardo war sicher, daß er nicht mehr als einen Mann brauchte, um mit ihm fertigzuwerden. Und auf den ›Vollstrecker‹ konnte er sich in besonderem Maße verlassen.

Doch als sie durch die Tür des Hotels traten, war von der schlanken Gestalt weit und breit nichts mehr zu sehen.

Nitti und Accardo suchten den Block und auch die angrenzenden Bereiche ab, aber der Unbekannte schien sich in Luft aufgelöst zu haben.

10

Die Zeitung, die Eliot am nächsten Morgen auf der Veranda fand, brachte das Fiasko der Aktion vom Abend zuvor auf der Titelseite.

Das große Bild stammte natürlich von Ferguson, und es zeigte einen Ness, der neben einer geöffneten Kiste steht und völlig verwirrt auf den Sonnenschirm in seiner Hand starrte. Im Hintergrund waren der Mack mit dem Schneepflug und die aufgebrochene Stahltür zu sehen.

Neben dem Foto war eine Karikatur abgedruckt: Eliot Ness in der Aufmachung eines kühnen Ritters, der rittlings auf einem Schneepflug hockte, entschlossen dazu, Al Capone mit einer Lanze den Garaus zu machen. Capone hielt ein Glas Bier in der Hand, hatte sich auf seinem Thron zurückgelehnt und lachte schallend, als der Prohibitionsagent blindlings an ihm vorbeiritt.

Die Überschrift lautete: »Bundesritter beim Ausritt.«

Eliot nahm die Zeitung mit, als er in seinen Pontiac

stieg und losfuhr, ohne auf Catherine zu warten, die Cora zur Schule gebracht hatte.

Als er sein Büro im Hauptquartier der Polizei erreichte, hatte sein Sekretär namens Ben Ruggles eine Nachricht für ihn. »Mr. Ness, Deputy Chief Casey möchte Sie sofort in seinem Büro sprechen.«

»Kann ich mir denken«, erwiderte Eliot gepreßt. Er ließ sich vom Lift in den obersten Stock tragen, marschierte mit langen Schritten durch den Korridor und schenkte dem Sekretär Caseys keine Beachtung, als er das Büro Mikes betrat.

Der Stellvertreter des Polizeipräsidenten Chicagos saß hinter seinem Schreibtisch und sprach mit Lieutenant Alderson, der vor ihm Haltung angenommen hatte. Die Unterredung wurde unterbrochen, als Eliot hereinkam. Die Zeitung mit dem Bericht über das Fiasko Ness' lag auf dem Tisch. Casey griff rasch danach und warf sie in den Papierkorb.

»Zwecklos«, sagte Eliot. »Ich hab' den Bericht schon gesehen.«

»Dieser Mistkerl von Ferguson«, knurrte Casey. »Aber diesmal kommt der verdammte Hurensohn nicht ungeschoren davon. Ich werde dafür sorgen, daß er nie wieder Zugang ins Hauptquartier bekommt.«

Eliot zuckte mit den Schultern. »Warum denn? Er hat doch nur das berichtet, was sich gestern abend ereignete. Das Foto ist nicht getürkt, und sein Artikel enthält keine einzige Lüge. Und da wir gerade dabei sind: Die Karikatur trifft den Kern der Sache. So wenig mir das auch gefallen mag. Ich wollte Capone erwischen, und der Angriff ging ins Leere. Und ich schätze, derzeit lacht er *wirklich* darüber, wie leicht es ihm fiel, mich hereinzulegen. Er hat auch allen Grund dazu.«

Casey musterte ihn mit einer Mischung aus Verlegenheit und Mitgefühl. »Der Chef hat mich vor fünfzehn Minuten zu sich bestellt, Eliot. Es gefällt ihm ganz und gar nicht, daß wir jetzt wie dumme Narren dastehen. Er meinte, die Öffentlichkeit müsse ihn für einen Idioten halten, da er doch gerade erst gestern eine stolze Rede gehalten habe. Er will wissen, warum die Sache schieflief. Was konnte ich ihm schon antworten? *Ich* habe keine Ahnung, und ich sagte ihm, vermutlich könne er auch von Ihnen keine entsprechende Auskunft verlangen.«

Nachdenklich meinte Lieutenant Alderson: »*Meiner* Meinung nach ist die Sache klar.« Er sah erst den Deputy Chief an und richtete den Blick dann auf Eliot. »Irgend jemand aus der Gruppe hat geplaudert.«

Eliot schwieg zwar, nickte aber.

»Ja«, pflichtete Casey dem Lieutenant bei und verbarg sein Unbehagen nicht. »Offenbar. Das Problem ist nur: Die Einsatzgruppe besteht aus dreißig Männern, und wir wissen nicht, wer von ihnen als Spitzel für Capone arbeitet.« Alderson versteifte sich noch ein wenig mehr, doch sein Gesicht blieb ausdruckslos. »Ich verabscheue die Vorstellung, jemand aus dem Team könne der Verräter sein. Es sind alles sehr gute Leute.«

»Der Spitzel muß nicht unbedingt zur Einsatzgruppe gehören«, gab Eliot zu bedenken. »Die Cops unterhalten sich gern, vertrauen sich gegenseitig und erzählen, was anliegt. Irgendeiner unserer Leute hat sich vermutlich seinen hiesigen Freunden anvertraut. Und einer davon steht vermutlich auf der Lohnliste Capones.«

»Möglich«, bestätigte Casey. »Es wird natürlich eine Untersuchung eingeleitet, aber ehrlich gesagt: Ich glaube kaum, daß dabei irgend etwas herauskommt. Hier im Hauptquartier gibt es einfach zu viele Leute, und es dürfte fast unmöglich sein festzustellen, wer die Sache platzen ließ.«

Eliot Ness bittet den Chicagoer Streifenpolizist Jimmy Malone (Sean Connery), mit ihm zusammenzuarbeiten.

Oben: Jimmy Malone (Sean Connery, Mitte) und Eliot Ness (Kevin Costner, rechts) sind auf der Suche nach einem dritten Mann, den sie in dem Rekruten George Stone (Andy Garcia) finden.

Unten: Zu George Stone, Jimmy Malone und Eliot Ness (v. l.: Andy Garcia, Sean Connery, Kevin Costner) stößt der Buchprüfer Oscar Wallace (Charles Martin Smith, rechts).

»Zu viele«, pflichtete Eliot ihm bei. Aber er wirkte sehr nachdenklich, als er diese beiden Worte aussprach, und sie schienen eine andere Bedeutung für ihn zu haben als für den Deputy Chief.

»Lieutenant«, wandte sich Casey an Alderson. »Lassen Sie uns jetzt bitte allein.«

»Ja, Sir.« Alderson bedachte Eliot noch mit einem mitfühlenden Blick, und dann trat er auf den Korridor und schloß die Tür hinter sich.

Eliot wanderte durch das Zimmer Caseys und blieb am Fenster stehen, von dem aus man einen Blick auf die Zufahrt und den Parkplatz des Hauptquartiers hatte. Er sah den Wagen des Polizeipräsidenten, den Fahrer, der daneben wartete.

Der hinter Eliot sitzende Mike Casey räusperte sich. »Ich muß Ihnen was beichten«, sagte er zögernd. »Der Chef meint, daß in erster Linie Sie der Grund für unsere miese Publicity sind. Er hätte nichts dagegen, wenn Sie jetzt Ihren Abschied nehmen und nach Washington zurückkehren.«

»Er glaubt wohl, damit ließe der Druck nach, der auf seinem Department lastet«, erwiderte Eliot leise, ohne sich zu Casey umzudrehen. »Dann könnte er die Schuld mir in die Schuhe schieben und sich aus der Affäre ziehen.«

»Ja«, bestätigte Casey. »Das dürfte er sich überlegt haben.«

Unten auf dem Parkplatz öffnete der Fahrer die hintere Tür der Limousine, als der Polizeipräsident das Gebäude verließ. Der Chef stieg ein. Daraufhin schloß der Fahrer die Tür wieder und nahm hinter dem Lenkrad Platz. Eliot beobachtete, wie der Wagen durch das breite Tor fuhr.

»Er scheint nicht sonderlich darauf versessen zu sein,

diese Angelegenheit mit mir persönlich zu besprechen«, stellte Eliot trocken fest.

»Sie wissen ja, wie er ist. Er verabscheut unangenehme Konfrontationen. Deshalb muß *ich* den größten Teil seiner schmutzigen Wäsche waschen. In diesem Fall aber hat er versucht, den Schwarzen Peter an den Bezirksstaatsanwalt Ralph Morgan weiterzugeben.«

Eliot wandte sich vom Fenster ab. »Und wie reagierte Morgan, als man ihm meinen Abschied nahelegte?«

»Er hielt nichts davon. Und offenbar benutzte er einige deftige Bemerkungen, denn der Chef machte sofort einen Rückzieher und ließ den Vorschlag wie eine heiße Kartoffel fallen. Sie sind also noch immer dabei, Eliot. Und das Polizei-Department wird Ihnen weiterhin ›volle Unterstützung‹ gewähren, wie es so schön heißt.«

»Nachdem es hinter den Kulissen einige Querelen gab.«

»Es wäre mir übrigens nicht sehr lieb, wenn Sie den Chef wissen ließen, daß ich Sie eingeweiht habe.«

»Machen Sie sich keine Sorgen – ich verrate nichts.«

»In Ordnung.« Mike Casey gab einen übertrieben tiefen Seufzer von sich und lehnte sich in seinem Drehstuhl zurück. »So, ich bin erleichtert, daß dieser Punkt erledigt ist. Setzen Sie sich jetzt, damit wir uns an die Arbeit machen können. Wir müssen uns eine andere Möglichkeit einfallen lassen, um Capone ans Leder zu gehen. Und vielleicht ist auch eine Reorganisation Ihrer Einsatzgruppe notwendig.«

Aber Eliot hielt bereits auf die Tür des Büros zu.

»Wohin gehen Sie?« fragte Casey überrascht.

»Nach draußen. Vermutlich werden Sie mich für einige Tage nur selten oder gar nicht zu Gesicht bekommen. Ich brauche Zeit, um nachzudenken. Allein und ungestört.«

Bevor Casey noch Gelegenheit bekam, darauf eine Antwort zu geben, trat Eliot auf den Gang und näherte sich dem Lift. Als er ihn im Erdgeschoß verließ, blieb Ness stehen und betrachtete den Zettel, den jemand an das Mitteilungsbrett an der Wand gegenüber geheftet hatte.

Es handelte sich um die ›Ritter‹-Karikatur von der Titelseite der Zeitung.

Und darunter zeigte sich eine handschriftliche Notiz: *Die Kavallerie ist eingetroffen!*

Es wunderte Eliot nicht, daß es in Chicago einige Cops gab, die mit Schadenfreude auf den Mißerfolg seiner Aktion reagierten. Lokale Polizisten hielten nie etwas davon, wenn jemand zu ihnen geschickt wurde, der sich um die Probleme *ihrer* Stadt kümmern sollte. Das ließ nämlich den Schluß zu, daß sie selbst damit nicht sonderlich gut zurechtkamen und Hilfe brauchten. Darüber hinaus mochten sie argwöhnen, daß der Außenstehende einige der polizeiinternen Machenschaften öffentlich zur Sprache brachte.

In diesem Sinne war es verständlich, daß sich jemand einen Spaß daraus gemacht hatte, die Karikatur ans Mitteilungsbrett zu hängen. Doch diese Überlegungen minderten nicht das Unbehagen, das bereits in Eliot entstanden war, bevor er das Bild gesehen hatte.

Und als er das Hauptquartier verließ, verstärkte sich jenes Gefühl, das Empfinden, daß er bei dem Kampf gegen Al Capone praktisch ganz auf sich allein gestellt war.

Al Capone bekam die Zeitung erst gegen zwei Uhr nachmittags zu Gesicht.

Er war es gewohnt, recht lange zu schlafen, denn meistens kam er erst gegen Morgengrauen ins Bett. Er liebte es, vorwiegend in der Nacht zu arbeiten und sich zu vergnügen.

Die beiden Mädchen, die mit ihm das Bett geteilt hatten, waren schon in ihr Zimmer weiter oben zurückgekehrt, während Capone noch schlief. Sie wußten, daß Big Al zwar gern mit Huren ins Bett ging, aber nicht in ihrer Gesellschaft aufwachen wollte.

Capone bestellte seinen Butler zu sich, bevor er das große Bett verließ. Er fühlte sich ein wenig groggy und verkatert, und er streifte sich die schwarze und goldene Satinrobe über den aus grüner und roter Seide bestehenden Pyjama. Dann schob er die Füße in die nerzbesetzten Hausschuhe und schlurfte ins Bad.

Als er ins Schlafzimmer zurückkehrte, stellte er fest, daß sein Butler inzwischen das Frühstück gebracht hatte. Auf der einen Seite des Tabletts stand ein Kästchen mit neuen Zigarren, und auf der anderen lag die zusammengefaltete Zeitung. Capone ließ sich in den Sessel sinken und trank erst einmal eine halbe Tasse Kaffee. Dann verspeiste er die Rühreier und den Schinken zusammen mit drei Scheiben Toast. Und nachdem er die Tasse Kaffee geleert hatte, nahm er die Zeitung zur Hand.

Capones Stimmung hob sich beträchtlich, als er auf der Titelseite die Fotografie Eliots und die Karikatur sah. Er lachte leise, warf die Zeitung zu Boden, zündete sich die erste Zigarre an und fühlte sich prächtig.

Seiner Ansicht nach gab es nichts Besseres, als einen neuen Tag mit der Erkenntnis zu beginnen, dem Gegner gerade einen Tiefschlag versetzt zu haben.

Eliot saß auf einer Bank im Lincoln Park, in der Nähe des Ufers. Ein steifer Wind wehte ihm ins Gesicht, und er starrte über den Lake Michigan, während er gründlich nachdachte.

Bevor er irgendwelche weiteren Aktionen begann – oder sie auch nur planen konnte –, mußte er mit den Schwierigkeiten fertig werden, die zum Scheitern seines ersten Unternehmens geführt hatten. Sie ließen sich zu zwei Hauptproblemen zusammenfassen.

Erstens: Zu viele Leute hatten von dem für den vergangenen Abend vorgesehenen Schlag gegen Capone gewußt. Und irgendeiner (oder gleich mehrere) von ihnen mochte sich ein kleines – oder großes – Zubrot von Big Al verdienen.

Zweitens: Seine einzige Informationsquelle in Hinsicht auf die Aktivitäten Capones existierte nicht mehr. Stash Moser war tot. Er mußte einen anderen Informanten finden.

Rund eine Stunde lang blieb Eliot auf der Bank sitzen und überlegte konzentriert, wie sich diese beiden Probleme lösen ließen. Dann stand er auf, verließ den Lincoln Park und machte sich an die Arbeit.

Im Verlaufe der nächsten beiden Tage stellte er einige vorsichtige Untersuchungen an und verzichtete dabei auf jede Hilfe.

Anschließend setzte er sich mit dem Cop in Verbindung, von dem er zur Rede gestellt worden war, weil er eine leere Zigarettenpackung in den Fluß geworfen hatte.

James Malone.

11

James Malone wohnte in 1634 Racine. Er hatte das Haus unmittelbar nach seiner Heirat gemietet. Seine Frau war im Alter von nur sechsundzwanzig Jahren bei der Niederkunft gestorben, ebenso wie das Kind. Andere Familienangehörige hatte Malone nicht.

Auch sein Vater war Polizist gewesen. Er wurde bei dem Versuch erschossen, zwei bewaffnete Banditen zu verhaften – nur wenige Jahre vor seiner Pensionierung. Und Malones Mutter starb in dem Jahr vor seiner Heirat.

Malone meinte des öfteren, das Haus sei zu groß für ihn, und dann nahm er sich vor, in eine kleinere Wohnung umzuziehen. Aber aus irgendeinem Grund hatte er nie Gelegenheit dazu gefunden, diesen Entschluß in die Tat umzusetzen.

Er trug Hausschuhe und eine weite Hose samt einer fleckigen Jacke, die ihm vor Jahren seine Frau gestrickt hatte, und er war gerade dabei, in der Küche einen Topf mit heißem Wasser für Tee aufzusetzen, als es an der Tür klingelte.

Im Verlaufe seiner beruflichen Laufbahn war es einige Male passiert, daß Malone nicht die gebotene Vorsicht hatte walten lassen – Fehler, die leicht fatale Konsequenzen nach sich ziehen konnten. Außerdem galt Chicago inzwischen als eine Stadt, in der alles geschehen konnte. Aus diesem Grund nahm Malone nicht den direkten Weg zur Tür, durch den Gang, der sich an die Küche anschloß, sondern machte einen Umweg durchs Wohnzimmer. Neben dem Zugang, durch den man die vordere Tür erreichen konnte, stand ein großes Grammophon, das sich einst im Besitz seiner Eltern befunden hatte. Er öffnete die Klappe und holte die im Innern des Gerätes versteckte Waffe hervor: eine Schrotflinte mit ganz kurz abgesägtem Lauf.

Mit dieser Knarre in der rechten Hand und dem Zeigefinger am Abzug trat Malone an eins der Fenster heran. Er hob die linke Hand, strich die Gardine behutsam einen Zoll weit zur Seite und spähte hinaus. Als er den draußen stehenden jungen Mann sah, drehte er sich wieder um, verstaute die Schrotflinte im Grammophon und schloß die Klappe. Dann trat er an die Eingangstür heran, schloß auf und öffnete sie.

Eliot begrüßte ihn mit einem Lächeln. »Erinnern Sie sich an mich?«

»Ja, natürlich«, erwiderte Malone mit eisig klingender Stimme und musterte den Besucher scharf. »Was führt Sie hierher, Mr. Ness?«

»Sie kennen meinen Namen.«

»Ihr Bild stand in der Zeitung. Ich habe Sie wiedererkannt und den Bericht gelesen.«

»Dann wissen Sie auch, daß ich Hilfe brauche.«

»Kann ich mir vorstellen«, sagte Malone und gab sich noch immer abweisend. »Doch das erklärt noch nicht, warum Sie hier sind.«

»Darf ich eintreten? Ich möchte mit Ihnen sprechen.«

Malone beobachtete Eliot aus jenen so wissend und aufmerksam blickenden Augen. Dann zuckte er mit den breiten Schultern und wich beiseite, um Ness Einlaß zu gewähren. Er schloß die Tür hinter ihm und verriegelte sie, bevor er seinen Gast durch den Flur in die Küche führte.

»Ich habe gerade Tee gekocht«, sagte er beiläufig. »Möchten Sie eine Tasse?«

»Danke, gern.« Wie Eliot feststellte, veranlaßte ihn irgend etwas dazu, diesem Mann gegenüber einen eher förmlichen Ton zu verwenden.

Malone deutete auf einen der Stühle. »Nehmen Sie Platz.«

Eliot setzte sich. Malone stellte zwei Tassen auf den Tisch, griff nach der Kanne und schenkte dunklen und dampfenden Tee ein. Im hellen Tageslicht sah Ness zum erstenmal die Falten, die sich tief in das wettergegerbte Gesicht Malones gefressen hatten. Aber er beobachtete auch, wie sich die breite Brust des Polizisten hob und senkte, die Muskeln, die sich deutlich unter den Ärmeln der Wolljacke abzeichneten.

»Möchten Sie 'n bißchen was Stärkeres in den Tee?« fragte Malone.

»Nein, danke.«

»Nun, ich schon.« Er holte eine Whiskyflasche aus dem Schrank, öffnete sie und goß sich etwas davon in die Tasse. »Sind Sie einer von denen, die glauben, Alkohol sei Teufelszeug?«

»Früher habe ich mir dann und wann ein Gläschen genehmigt«, erwiderte Eliot. »Aber das ist derzeit gegen das Gesetz, und ich bin Prohibitionsagent.«

»Ich verrate Sie nicht.«

»Ich halte es trotzdem für besser, wenn ich die Angewohnheit beibehalte, nicht zu trinken. Auf diese Weise laufe ich nicht Gefahr, in der Gegenwart von Zeugen einen guten Tropfen zu genießen.« Eliot lächelte schief und reumütig. »Man kann nie wissen, ob sich nicht irgendein Pressefotograf in der Nähe herumtreibt.«

Malone hätte fast gelächelt. Fast. »Ja. Bei der Aktion gestern abend hat der Typ Sie mit runtergelassenen Hosen erwischt.« Obgleich der mit Whisky aufgebesserte Tee noch immer sehr heiß war, nahm Malone einen großen Schluck aus der Tasse. »Nun gut – was wollen Sie von mir?«

Eliot nippte an seinem Tee – und hätte sich beinah die Lippen verbrannt. Er stellte die Tasse wieder ab. »Das habe ich bereits gesagt: Ich brauche Hilfe.«

Malone lehnte sich auf seinem Stuhl zurück und nahm die Schlüsselkette mit dem Medaillon zur Hand. Die Finger der linken Hand tasteten über das Metall, als er sagte: »Ich bin ein alt gewordener Cop. Wie soll ich Ihnen helfen?«

»Indem Sie mit mir zusammenarbeiten. Ich habe mit dem Bezirksstaatsanwalt gesprochen. Er kann dafür sorgen, daß Sie vorübergehend vom normalen Polizeidienst freigestellt und in meine Abteilung versetzt werden.«

»Und warum sollte ich mich mit einer solchen Regelung einverstanden erklären?«

»Weil Sie der sind, den ich brauche – ein guter Cop.«

»Woher wollen Sie das wissen?«

»Sie haben es mir bewiesen. In jener Nacht auf der Brücke. Mit Ihren Worten. Und auch Ihrem Verhalten. Außerdem spüre ich es.«

Malone bedachte ihn mit einem ironischen Blick. »Was hat es mit Ihrer Menschenkenntnis auf sich?«

»Ich komme damit zurecht.«

»Wenn ich wirklich ein guter Cop bin, wie Sie behaupten: Wie erklären Sie es sich dann, daß ich noch immer als einfacher Streifenpolizist arbeite? In meinem Alter?«

»Sagen Sie es mir.«

»Nun«, meinte Malone, wobei seine Stimme ein wenig verbittert klang, »vielleicht bin ich die Hure mit dem goldenen Herzen, von der man immer wieder hört, die man jedoch nie trifft. Vielleicht bin ich der gute Bulle in einer bösen Stadt. Das wollten Sie doch hören, oder?«

Eliot führte die Tasse erneut an die Lippen. Diesmal war der Tee nicht mehr ganz so heiß wie noch vor einigen Minuten. »Na schön«, sagte er. »Ich weiß, warum Sie noch immer einfacher Streifenpolizist sind. Weil Ihre berufliche Laufbahn mehrmals unterbrochen wurde. Zuerst durch den Krieg – Sie kehrten verwundet zurück und bekamen einige bedeutende Auszeichnungen.«

Malone runzelte die Stirn. »Sie haben sich meine Akte angesehen«, stellte er zwar anklagend, doch nicht unbedingt verärgert fest.

»Als Sie anschließend den aktiven Dienst in der Polizei wieder aufnahmen, gerieten Sie in Schwierigkeiten. Sie stellten einige Gorillas von der Gang Capones, die gerade einen Halunken aus einer rivalisierenden Bande erledigten. Einen schickten Sie ins Jenseits, aber die anderen entkamen, nachdem sie auf Sie geschossen hatten.«

Malone hob die Hand, und sein Zeigefinger berührte eine bestimmte Stelle auf der breiten Brust. Sein Blick glitt in die Ferne, als er sagte: »Die Ärzte hielten es für besser, die Kugel nicht herauszuoperieren. Sie wandert in mir herum, und manchmal verursacht sie Schmerzen.«

»Sie erkannten den Typ, der auf Sie schoß, und Sie nannten seinen Namen, bevor Sie das Bewußtsein verloren. Aber die Organisation Capones setzte irgendein hohes Tier unter Druck. Einer Ihrer Vorgesetzten besuchte Sie im Krankenhaus und gab Ihnen den Rat, den Namen des Gauners zu vergessen. Sie lehnten das ab. Daraufhin kehrte Ihr Vorgesetzter in sein Büro zurück und teilte einem Richter mit, Sie seien weder in der körperlichen noch geistigen Verfassung, um den Gangster Capones zu identifizieren, der auf Sie schoß. Der betreffende Richter traf eine ebenso rasche wie bereitwillige Entscheidung und ließ die Anklage fallen, bevor Sie sich erholen konnten und Gelegenheit dazu bekamen, persönlich auszusagen.«

Malone beobachtete Eliot, schwieg und nahm einen weiteren Schluck von seinem Tee.

Eliot hob seine Tasse ebenfalls. Diesmal war die Temperatur genau richtig. »Als Sie aus dem Krankenhaus entlassen wurden, erhoben Sie eine Dienstaufsichtsbeschwerde gegen jenen Vorgesetzten.«

»Was *seiner* Karriere allerdings nichts schadete. Er wurde befördert.«

»Und seitdem sind Sie als einfacher Streifenpolizist tätig. Es gibt viele Leute, die Ihnen mißtrauen, die Sie nicht mögen. Bei der Polizei ebenso wie in der Unterwelt. Man charakterisierte Sie als ›nicht kooperationswillig‹. Und das bedeutet, Sie sind zu ehrlich.«

»Oder zu dumm und stur. Eins muß ich Ihnen gestehen – bei Ihren Nachforschungen haben Sie gute Arbeit geleistet. Aber worauf wollen Sie hinaus?«

Eliot trank die Tasse aus und entgegnete: »Das will ich Ihnen erklären.«

Malone musterte ihn ruhig und offenbarte dabei nur so etwas wie gelinde Neugier. Er wartete.

»Es gibt da noch etwas anderes, das ich bei meinen Ermittlungen in Erfahrung gebracht habe«, fuhr Eliot fort. »Sie können auf einen großen Erfahrungsschatz zurückgreifen. Und Ihr Vater war ebenfalls Polizist. Sie sind in seine Fußstapfen getreten, haben da weitergemacht, wo er aufhörte. Und das bedeutet, Sie verfügen über eins der besten Informantennetze in ganz Chicago.«

»Wobei es sich allerdings nicht um professionelle Spitzel handelt«, wandte Malone leise ein. »Es sind vielmehr Bekannte. Freunde. Oder wenigstens Leute, die wissen, daß sie mir vertrauen können. Und Sie haben recht: Es gibt sie überall. Jene Art von Leuten, die mir sagen können, was gerade läuft. Wenn ich sie entschlossen genug unter Druck setze. Wenn ich ihnen klarmache, wie sehr es mir darauf ankommt, etwas herauszufinden.«

»Und das sind genau die Informanten, die ich brauche«, fügte Eliot vorsichtig hinzu.

»Eins will ich Ihnen gleich klarmachen: Ich stelle Ihnen keinen von meinen Spitzeln zur Verfügung.«

»Warum nicht?«

»Sie hatten einen Informanten. Und jetzt ist er tot.«

Bei diesen Worten keimte Ärger in Eliot empor, und er gab sich alle Mühe, diese Empfindungen zu verdrängen. Doch Malone bemerkte das Aufblitzen in seinen Augen. Er hakte sofort nach, so als ginge es ihm darum, festzustellen, ob er Ness zu einem Zornesausbruch provozieren konnte. »Sie haben Ihren Informanten nicht geheimgehalten, und jemand erfuhr von ihm und ließ ihn aus dem Weg räumen.«

Inzwischen hatte sich Eliot wieder in der Gewalt. »Dann schließen Sie sich mir an, ohne mir etwas über Ihre Spitzel zu verraten. Ich verspreche Ihnen, nie danach zu fragen, wer sie sind. Gebrauchen Sie sie einfach nur. Helfen Sie mir damit bei meiner Aufgabe.«

»Nein.«

Eliot wiederholte seine vorherige Frage: »Warum nicht?«

»Weil ich keine Lust habe, an Ihrem Spiel teilzunehmen. Tennis – damit haben Sie sich doch während Ihrer Collegezeit beschäftigt, oder? Und Sie waren ein guter Spieler und gewannen die meisten Begegnungen.«

»Mir scheint, Sie haben ebenfalls Nachforschungen angestellt.«

»Ich wurde neugierig. Und ich möchte Ihnen folgendes klarmachen: Der Kampf gegen Big Al ist kein Spiel. Oh, sicher, Sie könnten gewinnen – in gewisser Weise. Wenn Sie ihm genug Ärger machen, gibt er Ihnen vielleicht einen Haufen Zaster, damit Sie aufhören. Ich schätze, das ist eine der Möglichkeiten, das Spiel zu gewinnen. Ich habe nie die Kurve gekriegt, nie begriffen, auf was es ankommt, wie man es anstellt. Vermutlich bin ich zu blöd.«

Eliot hob die Hand, deutete mit dem Zeigefinger auf

Malone und verbarg seinen Ärger nicht länger. »Ich habe am College Volkswirtschaft studiert, *Mister* Malone. Wenn ich nur auf Geld aus wäre, hätte ich Geschäftsmann werden können. Statt dessen bin ich Ermittlungsbeamter geworden, eine Art Cop. Weil mir diese Art von Kampf gefällt, wenn Sie's genau wissen wollen. Ich liebe es zu kämpfen, und ich mag es, zu gewinnen. Ja, es kommt mir darauf an, meinen Gegner zu *schlagen*. Nimmt man aber sein Geld, so verliert man das Spiel, wird man selbst geschlagen.«

»Was beim Tennis aber nicht bedeutet, daß man den Tod riskiert. Wenn Sie hingegen ein entsprechendes Angebot Capones ablehnen, so wird er versuchen, Sie umzubringen. Denn für Gangster wie ihn kommt Bestechung einer Art von friedlicher Einigung gleich. Weigern Sie sich aber, sich schmieren zu lassen, so gibt es für ihn nur zwei Alternativen: Entweder er richtet Sie zugrunde, oder er räumt Sie aus dem Weg.«

»Hat er das mit Ihnen gemacht?« fragte Eliot ruhig. »Sie zugrunde gerichtet?«

Malones große Hände ballten sich zu Fäusten. Dann holte er tief Luft und entspannte sich wieder. »Sie versuchen, sich auf einem Spielfeld zu bewegen, das Capone für sich beansprucht, das ihm praktisch gehört. Sie können nicht gewinnen.«

»Ich brauche Ihre Hilfe. Ich bitte Sie darum, mich zu unterstützen.«

»Und dazu bin ich nicht bereit. Wenn wir uns früher begegnet wären, vor zehn Jahren, als ich noch zwanzig Pfund leichter war ... Aber jetzt ... Ich schätze, es ist mir wichtiger, am Leben zu bleiben. So etwas nennt man Angst, Mr. Ness.«

»Wenn jemand in den Polizeidienst tritt«, erwiderte Eliot, »so ist ihm in der Regel klar, daß er in Situationen geraten könnte, die von ihm verlangen, sein Leben zu riskieren.«

»Sicher. Diese Vorstellung ist bei vielen anderen Cops und auch den Richtern weit verbreitet. Für gewöhnlich kann man davon ausgehen, daß man gerächt wird, wenn man den Tod findet, daß der Mörder nicht ungeschoren davonkommt. Und das gibt einem das Gefühl, wichtig zu sein und nicht umsonst zu sterben. Aber hier in Chicago laufen die Uhren seit vielen Jahren anders. Wenn hier ein Cop erschossen wird, geht man einfach zur Tagesordnung über. Und ich habe nicht deshalb beim Department angefangen, um irgendwann ins Gras zu beißen, ohne daß sich jemand darum schert.«

Eliot musterte Malone. Und schließlich nickte er.

Der Polizist kniff die Augen zusammen. »Was soll das bedeuten?«

»Es bedeutet, daß ich verstehe, was Sie gesagt haben.« Eliot stand auf. »Danke für den Tee und Ihre Zeit.«

Nachdem Ness gegangen war, begab sich Malone ins Wohnzimmer und blickte auf die drei gerahmten Fotografien über dem Kaminsims.

Seine junge Braut im Hochzeitskleid. Seine Mutter im Sonntagsstaat. Und sein Vater in Uniform.

Die Familie. Alle tot. James Malone war allein. Und des öfteren grübelte er und ging sich selbst auf die Nerven.

Sein Blick blieb weiterhin auf die Bilder gerichtet, und er hörte erneut die Frage von Eliot Ness: *Hat er das mit Ihnen gemacht? Sie zugrunde gerichtet*?

12

Cora war auf dem Sofa bereits halb eingeschlafen, als an jenem Abend ›Amos 'n' Andy‹ endete und Catherine das Radio ausschaltete. Eliot hob seine Tochter an und stellte sie auf die Beine. »Okay, Kleine, jetzt wird's Zeit, daß du Mami begleitest und schlafen gehst. Wenn du dir die Zähne geputzt hast und ins Bett geschlüpft bist, komme ich hoch und gebe dir noch einen Gutenachtkuß.«

Catherine griff nach der Hand des kleinen Mädchens, und Cora beäugte nachdenklich den angeschwollenen Bauch ihrer Mutter. »Mami, wann kommt mein Brüderchen zur Welt?«

Catherine lachte und strich sich über den Bauch. »Bald, Cora. Aber es könnte auch ein Schwesterchen sein.«

»Eine Schwester will ich nicht. Ich möchte lieber einen Bruder.«

Eliot lächelte und deutete gen Himmel. »Du wirst dich mit dem begnügen müssen, was du bekommst – ebenso wie Mami und ich. Und jetzt ab ins Bett!«

Catherine und Cora stiegen die Treppe hoch, und als sie oben außer Sicht gerieten, verflüchtigte sich das Lächeln Eliots, und er wirkte plötzlich müde. Es war eine Erschöpfung, die von Ärger und Frustration hervorgerufen wurde. Er trat an das Wohnzimmerfenster heran und blickte auf die dunkle Straße.

Hatte er sich zu früh von Malone abgewandt, zu rasch aufgegeben? Gab es doch noch irgend etwas, womit er ihn umstimmen konnte?

Eliot stellte sich die scharfgeschnittenen Züge des faltigen Gesichts Malones vor, und er schüttelte den Kopf. Nein. Eins hatte Malone im Verlauf seines Lebens deutlich genug bewiesen: Wenn er erst einmal eine Entscheidung getroffen hatte, ließ er sich durch nichts mehr von ihr abbringen.

Dumm und stur – so hatte sich Malone selbst charakterisiert. Nun, dumm war er gewiß nicht. Aber was seine Sturheit betraf: die war über jeden Zweifel erhaben.

Eliot machte sich klar, daß es keinen Sinn hatte zu versuchen, ihn mit weiteren Argumenten zu überzeugen. Die Antwort Malones bestand aus einem klaren Nein. Es blieb ihm also nichts anderes übrig, als einen anderen Verbündeten zu suchen, nach einem anderen Weg, um Capone das Handwerk zu legen.

Als Eliot Ness am nächsten Morgen sein Büro im Polizei-Hauptquartier betrat, fand er dort einen untersetzten und gut vierzigjährigen Mann vor. Er trug eine Bifokalbrille und saß in dem Sessel in der Ecke links vom Schreibtisch.

Der Mann sprang auf und lächelte, als er Eliots Zögern bemerkte. »Mr. Ness? Ich bin Oscar Wallace – von Washington. Das Department schickte mich hierher, damit ich Ihnen beim Kampf gegen Capone helfe.«

Eliot schüttelte die ihm dargebotene Hand und musterte Oscar Wallace skeptisch. Er schien ganz der Typ von Mann zu sein, der einem nicht viel nützte, wenn man sich einer Verbrecherbande gegenübersah und es hart auf hart ging.

Andererseits aber erwies es sich oftmals als ein Fehler, jemanden nach dem Äußeren zu beurteilen, das über innere Qualitäten hinwegtäuschen konnte. Und die Bundespolizei hätte ihn gewiß nicht nach Chicago gesandt, damit er dort gegen Capone vorging, wenn er nicht seine Fähigkeiten gehabt hätte.

»Nun, Mr. Wallace«, sagte Eliot, »eins steht fest: Ich kann Hilfe jedweder Art wirklich gut gebrauchen. Und deshalb freue ich mich, Sie bei mir zu haben. Ehrlich gesagt. Im Augenblick scheine ich praktisch nur im dunkeln zu tappen. Wenn Sie irgendwelche neue Ideen mitgebracht haben: Ich bin gern bereit, mich damit zu befassen.«

»Ja, Sir, das habe ich tatsächlich«, erklärte ihm Wallace und offenbarte dabei eine Zuversicht, die in einem gewissen Kontrast zu seiner ein wenig dünn und schrill klingenden Stimme stand. »Und die Sache, mit der wir es meiner Meinung nach zuerst versuchen sollten, ist folgende: Capone hat seit 1926 keine Erklärung abgegeben.«

Eliot konnte ihm nicht ganz folgen. »Keine – was?«

»Keine Einkommenssteuererklärung. Seit fünf Jahren zahlt er nicht einen einzigen Cent.«

Eliot starrte den Mann groß an. »Einkommenssteuer«, wiederholte er tonlos.

»Genau, Sir.« Die Verwirrung Eliots erstaunte Oscar Wallace offenbar.

»Mr. Wallace, ich bitte um Verzeihung, aber ... Welcher Aufgabe kommen Sie im Department nach?«

»Ich bin Buchprüfer.«

Eliot seufzte und hätte fast laut gelacht. »Buchprüfer.«

»Ja, Sir. Das Department schickte mich hierher, damit ...«

»Würden Sie mich bitte entschuldigen, Mr. Wallace?« warf Eliot ein und versuchte, sich nichts anmerken zu lassen. »Ich habe eine Verabredung vergessen, einen Termin, den ich heute morgen wahrnehmen muß. Es wird nicht lange dauern. Machen Sie es sich in der Zwischenzeit bequem.«

»Selbstverständlich, gern.« Wallace nahm wieder in dem Sessel Platz, und Ness verließ das Büro.

Auf halbem Wege durch den Korridor blieb Eliot stehen, zündete sich eine Zigarette an, lehnte sich mit dem Rücken an die Wand und rieb sich die Stirn. Er hielt die Sache mit Wallace für einen schlechten Scherz. Was glaubte das Department eigentlich, mit wem sie es hier in Chicago zu tun hatten?

Ein *Buchprüfer*. Eliot fühlte sich fast versucht, ins Büro zurückzukehren und Oscar Wallace zu fragen, ob er sich mit Waffen auskenne – nur um zu sehen, wie der Mann zu Tode erschrak. Dann aber schüttelte er nur den Kopf und beruhigte sich langsam wieder.

Als er sich umdrehte, sah er James Malone, der am anderen Ende des Ganges stand und ihn beobachtete.

Er trug keine Uniform, sondern einen eleganten Stoffhut und eine ältere Tweedjacke über einer knittrigen und lohfarbenen Wollweste. Die Hose war dunkelbraun.

Eliot trat auf ihn zu. Als er direkt vor ihm stand, sagte Malone leise: »Kommen Sie.«

»Wohin gehen wir?«

»Die Wände hier haben Ohren«, flüsterte Malone. Er griff nach dem Ellenbogen Eliots, und zusammen verließen sie das Polizei-Hauptquartier.

Die Kirche war zwei Blocks entfernt. Und so früh am Morgen hielt sich nur eine Person darin auf, eine ältere Frau weiter vorn, die gerade eine Kerze anzündete und betete.

Malone und Ness nahmen in der letzten Reihe Platz. »Gestern baten Sie mich darum, Ihnen dabei zu helfen, Capone das Handwerk zu legen. Wollen Sie ihn *wirklich* erledigen?«

»Das habe ich Ihnen doch gesagt – und ich meine es auch so.«

»Und ist das auch *jetzt* noch der Fall?« Malone verzog kurz das Gesicht. »Ich glaube, Sie verstehen mich nicht ganz, oder? Wozu sind Sie bereit, um ihn zu erwischen?«

»Dazu, Gebrauch von all den Mitteln zu machen, die mir das Gesetz gibt«, antwortete Ness.

»Und was wollen Sie *nachher* machen?« Der Blick von Malones klugen und sondierenden Augen klebte an den Zügen Eliots fest. »Wissen Sie, wenn Sie den Typen erst mal den Krieg erklärt haben, ist kein Rückzieher mehr möglich, Mr. Ness, dann müssen Sie den Kampf bis zum Ende durchstehen. Und er könnte eine ganze Weile dauern, glauben Sie mir, vielleicht Jahre. Sobald er begonnen hat, werden Ihre Gegner nicht eher ruhen, als bis sich über Ihnen der Sargdeckel geschlossen hat. Sie haben nur dann die Möglichkeit, mit dem Leben davonzukommen, wenn Sie schneller sind als die Mistkerle Capones, schneller und schlauer.«

Eliot hatte plötzlich das Gefühl, als klopfe ihm das Herz bis zum Halse empor, so als wirkten die Worte Malones wie Adrenalin. Er mußte sich darauf konzentrieren, möglichst ruhig zu sprechen. »Ich will Capone an den Kragen. Ich weiß nur noch nicht, *wie*.«

»Nun, ich kann Ihnen einen Tip geben. Wenn Sie Capone am Zeug flicken wollen, so beherzigen Sie besser diesen Rat: Wenn er ein Messer zieht, nehmen Sie einen Revolver zur Hand. Wenn er einen Ihrer Männer ins Krankenhaus bringt, schicken Sie einen seiner Gorillas ins Leichenschauhaus. So läuft das hier in Chicago.« Malone sprach zwar ganz leise, aber das schien seinen Worten eine noch größere Bedeutung zu verleihen. »Sie müssen sich über bestimmte Regeln und Vorschriften hinwegsetzen, vielleicht sogar eine ganze Menge. Sind Sie dazu bereit? Sind Sie bereit, solche Konsequenzen auf sich zu nehmen?«

Malone beugte sich näher zu Eliot heran, und seine Stimme wurde zu einem heiseren Flüstern. »Verstehen Sie, was ich Ihnen klarzumachen versuche? Ich biete

Ihnen eine Übereinkunft an. Wollen Sie den Vorschlag annehmen?«

»Ich habe einen Eid geleistet«, erwiderte Eliot so ruhig, wie er es angesichts des drängenden Tonfalls Malones vermochte. »Ich habe geschworen, Capone hinter Gitter zu bringen, mit all den mir zur Verfügung stehenden legalen Möglichkeiten. Und das ist meine feste Absicht.«

»Mit allen *legalen* Möglichkeiten...«, wiederholte Malone sarkastisch. Dann seufzte er. »Nun gut – der Herr haßt Feiglinge.«

Geradezu feierlich streckte Malone die Hand aus, und mit ähnlichem Ernst schlug Eliot ein.

»Wissen Sie, was ein mit Blut besiegelter Eid ist?« fragte Malone mit plötzlich weitaus ruhiger klingender Stimme.

»Ja.«

»Gut. Ich habe Ihnen gegenüber gerade ein derartiges Versprechen abgelegt. Und jetzt lassen Sie uns gehen. Ich muß ein wenig Dampf ablassen.«

Sie schlenderten durch die Straße, und nach einer Weile fragte Malone: »Wie hat Capone Ihrer Meinung nach von der Aktion gestern abend erfahren, Mr. Ness?«

Eliot zögerte erst, sprach die ihm unangenehmen Worte dann aber doch aus. »Ich glaube, jemand von den Cops hat ihm einen Tip gegeben.«

Malone grinste schief und humorlos. »Willkommen in Chicago, Mister. Sie fangen langsam an zu begreifen. Diese verdammte Stadt stinkt nämlich wie ein Hafenbordell bei Ebbe.« Malone blickte zum Himmel hoch und sog sich die Luft tief in die Lungen. Er erweckte fast den Anschein, als fände er allmählich Gefallen an der Sache. »Und nun zum ersten Punkt: Wem können sie vertrauen?«

»Ich...«

Malone unterbrach Eliot gleich im Ansatz. »Sie dürfen zu niemandem Vertrauen haben. Weder zu den Cops noch zu sonst jemandem. Sie sind hier in Chicago unerwünscht. Vergessen Sie das nie.«

»Und warum helfen Sie mir dann?«

»Weil ich geschworen habe, dem Gesetz Genüge zu verschaffen. Und wenn Sie das glauben, erzähle ich Ihnen noch einen Witz. Also noch einmal: Wem können Sie vertrauen.«

»Niemandem«, erwiderte Eliot grimmig.

Malone nickte zufrieden. »Und das, mein Freund, ist zwar traurig, aber wahr.«

»Aber woher sollen wir Hilfe bekommen, wenn wir niemandem vertrauen dürfen?« wandte Eliot ein.

»Wenn man es mit einem verfaulten Apfel zu tun hat«, sagte Malone, »so darf man nicht warten, bis er zu den anderen Früchten in die Kiste gerät – man muß ihn gleich vom Baum pflücken.« Er schob sich Zeige- und Mittelfinger in den Mund und pfiff ein Taxi herbei, das einen halben Block entfernt wartete.

»Und jetzt werfen wir beide erst einmal einen Blick auf besagten Apfelbaum.«

13

Als Malone ihn durch das Erdgeschoß der Polizei-Akademie führte, berichtete Eliot von Oscar Wallace, der gerade von Washington gekommen war, um ihm beim Kampf gegen Capone zu helfen.

Ungläubig schüttelte Malone den Kopf. »Man hat Ihnen einen Buchprüfer geschickt?«

»Sie haben es erfaßt.«

»Es gibt da einen echt guten Journalisten, der im letzten Jahr einen Bericht darüber schrieb, wie Capone diese Stadt unter seine Kontrolle brachte und bisher mit allen Gegnern fertig wurde.« Malone öffnete eine Tür, und sie gingen die Treppe hinab, die in den Kellerbereich der Akademie führte. »Und all die Leute, die versuchen, Big Al auf die Art und Weise am Zeug zu flicken, wie es dieser Wallace plant, sollten zumindest die Überschrift des Artikels lesen.«

»Wie lautet sie denn?«

»Der Finger am Abzug ist das Gesetz.«

»Der Finger am Abzug ... Nun, deswegen sind wir hier.«

Malone öffnete eine massive und schalldichte Tür. Sie traten hindurch und erreichten den großen Schießstand der Polizei-Akademie. Der von den abgefeuerten Waffen verursachte Lärm war geradezu ohrenbetäubend.

Ein Dutzend junger Rekruten in den Swetshirts der Akademie hatte am Ende des Schießstandes Aufstellung bezogen und legte mit Revolvern auf die Ziele an. Zwei weitere aus jeweils zwölf Personen bestehende Gruppen standen abseits und warteten darauf, daß sie an die Reihe kamen. Der Lärm ließ abrupt nach, als die ersten Schützen ihre Munition aufgebraucht hatten. Der Leiter des Schießstandes, ein finster dreinblickender und gut vierzig Jahre alter Ausbilder, rief den Rekruten Befehle zu: »Sichern Sie Ihre Waffen. Ziehen Sie die Magazine heraus. Legen Sie die Revolver auf die Ablage. Treten Sie zurück und nehmen Sie Ihre Zielscheiben an sich.«

Die jungen Männer kamen den Anweisungen nach und wandten sich von der Schußlinie ab. Auf die nächste Anordnung des Ausbilders hin wurden die Kabel zurückgezogen, an denen die Scheiben befestigt waren, und jeder der Schützen griff nach der, auf die er zuvor geschossen hatte. Beißende Rauchschwaden wallten durch den fensterlosen Raum.

»Linksum und Abmarsch!« sagte der Ausbilder scharf, als sich Eliot und Malone ihm näherten. »Die nächste Zwölfergruppe – macht euch bereit!«

Er wollte gerade einen neuerlichen Befehl geben, als Eliot auf ihn zutrat und sich vorstellte. »Ich bin Eliot Ness von der Bundespolizei. Wir brauchen einen Rekruten, der für unbekannte Zeit einer Sondereinheit zugeteilt werden soll. Da die entsprechende Aufgabe erhebliche Gefahren mit sich bringen könnte, kommen nur unverheiratete Kandidaten in Frage. Der Rekrut, für den wir uns entscheiden, wird meinem Kommando unterstellt.«

Aus der Innentasche seiner Jacke holte Eliot ein zusammengefaltetes Dokument hervor. »Wie Sie hier sehen können, genießen wir die volle Unterstützung des hiesigen Bezirksstaatsanwaltes.«

Aber der Ausbilder achtete gar nicht auf Ness. Er klopfte Malone auf die Schulter, und seine finstere Miene erhellte sich, als er lächelte. »He, Jimmy, haben uns eine Weile nicht gesehen, was? Wo hast du denn deine Uniform gelassen?«

»Ich versuche gerade, mich an zivile Aufmachungen zu gewöhnen, Joey. Was macht deine Schwester?«

»Fragt mich dauernd, wann du das nächstemal zum Abendessen kommst. Ich versuche ständig, ihr klarzumachen, daß du keine Lust hast, erneut zu heiraten. Weder sie noch eine andere Frau.«

»Und das stimmt auch«, bestätigte Malone. »Sag mir eins, Joey: Wer von diesen neuen Jungs hier ist der beste Schütze?«

»In dem Haufen, der uns in diesem Jahr zugeteilt

wurde, gibt's zwei echte Wunderkinder – Williamson und Stone.«

»Schick sie bitte zu uns, Joey. Einen nach dem anderen.«

»Klar. Williamson gehört zu der Gruppe, die gerade eben an der Reihe war. Er kann euch seine Zielscheibe zeigen – dann seht ihr's ja selbst. Und Stone ist ebenso gut. Echte Kanonen.«

Als sich der Ausbilder den jungen Rekruten zuwandte, bedachte Malone den neben ihm stehenden Eliot mit einem sonderbaren Blick. »Warum wollen Sie eigentlich keine Verheirateten?«

»So wie die Sache im Augenblick steht, möchte ich mir keine Sorgen darüber machen müssen, irgendeine Ehefrau zur Witwe zu machen.«

»Aber Sie selbst sind doch verheiratet, oder?«

»Ja.«

»Kinder?«

»Eins. Und in ungefähr einem Monat werde ich zum zweitenmal Vater.«

»Machen Sie sich keine Sorgen darüber, auch Ihre Familie ohne Ehemann und Vater zurückzulassen?«

»Doch«, sagte Eliot. »Das mache ich.«

Malone musterte ihn noch immer nachdenklich, als einer der Rekruten an sie herantrat. Er war groß und schlank, hatte helles blondes Haar und ein Gesicht mit feingeschnittenen Zügen.

»Williamson?« fragte Eliot.

»Ja, Sir.« Williamson nahm Haltung an. In der einen Hand hielt er den Leistungsblock, in der anderen die Zielscheibe.«

»Kann ich mir einmal die Scheibe ansehen?«

Williamson reichte sie ihm. Seine Schüsse hatten ein einzelnes Loch im Zehnerkreis hinterlassen.

»Beeindruckend«, meinte Eliot.

»Danke, Sir.«

»Nicht so steif, Junge«, wandte sich Malone an den Rekruten. »Ich möchte Sie was fragen: Warum wollen Sie in den Polizeidienst treten?«

Williamson wirkte ein wenig verwirrt. »Warum ...?« Er zögerte, runzelte die Stirn und suchte nach den passenden Worten für eine Antwort.

»Verschonen Sie mich mit dem Mist aus dem letzten Jahrbuch. Seien Sie ganz offen. Nennen Sie mir Ihren persönlichen Grund.«

»Nun, ich habe mich beworben, weil ... hm ...« Erneut zögerte Williamson und trachtete danach, sich entsprechende Worte zurechtzulegen.

»Okay«, sagte Malone nicht unhöflich. »Das wär's, Junge.«

Williamson runzelte noch immer die Stirn, als er zu seiner Rekrutengruppe zurückkehrte.

»Es genügt nicht, wenn die Burschen gut mit einer Knarre umgehen können«, brummte Malone. »Sie müssen auch Grütze im Kopf haben.«

Der Ausbilder rief den jungen Männern neue Befehle zu. »Die nächste Zwölfergruppe: an die Schußlinie herantreten. Legen Sie die Revolver und drei Magazine auf die Ablage. Laden Sie erst auf mein Kommando hin. Vorrükken.« Als die Gruppe Aufstellung bezogen hatte und bereit war, fügte er hinzu: »Laden.«

Malone und Eliot gesellten sich zu ihm. »Stell und jetzt deinen anderen Wunderknaben vor, Joey«, sagte Malone.

Der Ausbilder rief: »Stone.«

Einer der an der Schußlinie stehenden Rekruten legte den Revolver, den er gerade geladen hatte, neben seinen Leistungsblock und drehte sich um. Er war ungefähr zwanzig Jahre alt und hatte ein dunkles Gesicht mit auffallend ausgeprägten Zügen. Die Nase schien ein wenig zu groß zu sein, und die Augen glitzerten fast schwarz. Aufgrund der geringen Größe des Rekruten argwöhnte Eliot, daß er es nur ganz knapp geschafft hatte, die entsprechende Kontrolle der Akademie zu passieren.

Eliot und Malone gingen an der Reihe der anderen Rekruten entlang auf ihn zu. »Warum wollen Sie ein Cop werden?« fragte Malone ohne lange Vorrede.

Und der junge Mann gab sofort zur Antwort: »Um die Bürgerschaft Chicagos und ihren Besitz zu schützen...«

»Gehen Sie mir doch nicht mit *dem* Scheiß auf die Nerven!« unterbrach ihn Malone.

Der kleine und dunkelhaarige Rekrut lächelte dünn. »Bisher bin ich damit hier in der Akademie ziemlich gut zurechtgekommen.«

Dieser Bursche, dachte Eliot, war gewiß nicht auf den Kopf gefallen.

Aber Malone verzog nur das Gesicht und bedachte den Rekruten mit einem besonders durchdringenden Blick. »Stone – so lautet Ihr Name?«

»Ja, Sir.«

Malone sah sich den Leistungsblock des jungen Mannes an. »George Stone«, las er laut. Dann blickte er ihm wieder in die Augen. »Ist das Ihr wirklicher Name?«

»Natürlich, Sir.«

»Und wie lautete er, bevor Sie ihn änderten?«

»Ich habe ihn nicht geändert.« In der Stimme Stones ließ sich eine gewisse trotzige Schärfe vernehmen. »Mein Vater machte das, als er aus Europa kam. Der Einwanderungsbeamte riet ihm dazu und meinte, auf diese Weise hielte man ihn nicht sofort für einen Ausländer. Er fürchtete, sich unter seinem richtigen Namen nicht in den Vereinigten Staaten niederlassen zu können. Er nannte mich nach ihm: Giuseppe Petri.«

»Hab ich's mir doch gedacht«, erwiderte Malone verächtlich. Er sah Eliot an. »Das hat uns gerade noch gefehlt – eine feige Itakerratte.«

Stone kniff die schwarzen Augen zu schmalen Schlitzen zusammen. *»Was?«*

»Haben Sie jemals von einem Iren gehört, der seinen Namen änderte?« schnappte Malone. »Nein, denn wir schämen uns unserer Herkunft nicht. Aber ihr schmutzigen Spaghettifresser...«

Stone unterbrach ihn mit leiser und gepreßt klingender Stimme. »Ich mag es nicht, einen schwachen alten Mann zusammenzuschlagen, nicht einmal dann, wenn es sich um ein irisches Schwein handelt. Aber wenn Sie Ihr verdammtes Irenmaul noch einmal aufreißen und mich beleidigen, werde ich...«

Malone griff in die hintere Tasche seiner Hose und holte einen Totschläger hervor. »Du widerlicher kleiner Hurensohn! Ich zertrümmere dir den Schädel!«

Blitzartig griff Stone nach dem Revolver auf der Ablage und machte sich bereit, dem vermeintlichen Angriff Malones zu begegnen. »Na, komm schon, Opa.«

Malone schob den Totschläger in die Tasche zurück und sagte an die Adresse Eliots gerichtet: »Er gefällt mir.«

»Mir auch.«

Stone war völlig perplex, und langsam ließ er die Waffe wieder sinken.

Der Ausbilder grinste ihn an. »Ganz ruhig, Stone. Mein alter Freund Jimmy wollte Sie nur ein wenig testen – und ich glaube, Sie haben die Prüfung bestanden.«

Stone schien noch immer nicht genau zu wissen, was eigentlich los war, und er musterte erst seinen Vorgesetzten und dann Malone.

»Mein Junge«, brummte James Malone, »die Bundespolizei empfängt dich mit offenen Armen.«

14

Ein angedeutetes zynisches Lächeln umspielte die Lippen Malones. Stones Züge offenbarten höfliche und unverbindliche Aufmerksamkeit. Sie saßen auf einer Bank neben dem Waffenschrank an der einen Seitenwand von Eliots Büro, und sie hörten schweigend zu, während Lieutenant Alderson den Inhalt der Akten erläuterte, die er auf den Schreibtisch legte.

»Diese hier«, wandte er sich an Ness, »enthält die Berichte der Mitarbeiter unserer Einsatzgruppe, die in Chicago Heights Ermittlungen durchführten. Bisher haben sie in dem entsprechenden Bereich sechs verschiedene Speakeasies entdeckt. Die letzte Meldung stammt von den Beobachtern, die jene Garage in der West Side überwachen. Nach wie vor gibt es keine Hinweise dafür, daß die dort untergebrachten Laster für den Transport von Whisky benutzt werden. In einem Punkt aber können wir ganz sicher sein: Wenn die Lkw losfahren, erfahren wir innerhalb kurzer Zeit, wohin sie unterwegs sind. Und wenn sie Spirituosen oder Bier laden, so teilt man uns mit, aus welchen Lagern das Zeug stammt.«

Eliot nickte und deutete auf die Akten. »Offenbar sind unsere Leute recht fleißig gewesen.«

»Die Männer geben ihr Bestes, Mr. Ness. Haben Sie weitere Befehle?«

»Nein, im Moment nicht. Vielen Dank, Lieutenant.«

Einige Sekunden lang richtete Alderson den Blick auf Malone und Stone und wartete offenbar darauf, daß er ihnen vorgestellt wurde. Als das nicht geschah, nickte er förmlich und verließ das Büro.

Nachdem er gegangen war, griff Eliot nach den auf dem Schreibtisch liegenden Unterlagen und sah Malone an. »Nun, was halten Sie davon?«

Malone brummte gelangweilt. »Ist nichts weiter als Quatsch. Sechs Speakeasies haben die Jungs also gefunden – wirklich toll. Meine Güte, man braucht bloß durch irgendeine Straße zu gehen, um gleich mehrere Spelunken zu entdecken. In Chicago dürfte es über zweitausend geben, ganz zu schweigen von Vorstädten wie Cicero. Himmel, selbst wenn man jeden Tag 'n paar davon hochgehen ließe, würde Capone nur mit den Achseln zucken. In keinem Speak gibt es zu irgendeinem Zeitpunkt eine größere Menge Schnaps, und der Zaster, den Big Al auf diese Weise verlieren könnte, entspricht nicht einmal den Beträgen seiner Portokasse.«

»Jedesmal dann, wenn in meiner Nachbarschaft ein Speak dichtgemacht wird«, warf Stone ein und unterstrich seine Worte, indem er die Handflächen aneinanderpreßte, »öffnen sie direkt nebenan oder im nächsten Block ein neues.« Er breitete die Arme aus, formte aus den Fingern der rechten Hand einen Trichter und bewegte ihn auf und ab. »Manchmal sogar an der gleichen Stelle – wenn Capone einen auf seiner Lohnliste stehenden Richter dazu bewegt, einen entsprechenden Gerichtsbeschluß zu erwirken.«

»He, Junge«, sagte Malone, »wenn du als George Stone durchgehen und nicht sofort als Giuseppe Petri erkannt werden willst, solltest du es endlich lernen, beim Sprechen nicht dauernd die Hände zu benutzen.«

»Und wenn Sie als halbwegs intelligenter Opa gelten wollen«, erwiderte Stone schlagfertig, »sollten Sie nicht länger in dem blöden Irenakzent quatschen.«

Die Reaktion Malones bestand in dem ersten offenen und ehrlichen Lachen, das Eliot von diesem großen und verbitterten Cop hörte. »Außerdem hast du noch ein anderes Problem, Junge«, sagte Malone. »Mangel an Respekt älteren Leuten gegenüber.«

Eliot blickte noch immer auf die Berichte, die Lieutenant Alderson auf seinem Schreibtisch zurückgelassen hatte, und er lauschte dem Wortwechsel der beiden anderen Männer nur mit halbem Ohr. »Sie haben natürlich recht. Es bringt uns nicht weiter, Razzien in Speakeasies zu veranstalten. Wir müssen Leute finden, die für uns feststellen können, wo sich die wichtigeren Stützpunkte des Gegners befinden: die Lager mit importiertem Whisky, die großen Schwarzbrennereien und Brauereien. Nur an solchen Orten haben wir die Möglichkeit, Capone finanzielle Verluste in der Größenordnung zuzufügen, die ihn *wirklich* trifft.«

»Es gibt viele Leute, die wissen, wo sich der Schnaps befindet«, sagte Malone. »Das ist kein Problem. Die eigentliche Schwierigkeit besteht darin, die Leute aufzustöbern, die einerseits informiert sind und andererseits den Nerv haben, sich gegen Big Al zu stellen. Ich habe bereits meine Fühler in einige bestimmte Richtungen ausgestreckt. Verbindung mit Freunden aufgenommen, die glauben, sie könnten innerhalb kurzer Zeit eine Brennerei lokalisieren, die Capone irgendwo im Ufersektor betreibt. Und außerdem noch eine große Brennerei in Cicero.«

Malone stand auf und straffte die breiten Schultern. »Aber warum warten? Wenn Sie bereit sind, etwas zu unternehmen ... Ich kenne da einen Ort, an dem wir jetzt sofort eine Razzia durchführen könnten. Wir brauchen nicht einmal zu fahren. Können zu Fuß gehen. Ist kaum zwei Blocks vom Hauptquartier entfernt.«

Eliots Pulsschlag beschleunigte sich. »Um was handelt es sich?«

»Ein Schnapslager. Es ist zwar nicht sonderlich groß, aber das Zeug gehört zum besten vom Besten. Eine *Menge* wert. Alles andere als Fusel. Importierte Ware, die nicht dreimal verschnitten und dann neu abgefüllt wurde. Nein, sie ist einzig und allein für besondere Anlässe vorgesehen.«

Eliot lächelte und stand auf. »Dann können wir uns ja endlich an die Arbeit machen.«

»Es wäre nicht schlecht, wenn wir noch einen weiteren Mann hätten«, warf Malone ein. »Kennen Sie jemanden, der vertrauenswürdig genug ist, um ...«

In diesem Augenblick kam Oscar Wallace ins Büro, in den Händen einen großen und geöffneten Aktenordner. »Mr. Ness, die Struktur der finanziellen Transaktionen, über die ich bisher Klarheit gewinnen konnte ...«

Malone unterbrach ihn. »He, Sie ... *Buchprüfer* ... Wissen Sie, wie man mit einer Waffe umgeht?«

Wallace zwinkerte verwirrt hinter seiner Bifokalbrille. »Mit einer Waffe?«

»Ja.«

»Nun, als ich noch jünger war ... Mein Vater nahm mich manchmal zur Jagd mir. Hat mir allerdings nie gefallen – ich mochte es nicht, harmlose Tiere allein aus Spaß an der Sache zu töten. Fühlte mich ganz elend dabei. Seit er tot ist, mache ich nur noch dann und wann Ausflüge aufs Land, um ein bißchen zu ballern.«

Jetzt war Malone verwundert. »Ballern?«

Wallace nickte. »Sie wissen schon – das Schießen auf leere Dosen und Flaschen. Um mit meiner alten 22er-Flinte in Übung zu bleiben.«

Malone nahm ein großkalibriges Gewehr und eine Schachtel Munition aus dem Schrank, lud die Waffe und reichte sie Wallace. »Verstecken Sie sie unter der Jacke und kommen Sie mit.«

Wallace zwinkerte erneut. »Wohin denn?«

»Wir haben eine Razzia vor.«

»Aber ich, äh ...«

»Verfügen Sie über eine Dienstmarke?«

»Nun ... ja.«

»Dann nehmen Sie die Flinte, und machen Sie keine Mätzchen.« Malone marschierte auf den Korridor, gefolgt von Eliot und Stone. Wallace zögerte noch eine Sekunde lang, schob sich dann das kurzläufige Gewehr unter die Jacke, preßte den einen Arm an die Seite, um die Waffe nicht zu verlieren, und schloß sich den anderen Männern an.

Über die Treppe begaben sie sich ins Erdgeschoß, und dort gingen sie durch den Korridor in Richtung des Ausganges, als Deputy Chief Mike Casey aus dem Lift kam und sie sah. Er blieb stehen und starrte Malone groß an.

»Jimmy – was machst du denn hier ohne Uniform? Willst du auf einen Maskenball?«

»Ist meine neue Arbeitskleidung, Mike.«

»Auf Anordnung des Bezirksstaatsanwaltes ist Malone für eine Weile zu mir versetzt worden«, erklärte Eliot dem Stellvertreter des Polizeipräsidenten. »Offenbar kennen Sie sich.«

Casey lächelte. »Und zwar schon seit einer ganzen Weile. Wir sind gemeinsam auf Streife gegangen.«

»Allerdings ist es dir seitdem wesentlich besser ergangen als mir«, erwiderte Malone mit ausdruckslosem Gesicht.

»Du hättest es verdient, ebenfalls befördert zu werden. Hattest nur Pech.«

»Nennt man das heute so, Mike? Pech?«

»Allerdings scheint sich nun das Blatt für dich zu wenden. Immerhin arbeitest du jetzt mit einem Agenten der Bundespolizei zusammen.«

»War nett, mit dir zu reden«, sagte Malone. »Aber wir müssen jetzt gehen.«

Oben: Eliot Ness (Kevin Costner, rechts) ist auf die Erfahrung und Hilfe des um einige Jahre älteren Jimmy Malone (Sean Connery) angewiesen.
Unten: Oscar Wallace, Eliot Ness, Jimmy Malone und George Stone (v. l.: Charles Martin Smith, Kevin Costner, Sean Connery, Andy Garcia) haben Grund zum Feiern: Gerade haben sie ein großes Spirituosenlager auffliegen lassen.

Frank Nitti (Billy Drago) gehört zu den skrupellosesten und »zuverlässigsten« Handlangern Al Capones.

»Und wohin?«

»Du wirst später davon hören«, entgegnete Malone und führte seine Begleiter hinaus auf die Straße.

Sie brauchten wirklich nicht weit zu gehen: nur über die erste Kreuzung und noch einen halben Block weiter. Dann betrat Malone eine Zweigstelle der Post.

Eliot folgte ihm zusammen mit Stone und Wallace und fragte ihn überrascht: »Was wollen Sie denn hier?«

»Wie ich vorhin schon sagte: eine Razzia durchführen.«

Verwirrt blickte sich Eliot im Postamt um. *»Hier?«*

»Genau.« Malone nickte in Richtung der Seitenwand. »Sehen Sie die Tür dort? Wenn Sie mit mir zusammen den daran angrenzenden Bereich betreten, wechseln Sie in eine Welt der Schwierigkeiten – und dann gibt es kein Zurück mehr. Ist Ihnen das klar?«

»Ja.«

»Dann los. Machen wir uns ›endlich an die Arbeit‹, wie Sie im Büro sagten.«

Die vier Männer durchschritten das Postamt und blieben vor der geschlossenen Tür stehen. Malone streckte die Hand nach dem Knauf aus. »Wenn sie nicht verriegelt ist«, sagte er leist, »stürme ich geradewegs los. Sollte die Tür hingegen gesichert sein, breche ich sie erst auf und greife dann an – wobei ich ebenfalls nicht zögere.« An die Adresse Eliots gerichtet, fügte er hinzu: »Schließen Sie sofort zu mir auf, wenn sich Ihnen eine Gelegenheit dazu bietet. Decken Sie meine rechte Flanke.« Und zu Stone: »Du übernimmst meine linke Flanke, Junge.«

Wallace erhielt die Anweisung: »Sie decken meinen Rücken, bis wir ganz sicher sein können, daß uns niemand folgt. Dann unternehmen Sie das, was Sie für richtig und notwendig halten. Kapiert?«

Der untersetzte Buchprüfer nickte nur ganz kurz, so als fiele ihm diese Bewegung schwer, weil seine Nackenmuskeln gelähmt waren. Er gab keinen Ton von sich – vermutlich aus Angst, seine Zähne könnten dabei klappern.

Malone griff unter seine Jacke und nach hinten. Er holte die kurzläufige 38er hervor, die in dem Gürtelholster steckte, und dann drehte er den Knauf und warf sich gegen die Tür.

Niemand hatte sie verriegelt. Mit zwei langen Schritten war Malone hindurch – und befand sich in einem breiten Korridor, der sich Dutzende von Metern weit in beide Richtungen erstreckte. Er legte mit der schußbereiten 38er an, aber es bot sich ihm kein Ziel dar. Einen Sekundenbruchteil später war Eliot heran, wandte sich an der rechten Seite Malones um und zielte mit seiner 45er Automatik in die andere Richtung des Ganges. Gleichzeitig bezog Stone Aufstellung, der seine Dienstpistole aus dem verborgenen Hüftholster gerissen hatte, und damit kam er seinem Auftrag nach und deckte die linke Flanke. Wallace holte die großkalibrige Flinte unter der Jacke hervor und schloß die Tür.

Es hielt sich überhaupt niemand in dem Gang auf. Keine Gefahr.

»Gott sei Dank«, hauchte Malone. »Wir haben Glück. Irgend jemand ist unvorsichtig geworden – keine Wachen außerhalb des Lagers.«

Auf der anderen Seite des Ganges gab es eine zweite Tür. Malone deutete darauf. »Wir nehmen die gleichen Angriffspositionen ein.«

Diesmal machte sich Malone gar nicht erst die Mühe, festzustellen, ob diese Tür verriegelt war oder nicht. Er schob sich die kurzläufige 38er hinter den Gürtel und nahm eine Feueraxt aus der Wandhalterung. Mit einem mächtigen Schlag trieb er die Schneide dicht neben dem Knauf ins splitternde Holz. Ein breites Loch entstand. Unmittelbar darauf ließ Malone die Axt fallen und bewerkstelligte mehrere Dinge gleichzeitig. Die rechte Hand umklammerte den Kolben der 38er, und mit der linken griff er durch das Loch und schob den inneren Riegel beiseite. Einen Sekundenbruchteil später trat er die Tür weit auf.

Er stürmte sofort los, ebenso wie beim erstenmal, und rief: »Bundespolizei! Dies ist eine Razzia!«

Eliot wandte sich an seine rechte Seite, Stone an die linke, und Wallace bildete wie zuvor den Abschluß.

Sie befanden sich nun innerhalb eines großen Lagers, das fast ganz bis zur hohen Decke mit großen Kisten gefüllt war. Weiter hinten sahen sie drei Männer. Sie holten Flaschen mit britischem Whiskey und französischem Champagner aus den Containern und verstauten sie in kleineren Behältern, die für die ›besonderen Anlässe‹ Capones geeignet sein mochten.

Vorne, zu beiden Seiten der aufgebrochenen Tür, hockten zwei stämmige Wächter in bequemen Sesseln, Maschinenpistolen auf die Beine gestützt. Sie fuhren hoch, als Malone durch die Tür sprang – aber sie bekamen keine Gelegenheit mehr, ihre Waffen einzusetzen.

Eliot rammte dem einen von ihnen seine 45er an den Schädel, und während der Gorilla bewußtlos zu Boden sank, eilte er gleich weiter, um sich die Arbeiter im hinteren Bereich des Lagers vorzunehmen.

Der andere Wächter ließ seine Maschinenpistole zu Boden fallen, als er direkt in die Mündung des Revolvers Stones blickte, die nur einige wenige Zentimeter von seinem Nasenrücken entfernt war. Stone bedeutete ihm, sich in Bewegung zu setzen und den Arbeitern zu nähern.

Es geschah alles so schnell, daß Oscar Wallace noch nicht einmal ganz durch die Tür war.

Ein athletisch gebauter Schläger kam hinter Malone aus der Toilette. Sein Kopf war völlig kahl, und er hatte dichte und buschige Augenbrauen. In der einen Hand hielt er eine Pistole, und er machte Anstalten, damit auf den Rücken Malones zu zielen.

Er konnte die Waffe nicht ganz in die Höhe bringen, denn Oscar Wallace hielt ihm die ziemlich große Mündung seiner Flinte ans Ohr.

»Fallenlassen!« schrillte der Buchprüfer. »Bitte! Oder ich muß dir das Gehirn rausblasen!«

Der kahlköpfige Schläger öffnete die Hand, und die Pistole fiel polternd zu Boden. Inzwischen hatte sich Malone umgedreht. Als er den athletischen Typen musterte, wirkte er überaus zufrieden.

»Dies sind private Geschäftsräume«, sagte der Schläger unsicher. »Was fällt Ihnen ein, hier so einfach einzudringen?«

Malone trat dicht an ihn heran. »Der Grund dafür ist ganz einfach: Wir beschlagnahmen die Kisten und ihren Inhalt, und du und deine Kumpanen sind verhaftet.«

»Für eine solche Aktion brauchen Sie einen Durchsuchungsbefehl«, protestierte der Muskelmann. »Haben Sie einen?«

»Klar«, sagte Malone und grub seine linke Faust tief in die Magengrube des Mannes.

Der Typ ging keuchend in die Knie, preßte sich beide Hände auf den Bauch und krümmte sich zusammen.

Malone starrte zu ihm herab und knurrte: »Na, mein Lieber, wie fühlste dich jetzt – besser oder schlechter?«

Eliot und Stone kamen zu ihm zurück und trieben dabei die anderen Gangster vor sich her. »Durchsuchen Sie sie, während Stone sie in Schach hält«, wandte sich

Eliot an Wallace. »Wenn wir sicher sein können, daß sie entwaffnet sind, müssen Sie uns Handschellen und einige Laster besorgen, mit denen der ganze Kram hier abtransportiert werden kann.«

»Tja, Mr. Ness«, sagte Malone. »Jetzt stecken wir drin. Ich hoffe, das ist Ihnen klar.«

Eliot nickte lächelnd. »Die hier lagernden Waren Capones dürften einen Wert von rund zweihunderttausend Dollar haben. Und das ist selbst für Big Al eine Summe, die er nicht einfach mit einem Achselzucken abschreiben kann. Angst?«

»Kommt vielleicht noch, wenn ich eingehender darüber nachdenke«, erwiderte Malone. »Im Augenblick aber, das muß ich zugeben, fühle ich mich prächtig.«

An jenem Abend trafen sich an zwei verschiedenen Stellen bestimmte Leute zum Essen, und in beiden Fällen war die erfolgreiche Aktion Eliots gegen ein wichtiges Lager Capones der Grund.

Das eine Abendessen veranstaltete Eliot Ness. Das andere Al Capone.

Und Zweck und Atmosphäre der beiden Zusammenkünfte unterschieden sich sehr voneinander.

15

Das eine Essen fand in einem italienischen Restaurant namens Little Capri statt und bot vier Männern Gelegenheit zum Feiern: Eliot Ness, James Malone, George Stone und Oscar Wallace. Sie langten ordentlich zu und genossen ihren Triumph, und jeder von ihnen hatte ganz persönliche Gründe dafür, zufrieden zu sein.

Als sich die Teller leerten, nahm Eliot eine Schachtel mit Zigarren zur Hand, die er extra für diesen Zweck gekauft hatte, und er reichte sie an seine Begleiter weiter. Jeder von ihnen nahm eine, obgleich sie sonst eigentlich keine Zigarren rauchten. Aber die Tradition wollte es, daß man auf diese Weise einen besonders feierlichen Abend krönte.

Malone zog die Kette mit dem Medaillon aus der Tasche und benutzte die Schlüsselspitze, um ein Loch in das eine Ende der Zigarre zu bohren.

Eliot blickte auf den Anhänger an der kurzen Kette. »Ich habe mich schon mehrmals gefragt ... Was ist das?«

»Was ist das?« wiederholte Malone, und es klang fast entrüstet. »Was ist das, fragt dieser Mann. Soll man es denn fassen! Mein Postfachschlüssel – und das Bildnis des heiligen Judas.«

Stone runzelte die Stirn und betrachtete das Medaillon. »Der heilige Judas?«

»Ja«, bestätigte Malone. »Der Schutzpatron von Polizisten und aussichtslosen Angelegenheiten.«

Eliot war sich nicht ganz sicher, ob Malone ihnen einen Bären aufband oder es ernst meinte und sentimental wurde.

Oscar Wallace blies eine dichte Wolke aus Zigarrenrauch an die Decke und wiederholte nachdenklich: »Der Schutzpatron von Polizisten.«

Malone zuckte kurz mit den breiten Schultern. »Jeder braucht einen Freund.«

Daraufhin nickten die anderen zustimmend.

»Und du, mein Junge«, fügte Malone hinzu und richtete den Blick auf Stone, »wenn du an die Akademie zurückkehrst ... für was willst du dich entscheiden? Für aussichtslose Angelegenheiten oder dazu, Polizist zu werden?«

»Ich möchte als Cop arbeiten.«

»Im Ernst?«

»Ja.«

»Und warum?«

Prompt gab Stone die ölglatte Akademieparole zur Antwort: »Um die Bürgerschaft Chicagos und ihren Besitz...«

Malone unterbrach ihn mit einem Stöhnen. »Lieber Himmel, der Kerl hat überhaupt keinen Anstand.« Er beugte sich zu Stone vor und stützte die Ellenbogen auf den Tisch. »Nun, ich will dir eine wichtige Erkenntnis verraten, zu der du eines Tages vielleicht selbst gelangen wirst: Verlorene Angelegenheiten und Polizisten – manchmal sind sie ein und dasselbe. Manchmal auch nicht. Und gelegentlich kommt man in eine Situation, die einen dazu zwingt, sich entweder für das eine oder das andere zu entscheiden.«

Die letzten Worte schienen eher ihm selbst zu gelten. Und als er sie ausgesprochen hatte, lehnte er sich wieder zurück, zündete seine Zigarre an und erwartete ganz offensichtlich keine Antwort.

In diesem Augenblick kam der Kellner, der nur gebrochen Englisch sprach, und brachte ein Tablett mit einer Flasche und vier Gläsern. Er richtete einige fast hastig klingende Worte auf italienisch an Stone, der sie für seine drei Begleiter übersetzte:

»Er meint, das ginge auf die Rechnung des Hauses – ein ordentliches Glas Grappa, für die Verdauung.«

Eliot seufzte leicht. »Sagen Sie ihm, ich sei ihm sehr dankbar, aber ich möchte lieber darauf verzichten.«

Stone gab diese Antwort an den Kellner weiter, der Eliot daraufhin verwundert anblickte und Stone eine erstaunt klingende Frage stellte.

»Er meint«, übersetzte Stone, »wenn Sie keinen Grappa

möchten, womit wollen Sie dann die Mahlzeit beschließen?«

»Eine Tasse Tee wäre nicht schlecht«, erwidert Eliot und deutete ein Lächeln an.

Selbst Stone schien von dieser Antwort verblüfft zu sein, als er sie ins Italienische übersetzte. Kurz darauf teilte er Ness mit, was der Kellner davon hielt. »Es ist ihm ein Rätsel, wie jemand den Wunsch verspüren kann, ein gutes Essen ausgerechnet mit Tee zu beenden.«

»Sagen Sie ihm, Tee macht müde Männer munter – wie es manchmal in der Radiowerbung heißt.«

Malone lachte leise. »Eins muß ich Ihnen lassen, Mr. Ness: Sie halten sich an eine Entscheidung, die Sie einmal getroffen haben, selbst wenn Sie deshalb wie ein Narr dastehen sollten. Sie scheinen ebenso dumm und stur zu sein wie ich.«

Und Oscar Wallace meinte schrill: »Ich ziehe ebenfalls eine Tasse Tee vor.«

»Dem schließe ich mich an«, sagte Malone und bedachte Stone mit einem scharfen Blick. »Und dir, mein Junge, rate ich, unserem Beispiel zu folgen. Weißt du, Mr. Ness nimmt seinen Beruf sehr ernst, und als Prohibitionsagenten würde es ihn in Verlegenheit bringen, in der Öffentlichkeit dabei erwischt zu werden, sich ein illegales Gläschen zu genehmigen. Und da du nun ebenfalls zu seinem Team gehörst...«

Man konnte dem jungen Stone deutlich ansehen, wie peinlich es ihm war, den Grappa zurückzuweisen und dem Kellner mitzuteilen, Tee sei ihnen allen lieber. Der Italiener starrte sie so an, als seien sie übergeschnappt, zuckte hilflos mit den Achseln und brachte das Tablett in die Küche zurück.

»Eins möchte ich aber klarstellen, Mr. Ness«, sagte George Stone. »Erwarten Sie bloß nicht von mir, bei den

Mahlzeiten zu Hause auf Wein zu verzichten. Meine Eltern würden das sicher nicht verstehen und glauben, ich sei krank geworden.«

Malone sah Oscar Wallace an. »Was ist mit Ihnen? Nehmen Sie ab und zu einen Schluck, in der Abgeschiedenheit Ihres Heims?«

»Nein«, antwortete der Buchprüfer. »Nie.«

»*Nie?*«

»Niemals.«

»Machen Sie sich keine Sorgen um die Moral oder Ihre Gesundheit?«

»Letzteres dürfte eher zutreffen«, sagte Wallace leise. Und nach einigen Augenblicken fügte er ruhig und mit ausdruckslosem Gesicht hinzu: »Meine Mutter war Alkoholikerin. Ich habe meinen Vater oft dabei beobachtet, wie er sie zu beruhigen versuchte, wenn sie im Delirium war, wenn sie glaubte, Ameisen kröchen ihr über die Hände und das Gesicht. Als ich zehn war, starb sie.«

Und da erlebte es Eliot zum erstenmal, daß Malone keine passende Erwiderung einfiel.

Eliot kam gerade rechtzeitig genug nach Hause, um die letzten Worte des Abendgebets seiner Tochter zu hören, als er in die Tür ihres Zimmers trat. Sie beschloß es mit einem leisen »Amen«, und Catherine, die auf der Bettkante Coras saß, wiederholte dieses Wort und gab ihr einen Kuß.

»Gute Nacht, Mami.«

»Gute Nacht«, flüsterte Catherine und stand auf.

Cora blickte in Richtung der Tür. »Gute Nacht, Paps.«

Eliot kam herein und beugte sich zu Cora herab, um ihr ebenfalls einen Kuß zu geben. »Gute Nacht, Kleine. Schlaf gut.«

Cora lachte leise und schläfrig. »Und laß dich nicht von den Bettwanzen beißen.«

»Genau. Und jetzt mach die Augen zu und träum schön.« Eliot schaltete die Lampe aus, folgte Catherine aus dem Zimmer und schloß leise die Tür.

Draußen im Flur fragte ihn Catherine mit gedämpfter Stimme: »War die Feier nett?«

Eliot nickte. »Ja. Die Männer sind gut, überraschend gut. Jeder auf seine eigene Art und Weise.«

Sie gingen durch den Korridor. Als sie die Treppe erreichten, wandte sich Eliot von seiner Frau ab, um das Arbeitszimmer zu betreten. Catherine berührte ihn sanft am Arm. »Was hast du vor?«

»Ich muß noch einige Dinge für morgen vorbereiten.«

»Mir scheint, du hast bereits einen ziemlich anstrengenden Arbeitstag hinter dir.«

»Ja, das stimmt wirklich.«

»Und bist du noch immer voller Tatendrang?«

»Es gibt eine Menge zu tun.«

Catherine lächelte und nahm seine Hand. »Warum leistest du mir nicht Gesellschaft und kämmst mir das Haar?« Sie blickte auf ihren sich stark vorwölbenden Bauch und fügte hinzu: »Oder findest du mich nicht mehr attraktiv genug, um ...«

Eliot brachte sie mit einem langen Kuß zum Schweigen. Als sich ihre Lippen wieder trennten, führte Catherine ihn ins Schlafzimmer und schüttelte den Kopf.

»Du ...« – ihre Stimme klang wie ein brummendes Schnurren – »... Detektiv.«

Das Essen, das Al Capone an jenem Abend gab, fand wesentlich später im Bankettzimmer des Hotels Lexington statt. Es diente nicht dazu, irgend etwas zu feiern. Keiner der anderen Männer, die Big Al an dem langen

Tisch Gesellschaft leisteten, wußte genau, um was es eigentlich ging.

Außenstehende waren nicht zugegen. Man hatte die Türen nach dem Auftragen des letzten Gangs geschlossen und verriegelt. Capone saß am oberen Ende des Tisches. Offenbar schmeckte es ihm vorzüglich, denn er füllte sich seinen Teller gerade zum drittenmal und spülte das Essen mit viel Wein hinunter. Sein Buchhalter Walter Payne hatte am anderen Ende Platz genommen. An der Seite des Tisches warteten weitere enge Mitarbeiter Capones, darunter einige seiner besten Gorillas und Leibwächter. Männer wie Vince Matranga, Frank Nitti, Machine-Gun McGurn und Frankie Rio.

Und Jock Miller, der athletische Schläger mit dem kahlen Kopf und den dichten Augenbrauen, jener Mann, den Malone während der Razzia im Lager mit einem Fausthieb zu Boden geschickt hatte.

Er trank ziemlich viel, aß jedoch nur wenig. Er konnte kaum einen Bissen hinunterbekommen. Denn er fragte sich immerzu, warum Capone ihn zu sich bestellt hatte.

Ebenso wie die anderen war er schon nach kurzer Zeit gegen Kaution aus der Haft entlassen worden. Doch die Einladung zum Abendessen galt nur ihm. Und dieser Umstand besorgte Jock Miller – jagte ihm Angst ein.

Er zweifelte nicht daran, daß ein Richter auf der Lohnliste Capones die Anklage gegen ihn und die anderen Gangster aus dem aufgeflogenen Lager fallenlassen würde. Bestimmt kam es erst gar nicht zu einer Verhandlung, deren Fragen und Antworten Big Al in Verlegenheit bringen mochten.

Andererseits jedoch gab es nicht die geringste Möglichkeit, die teure Ware wiederzubekommen, die bei der Razzia beschlagnahmt worden war. Morgen mochten die Flaschen irgendwo zerschmettert werden, und dann floß ihr kostbarer Inhalt in die Kanalisation und ging unwiederbringlich verloren. Einen solchen Verlust konnte selbst Al Capone nicht auf die leichte Schulter nehmen. Und doch saß er am oberen Ende des Tisches und gab sich heiter und gelöst, als er seine enorme Mahlzeit beendete. Er schien sich mit der Erklärung Jock Millers abzufinden, der ihm geschildert hatte, aus welchem Grund es nicht möglich gewesen war, die Razzia der Bundespolizei zu verhindern.

Capone schob seinen leeren Teller beiseite, klopfte sich zufrieden auf den Bauch und nahm einen letzten Schluck Wein. Dann richtete er seinen Blick über den Tisch hinweg auf Jock Miller. Er schien noch immer recht freundlich zu sein. Und selbst die Stimme Big Als klang zuvorkommend, wenn auch ein wenig verwundert.

»Ich habe die ganze Zeit darüber nachgedacht, Jock, und ich verstehe es immer noch nicht. Ihr hattet es nur mit vier Typen zu tun. Drei von ihnen waren mit Revolvern bewaffnet, und der vierte trug eine großkalibrige Flinte. Okay. Auf meine Anweisung hin befanden sich drei Wachen im Lager. Zwei im Innern, ausgerüstet mit Maschinenpistolen, einer im Korridor, um den Zugang zu überwachen. Und als er die vier Bullen ins Postamt kommen sah, brauchte der Bursche draußen nur an der Tür zu kratzen, um die beiden Jungs im Lager zu warnen. Dann wäre ihnen Zeit genug geblieben, sich vorzubereiten. Und in einem solchen Fall hätten sie mit ihren automatischen Spritzen die vier Bundesagenten noch in der Tür in Fetzen geschossen.«

Schweißtropfen perlten auf der Stirn Jock Millers. Seine Kleidung fühlte sich klamm an. »Al, ich habe dir doch erklärt...«

»Ja«, unterbrach ihn Capone, »das hast du. Es war deine Aufgabe, im Korridor Wache zu halten. Aber du mußtest auf die Toilette.« Big Al lachte. »Tja, is' ganz normal. Wenn man muß, dann muß man eben. Passiert auch mir und allen anderen Leuten. Verständlich. Was ich jedoch nicht verstehe, Jock, ist folgendes: Warum hast du keinen der beiden anderen Wachen für die Zeit nach draußen geschickt, die du auf dem Topf verbrachtest?«

»Es dauerte doch nur eine Minute«, platzte es aus Jock Miller heraus, und die Furcht ließ seine Stimme vibrieren. »Ich dachte, wegen einer Minute brauchten wir uns nicht aufzuregen. Lieber Himmel, Al, es hat dort doch noch nie Ärger gegeben. Du hast dich bestens abgesichert, und wer würde es schon wagen, dir ins Handwerk zu pfuschen?«

»Das stimmt schon«, sagte Capone gedehnt. Er lehnte sich auf seinem Stuhl zurück, überlegte und fügte hinzu: »Ja, sicher. Wer würde so etwas wagen? Niemand.« Er seufzte und schüttelte den Kopf. »Es ist ein Jammer, eine echte Enttäuschung – aber jetzt nicht mehr zu ändern. Schwamm drüber. Das Leben geht weiter.« Big Al zuckte mit den Schultern. »Okay, ich habe keine Lust, den Rest meines Lebens damit zu verbringen, dem Sprudelwasser aus Frankreich nachzutrauern. Ich ziehe es vor, das Leben zu genießen, und das dürfte den hier versammelten Leuten wohl klar sein, nicht wahr?«

Capones Aufmerksamkeit galt nun nicht länger Jock. Er sah die anderen am Tisch sitzenden Männer an und lächelte. Jock schloß die Augen, ließ die Schultern hängen und wartete darauf, daß seine Hände zu zittern aufhörten.

Capone nahm einen weiteren Schluck Wein und wandte sich nach wie vor an die anderen Leute am Tisch. »Ein erfolgreicher Mann hat doch das Recht, das Leben zu genießen, oder? Sich zu vergnügen.« Capone runzelte kurz die Stirn und schien das letzte Wort nicht ganz angemessen zu finden. »*Enthusiasmus* – ja, von einem wichtigen Mann kann man Enthusiasmus erwarten.«

Seine Begleiter nickten zustimmend – obgleich niemand verstand, auf was er hinauswollte.

»Und worin besteht meiner?« fragte Capone. »Was bereitet mir Lebensfreude? Nun, 'ne Menge Dinge, klar. In erster Linie aber mag ich Baseball, wie ihr alle wißt. Gehe ins Stadion, so oft ich kann. Finde diesen Sport einfach herrlich. Seht euch das Souvenir hier an.«

Capone zog einen Baseballschläger unter dem Tisch hervor. Er schloß die eine dicke Hand um den Griff, und mit der anderen strich er wie zärtlich darüber hinweg. »Er gehörte einem Typ, der vor einigen Jahren ein echter Superstar war. Mit diesem Schläger hier wurde er berühmt. Ist er nicht wundervoll?«

Capone stand auf, packte den Baseballschläger mit beiden Händen und schlenderte langsam den Tisch entlang. Er sprach auch weiterhin, wobei er die Augen halb geschlossen hatte, so als verliere er sich in Erinnerungen. Es klang fast so, als übe er eine Rede, die er später einmal vor jenen Sportlern halten wollte, die er so verehrte.

»Und warum gefällt mir Baseball? Weil man dabei viel fürs Leben lernen kann. Ein Mann steht ganz allein auf dem Feld, und die Zeit ist gekommen für... für was? Für persönliche Leistungen. Ja, da steht er, allein. Aber das stimmt nicht ganz. Er ist nicht völlig allein, sondern gehört zu einer Mannschaft, zusammen mit den anderen Spielern. Er mag so gut sein wie Babe Ruth oder Ty Cobb. Aber *wenn sein Team nicht mitzieht*... Könnt ihr mir folgen?«

Capone hatte inzwischen das andere Ende des Tisches erreicht. Dort blieb er kurz stehen und blickte auf Walter Payne herab. »Verstehen Sie mich?« fragte er.

Payne nickte unsicher, obgleich er in Wirklichkeit keine Ahnung hatte, was Capone meinte. Big Al bedachte ihn mit einem Lächeln und ging weiter, schlenderte diesmal an der anderen Seite des Tisches entlang.

»Es kommt mir auf folgendes an«, sagte er. »Jener Star – welche Bedeutung kommt ihm zu, wenn er wirklich ganz allein ist? Keine. An sonnigen Tagen sind die Tribünen voll besetzt. Und wenn das Publikum dem Superspieler zujubelt, darf er nicht hochmütig werden. Was muß er sich sagen? Ich gehe aufs Feld, um mich zu beweisen. Aber *ich* werde nur dann Erfolg haben, wenn mich die *ganze* Mannschaft unterstützt.«

Capone blieb erneut stehen, diesmal hinter dem Stuhl Jock Millers. »Niemand hat damit gerechnet, daß in jenem Lager eine Razzia durchgeführt werden könnte«, sagte er gedehnt. »Du hast recht, Jock. Aber wenn überhaupt kein solches Risiko bestände, wäre es auch nicht nötig, daß ich Leute zur Bewachung abstelle!«

Capones Stimme wurde zu einem lauten Donnern. »Und ich *habe* einige meiner Jungs damit beauftragt, das Lager zu schützen! Und *du* hast deine Aufgabe nicht wahrgenommen! *Du* hast mich hintergangen, mich *verraten*!«

Capone holte mit dem Baseballschläger aus und schmetterte ihn auf die rechte Schulter Jocks.

Miller schrie schmerzerfüllt auf und sank vor Capone auf die Knie. Der rechte Arm baumelte schlaff, und mit der linken Hand versuchte er, nach den Beinen Big Als zu greifen, um seinen Boß um Gnade anzuflehen.

Capone hob den Schläger erneut und hämmerte ihn auf den Rücken Jocks. Ganz deutlich war das Geräusch brechender Knochen zu vernehmen. Blut spritzte auf Hose und Jacke Capones.

Am einen Ende des Tisches rutschte Walter Payne vom

Stuhl, hockte sich dahinter und erbrach sich auf den Teppich.

Alle anderen Männer aber blieben sitzen und beobachteten mit steinernen Mienen, wie Al Capone weiterhin auf die Leiche zu seinen Füßen einschlug.

16

Im Verlaufe der nächsten beiden Wochen ließ die Gruppe Eliots drei weitere Läden Capones hochgehen. Und es waren wichtige. Eine Brauerei im Stockyard District. Eine große Schwarzbrennerei in der South Side. Und ein Lager am Rande von Forest View, in dem weitere erstklassige Ware auf eine Verwendung bei ›besonderen Anlässen‹ wartete.

Jede Aktion wurde mit Hilfe der Hinweise vorbereitet, die Malone von seinen mysteriösen Informanten bekam, und anschließend ließ Eliot die entsprechenden Einrichtungen beschatten, um ganz sicher sein zu können, daß sie sowohl zur richtigen Zeit als auch am richtigen Ort zuschlugen. Um seine Unternehmen durchführen zu können, verstärkte Eliot Ness sein Viererteam um so viele Leute aus der Sondereinheit Lieutenant Aldersons, wie er brauchte. Doch sie alle erfuhren erst dann, um was es ging, wenn sie den Einsatzort erreichten. Und somit hatte niemand die Möglichkeit, die Organisation Capones rechtzeitig zu warnen.

Eins stand fest: Sie versetzten den illegalen Geschäften Capones ziemlich harte Schläge – und insbesondere die Summen, die er durch die Vernichtung der beschlagnahmten Luxusware verlor, mußten ihm Probleme bereiten. Nach den Informationen Malones waren die entsprechenden Vorräte bereits derart zusammengeschmolzen, daß Capone keine andere Wahl blieb, als sehr bald eine neue Lieferung kommen zu lassen.

Am Tag nach der vierten erfolgreichen Razzia erschien auf der Titelseite der Zeitung eine neue Karikatur Eliots. Sie stammte vom gleichen Zeichner wie die erste.

Sie zeigte ihn ebenfalls als einen Ritter, doch diesmal war er dabei zu sehen, wie er Schnapsflaschen zertrümmerte, während Al Capone in einer Ecke hockte und sich vor Wut die Haare raufte. Der Kommentar lautete: »Macht es Ihnen was aus, wenn ich Ihnen zu nahe trete?« Der Begleitartikel stellte Ness in einem recht guten Licht dar.

Und dieser Umstand bereitete Eliot ein gewisses Unbehagen. Es stimmte zwar, daß er der Leiter der Gruppe war, doch andererseits wußte er ganz genau, daß er ohne die Hilfe James Malones noch keinen Schritt weitergekommen wäre. Ness hatte den Eindruck, daß Malone die mühsame Beinarbeit erledigte, während er, Eliot, die gute Publicity bekam. Aber Malone gab sich damit zufrieden. »Sollen sie sich ruhig auf Sie konzentrieren«, sagte er. »Je länger ich im Verborgenen tätig sein kann, um so besser.«

An dem Morgen, als die Zeitung die neue Karikatur brachte, betrat Eliot das Polizei-Hauptquartier und blieb am Mitteilungsbrett in der Nähe des Liftes stehen. Jemand hatte die alte Zeichnung gegen die neue ausgetauscht, und darunter stand mit roter Kreide geschrieben: *Mach weiter so!*

Offenbar gab es einige Cops, die es gerne sahen, wenn Capone an empfindlicher Stelle getroffen wurde – obwohl sie nach wie vor bedauern mochten, daß es jemand von außerhalb war, der diese Erfolge hatte. Eliot ging die Treppe hoch, und seine Meinung über die Polizei Chicagos war ein wenig besser geworden.

In seinem Büro war es zu einigen Veränderungen

gekommen. Ein zweiter Schreibtisch für Malone stand neben dem Eliots. Und der angrenzende Nebenraum diente nur Wallace und Stone als Arbeitszimmer. Darüber hinaus hatte Ness nun einen anderen Sekretär. Er gehörte zu den drei Cops, für die Malone die Hand ins Feuer legte. Genauer gesagt: Es handelt sich um einen Vetter des Iren, Sean, der im vergangenen Jahr seinen Abschied aus dem aktiven Polizeidienst genommen hatte.

»Wenn er bereits so lange dabei ist«, sagte Malone, »und sich nach wie vor keinen anständigen Anzug oder einen neuen Wagen leisten kann, so bedeutet das, daß er bisher der Versuchung widerstand.« Und zynisch fügte er hinzu: »Vielleicht aber deutet es auch *nur* darauf hin, daß man ihm bisher keine ausreichend große Bestechungssumme anbot. Ich werde ihn also im Auge behalten.«

Niemand saß an dem außerhalb des Büros stehenden Schreibtisch Seans, als Eliot eintraf. Und Malone war ebenfalls nicht zugegen. Das überraschte Ness nicht. Malone hielt sich ziemlich oft außerhalb des Hauptquartiers auf und durchstreifte die Stadt auf der Suche nach neuen Informationen. Als Eliot seine Jacke aufhängte, kam Sean mit zwei großen Aktenordnern aus dem Nebenzimmer.

»Woher kommen die denn?« fragte Eliot.

»Sie sind uns gerade von der Handelskammer geschickt worden, Mr. Ness.« Sean schüttelte bewundernd den Kopf. »Die Entschlossenheit, mit der Mr. Wallace all die dicken Geschäftsbücher durcharbeitet, ohne die Übersicht zu verlieren, grenzt wirklich an ein Wunder, nicht wahr? Ich glaube, er ist ein echtes Genie.«

»Er ist Buchprüfer«, erwiderte Eliot trocken. »Leistet Stone ihm Gesellschaft?«

»Nein, Sir. Er und Jimmy sind schon ganz früh heute morgen aufgebrochen, kurz nachdem ich eintraf.«

Und auch das verwunderte Eliot nicht. Immer häufiger nahm Malone den jungen Stone bei seinen geheimnisvollen Ausflügen mit.

Eliot folgte Sean ins Nebenzimmer. Oscar Wallace saß an seinem Schreibtisch und befaßte sich gerade mit vier aufgeschlagenen Aktenordnern, die den ganzen Platz der Tischfläche beanspruchten. Dann und wann machte er sich Notizen.

»Hier sind die Unterlagen, die Sie angefordert haben, Mr. Wallace«, sagte Sean.

Wallace sah nicht auf, als er auf den Schreibtisch Stones deutete und entgegnete: »Legen Sie sie bitte dorthin.»

Sean kam der Aufforderung nach und kehrte anschließend auf den Korridor zurück.

Eliot lächelte dünn, als er die Waffe sah, die in einem Holster an der Wand hinter Wallace hing, direkt neben dem großkalibrigen Gewehr. Der Umstand, daß er eine aktive Rolle bei den letzten Razzien gespielt hatte, wirkte sich allmählich auf ihn aus. Er hatte sich den Revolver aus der Waffenkammer des Hauptquartiers besorgt, und er trug ihn immer unter der Jacke, wenn er das Büro verließ. Außerdem war er gerade erst am Vortag mit einem besonderen Vorschlag an Eliot herangetreten.

»Ich habe einige Nachforschungen angestellt, Mr. Ness. Die Winchester 97 scheint mir für unsere Zwecke besser geeignet zu sein als die anderen Gewehre, die wir bisher benutzten. Sie sollten sich einmal damit befassen. Ist eine weitaus wirkungsvollere Waffe.«

Aber wenn er nicht gerade an einer Aktion teilnahm, arbeitete Wallace bis spät in die Nacht und beschäftigte sich viele Stunden lang mit dem Auftrag, der ihn von Washington nach Chicago gebracht hatte: Er versuchte, einen detaillierten Überblick über die finanziellen Transaktionen Al Capones zu gewinnen.

»Wie kommen Sie voran, Oscar?« fragte Eliot.

»Die Sache ist sehr kompliziert«, antwortete Wallace und nahm einen weiteren Eintrag in sein Notizbuch vor. »Capones Organisation zeichnet sich durch eine enorme Komplexität aus. Zum Beispiel...« Er drehte ein Blatt um und starrte auf seine Notizen. »Ich habe allen Grund anzunehmen, daß ihm in Toronto eine Firma namens Caltandar Holding Company Associations gehört. Die wiederum als Muttergesellschaft von Green Light Laundries, Inc., Midwest Taxicabs und Jolly Time Toys auftritt...«

»Das erinnert mich an etwas«, warf Eliot ein. »Ich muß meiner Tochter noch ein Geburtstagsgeschenk besorgen.«

»Wie alt ist sie denn?« fragte Wallace geistesabwesend und konzentrierte sich bereits wieder auf die Unterlagen.

»Sie wird in ein paar Tagen acht.«

»Hmmm...« Der Buchprüfer hatte eigentlich gar nicht richtig zugehört. Er blätterte erneut. »Und dann sind da noch die Bahama Ship-to-Shore... Miss Lucy Togs... Tri-County Trucking... Die Liste der Unternehmen nimmt kein Ende.«

Wallace runzelte die Stirn und starrte auf seine Notizen. »Das Problem besteht darin, daß all diese Gesellschaften legal abgesichert sind. Und bisher konnte ich keine Beweise dafür finden, daß sie Al Capone gehören.« Er seufzte und sah zum erstenmal zu Eliot auf. »*Nichts* läuft auf seinen Namen. In rechtlicher Hinsicht hat er überhaupt kein Einkommen.«

»Klingt ganz so, als könne Capone auf die Hilfe eines guten Buchhalters zurückgreifen.«

»Eines sehr guten. Dem Mann ist es gelungen, so viele

Geschäftsverzweigungen zu schaffen, daß es fast unmöglich ist, die einzelnen Stränge an ihren Ausgangspunkt zurückzuverfolgen. Ein finanzielles Labyrinth, wenn Sie so wollen – ein Irrgarten, in dem man rasch die Orientierung verliert.« Ärgerlich ließ Wallace den Schreibstift fallen. »Wir wissen, daß in jedem Jahr aus all diesen Geschäften Millionen Dollar in die Taschen Capones fließen – und er keinen Cent Steuern bezahlt. Nun, es ist nicht unbedingt notwendig, die eigentliche Höhe seines Einkommens zu beweisen. Es genügt, wenn wir feststellen können, daß ihn irgendwelche Zahlungen erreichten. Wenn uns das gelingt, sind wir dazu in der Lage, ihn wegen Steuerhinterziehung zu belangen.«

Eliot verzog das Gesicht. »Offen gesagt: Die Vorstellung, einen Mörder nur deshalb vor Gericht zu bringen, weil er seine Steuern nicht bezahlt, gefällt mir nicht sonderlich.«

Wallace zuckte mit den Schultern. »Ist besser als gar nichts.«

»Vielleicht. Aber bisher ist es Ihnen noch nicht gelungen, ihn mit all jenen Geschäften in direkten Zusammenhang zu bringen.«

»Nein, bisher noch nicht«, gestand Wallace ein. Er klappte zwei der vor ihm liegenden Ordner zu, legte sie auf dem Schreibtisch Stones ab und nahm die beiden zur Hand, die Sean gebracht hatte. Damit setzte er seine Arbeit fort.

Eliot beobachtete ihn einige Sekunden lang. Er zweifelte sehr daran, daß sich in einem dieser Aktenordner eine Möglichkeit finden ließ, Capone das Handwerk zu legen. Dennoch sagte er: »Nun, geben Sie nicht auf. Man kann nie wissen...«

Sean trat in die Verbindungstür zwischen den beiden Zimmern. »Mr. Ness, es wünscht Sie jemand zu sprechend.« Eliot überließ Wallace seiner Arbeit und kehrte ins Büro zurück.

Ein eleganter, selbstsicherer und gut fünfzig Jahre alter Mann hatte in dem Sessel vor dem Schreibtisch Eliots Platz genommen. Seine schmalen und sorgfältig manikürten Hände ruhten auf dem silbernen Knauf eines teuren Spazierstocks. Mit einem glatten und einschmeichelnden Lächeln sah er zu Eliot auf. »Mr. Ness?«

»Ja.«

»Ich würde mich gern ein wenig mit Ihnen unterhalten. Ich bin John O'Shea, Stadtrat von ...«

»Ja, Ratsherr«, unterbrach ihn Eliot. »Ich weiß, wer Sie sind. Ich habe bei den verschiedensten Gelegenheiten Ihren Namen gehört.«

»Tatsächlich? Nun, es freut mich, daß ich so bekannt bin.«

»Kommt ganz darauf an, für *was* Sie bekannt sind.« Eliot nickte Sean zu, der daraufhin das Büro verließ.

Als er mit dem Ratsherrn allein war, sagte Eliot: »Es wartet derzeit ziemlich viel Arbeit auf mich, Mr. O'Shea. Daher kann ich nur wenig Zeit für Sie erübrigen. Um was geht es?«

»Zunächst einmal, Mr. Ness, möchte ich Ihnen zu Ihren erstaunlichen Erfolgen gratulieren, die Sie in den letzten Wochen verzeichnen konnten. Das verbessert den Ruf unserer Stadt, die wir alle so sehr lieben. Es ist mir eine große Freude, Ihnen an einem so sonnigen und prächtigen Tag wie heute meinen Glückwunsch auszusprechen.«

Der Ratsherr deutete aufs Fenster, und aus einem Reflex heraus blickte Eliot in die entsprechende Richtung: Der Himmel war grau und bedeckt, und es nieselte. Als er seine Aufmerksamkeit wieder auf den Besucher richtete, bemerkte er einen dicken Umschlag auf dem Schreibtisch, und O'Shea lächelte erneut.

Eliot zeigte auf das Kuvert. »Was haben wir denn da?«

Der Ratsherr neigte den Kopf zur einen Seite, und einige Sekunden lang musterte er Ness nachdenklich. Dann stand er auf, trat an die in den Flur führende Tür heran und schloß sie. Er ließ auch die andere Tür ins Schloß fallen, kehrte zurück und nahm erneut Eliot gegenüber Platz.

»Mr. Ness«, sagte er ruhig, »Sie sind ein gebildeter Mann. Sie haben einen Universitätsabschluß. Wie ich höre, studierten Sie Wirtschaft. Also dürften Sie sich in geschäftlichen Angelegenheiten auskennen.«

Eliot deutete erneut auf den dicken Umschlag. »Dann geht es hierbei also um ein Geschäft?«

»Ich habe Respekt vor Ihnen, und deshalb möchte ich ganz offen sein, Mr. Ness. Es gibt da ein großes – ein ziemlich großes und sehr populäres – Geschäft, dem Sie einige Schwierigkeiten bereiten. Es würde Ihnen sicher nicht zum Nachteil gereichen, wenn Sie gewisse Dinge ruhen ließen.«

»Sie scheinen es sich zur Angewohnheit gemacht zu haben, selbst bei ›offenen Bemerkungen‹ recht vage zu sein, Mr. O'Shea.«

»Das mag sein. Aber ich bin sicher, Sie haben mich verstanden.«

»Ja, ich glaube schon«, bestätigte Eliot. Er stand auf, öffnete die Seitentür und trat ins Nebenzimmer.

»Mr. Wallace, würden Sie bitte zu mir kommen?«

Er wartete, als der Buchprüfer aufstand und sich zu ihm gesellte, und dann kehrte er mit ihm zusammen zu dem Ratsherrn zurück. Der dicke Umschlag lag nach wie vor auf dem Schreibtisch, und O'Shea lächelte noch immer freundlich.

»Wissen Sie, was man zur Zeit der alten Römer mit jemandem machte, der den Versuch unternahm, einen Beamten zu bestechen?« Eliot blickte den Stadtrat scharf an. »Man schnitt ihm die Nase ab und steckte ihn zusammen mit einem Raubtier in den Sack. Und diesen Sack warf man anschließend in den Fluß.«

Er wandte sich an Wallace und zeigte auf den Umschlag. »Ratsherr O'Shea hat mir gerade jenes Kuvert dort angeboten, Mr. Wallace. Was mag es Ihrer Meinung nach enthalten?«

Wallace betrachtete den Umschlag und schürzte die Lippen. »Nun, ich bin ziemlich sicher, es befindet sich nichts weiter als wertloses Papier darin.«

»Und was veranlaßt Sie zu diesem Schluß?«

»Die Tatsache, daß der Ratsherr keinen Versuch unternahm, den Umschlag zu verbergen, als Sie mir im anderen Zimmer Bescheid gaben.«

Eliot sprach ebenso förmlich und zuvorkommend wie der Buchprüfer – so als unterhielten sie sich nur darüber, ob das Zimmer noch Platz für einen dritten Schreibtisch bot. »Und aus welchem Grund sollte mir Mr. O'Shea ein Kuvert mit wertlosem Papier anbieten?«

»Um festzustellen, ob Sie sich bestechen lassen«, antwortete Wallace. »Bei einer Ablehnung Ihrerseits war er auf diese Weise abgesichert, denn der Umschlag enthält ja keinen Beweis für den Bestechungsversuch.«

»Ich verstehe.« Eliot nahm das Kuvert zur Hand, riß es auf und ließ den Inhalt auf den Tisch fallen: Zettel in der Größe von Banknoten, aus einer Zeitung geschnitten.

Eliot bedachte Wallace mit einem Lächeln. »Sie sind ein guter Detektiv, Mr. Wallace. Sie haben das richtige Gespür.«

Wallace wäre fast errötet. »Es war kein Gespür irgendeiner Art, Mr. Ness, sondern eine logische Folgerung.«

Eliot sah den Ratsherrn an. »Sagen Sie Ihrem Boß, daß ich sein Angebot leider ablehnen muß.«

O'Sheas Miene wurde steinern, und er stand langsam auf. »Ich fürchte, Sie machen einen Fehler.«

Ness lachte. »Das geschähe nicht zum erstenmal. Und langsam finde ich Gefallen daran.«

Die Fassade der Selbstbeherrschung und Sicherheit O'Sheas bröckelte ab, und in seiner Stimme ließ sich eine gewisse Schärfe vernehmen, als er erwiderte: »Sie und Ihre Leute sind wohl unbestechlich, wie? Ist das das richtige Wort? Glauben Sie im Ernst, niemand käme an Sie heran? Jeder hat seinen Preis.«

»Sie haben Ihren kleinen Botengang hinter sich gebracht, Ratsherr. Kehren Sie jetzt zurück und sagen Sie Capone, er könne mich mal.« Eliot ging an O'Shea vorbei und öffnete die auf den Flur führende Tür. »Wenn Sie uns jetzt bitte entschuldigen würden... Wir haben viel zu tun. Und ich bezweifle, ob unsere nächsten Aktionen die miesen Geschäfte, von denen Sie eben sprachen, weniger stören werden als unsere ersten Unternehmungen.«

Inzwischen hatte sich der Stadtrat wieder gefaßt. »Es war faszinierend, Ihre Bekanntschaft gemacht zu haben, Sir.«

Er nickte höflich, schlenderte hinaus und schwang gut gelaunt den Spazierstock mit dem silbernen Knauf.

Zwei Abende nach der Zurückweisung des Bestechungsangebots O'Sheas bekam es Eliot Ness mit der darauf erfolgenden Reaktion Al Capones zu tun. Es geschah, als er nach Hause zurückkehrte.

17

Zwei Stunden nach Sonnenuntergang fuhr Eliot mit seinem Pontiac Coupé heim und hielt vor dem Haus an. Hinter den Fenstern brannte Licht. Als er aus dem Wagen stieg und nach dem eingewickelten Geschenk für seine Tochter griff, fiel ihm ein an der anderen Straßenseite parkender Wagen auf.

Es handelte sich um einen großen schwarzen Cadillac. Er stand abseits der Lampen, und es war so dunkel, daß Eliot nicht erkennen konnte, ob jemand in dem Fahrzeug saß.

Trotzdem nahm er das Geschenk vorsichtshalber in die linke Hand und knöpfte sich mit der anderen die Jacke auf.

Und vom Cadillac her rief eine männliche Stimme: »Guten Abend, Mr. Ness.«

»Guten Abend.« Elios schob die rechte Hand näher an die im Holster unter seiner Jacke steckende 45er heran.

»Wie ich hörte, hat Ihre Tochter morgen Geburtstag«, sagte der Mann in dem Caddy.

»Das stimmt.« Es mochte einer der Nachbarn sein – aber andererseits erinnerte sich Ness an niemanden, der in der Nähe wohnte und einen Cadillac fuhr.

Langsam ging er über die Straße, bereit dazu, sich nach rechts zu werfen, sollte es Schwierigkeiten geben.

Aber die Stimme des Mannes im Caddy klang ganz ruhig: Er sprach im Plauderton. Allerdings fiel es Eliot auf, daß es den Worten an menschlicher Wärme mangelte. »Es ist schön, eine Familie zu haben.«

»Ja, in der Tat.« Inzwischen hatte Eliot den anderen Wagen erreicht. Im Fond saß niemand. Vorn hockten zwei Männer: der Fahrer und neben ihm ein weiterer Typ, derjenige, der Ness angesprochen hatte.

Eliot beugte sich ein wenig und konnte dadurch das

Gesicht des Betreffenden erkennen. Es kam ihm bekannt vor aufgrund der Fotografien, die er sich im Polizei-Hauptquartier angesehen hatte. »Sie sind Frank Nitti.«

Nittis Lächeln war so kalt wie Eis. »Wissen Sie, Mr. Ness: Ein Mann mit Familie sollte vor allen Dingen darauf achten, daß seinen Lieben nichts zustößt.«

Eliot trat ruckartig einen Schritt zur Seite und griff unter seine Jacke. Der Motor des Cadillac heulte auf, und mit quietschenden Reifen sauste der Wagen davon.

Ness riß die Waffe hervor, und in der Finsternis zielte er auf das sich schnell entfernende Fahrzeug. Doch er drückte den Abzug nicht durch. Der Vollstrecker hatte sehr darauf geachtet, nichts zu unternehmen, was ihn mit dem Gesetz in Konflikt brachte und Eliot einen Grund gegeben hätte, auf ihn zu schießen.

»Es sei denn...

Jähe Panik stieg in Ness empor, und er wirbelte um die eigene Achse, stürmte über die Straße zurück und die kurze Verandatreppe empor. Hastig öffnete er die Tür, und einen Sekundenbruchteil später war er im Haus.

Catherine saß auf dem Sofa und blätterte in einem Magazin, als ihr Mann hereinplatzte. Sie sprang auf, und der Gesichtsausdruck Eliots ängstigte sie mehr als die Waffe in seiner Hand.

»Wo ist Cora?« rief er.

»Oben, im Bett. Was ist denn, Eliot?«

Er warf das Geschenk auf einen nahen Stuhl und eilte die Treppe hoch. Leise zog er die Tür des Kinderzimmers auf und trat ein.

Cora lag unter der Decke und schlief friedlich.

Eliot ging neben dem Bett in die Hocke und horchte, bis er schließlich das ruhige und tiefe Atmen seiner Tochter vernahm. Dann richtete er sich wieder auf, schloß die Augen und kämpfte gegen den Schwindel an.

Catherine trat hinter ihn, als er das Zimmer Coras auf leisen Sohlen verließ. »Eliot«, flüsterte sie, »was ist passiert?«

Er begab sich auf den Flur, aber er ließ die Tür offen. Nach wie vor hielt er die Waffe in der Hand, und er senkte nicht die Stimme, als er sagte: »Pack einige Sachen zusammen. Ihr fahrt aufs Land, du und Cora. Jetzt sofort.«

Er stürmte die Treppe wieder hinunter und in sein Arbeitszimmer. Catherine folgte ihm. Als sie das häusliche Büro ihres Mannes betrat, nahm er gerade ein Gewehr und eine Schachtel Munition aus dem Schrank.

»Eliot, würdest du mir bitte erklären, was das alles...«

»Mach dir keine Sorgen«, erwiderte er, doch das Vibrieren seiner Stimme verriet ihn. »Pack einfach. Und weck Cora und zieh sie an. Ihr müßt fort von hier. So schnell wie möglich. Beeil dich – bitte.«

Er legte die 45er auf den Schreibtisch und lud das Gewehr. Catherine drehte sich um und eilte die Treppe hoch.

Anschließend schob Eliot die geladene Flinte neben die Automatik auf den Tisch, griff nach dem Telefon und wählte die Nummer Malones. Es nahm niemand ab. Er versuchte es im Büro und hoffte, daß er Malone dort erreichen konnte.

Oscar Wallace antwortete; offenbar arbeitete er noch immer an den Akten.

»Ist Malone da?« fragte Eliot.

»Nein.«

»Wo zum Teufel steckt er?«

»Keine Ahnung. Er rief vor rund einer Stunde an und meinte, er käme bald zurück. Aber den genauen Zeitpunkt nannte er nicht.«

»Und Stone?«

»Ist ebenfalls nicht hier.« Inzwischen war Wallace auf

den drängenden Tonfall Eliots aufmerksam geworden. »Was ist denn los?«

Ness erklärte es ihm.

Als ein Ford in die Straße bog und vor dem Haus hielt, trat Eliot auf die Veranda und hielt das Gewehr schußbereit in den Händen.

Aber es war Oscar Wallace, der aus dem Wagen stieg, gefolgt vom Vetter Malones, Sean. Eliot senkte den Lauf der Flinte und ging ihnen entgegen.

»Ich habe eine Nachricht auf dem Schreibtisch Malones hinterlassen«, sagte Wallace. »Wenn er also zurückkehrt...«

Doch Ness wandte sich bereits an Sean. »Haben Sie außer Ihrer Pistole auch noch andere Waffen bei sich?«

»Eine abgesägte Spritze im Wagen«, antwortete Sean.

»Gut. Nun, letzten Sonntag sind meine Frau und ich mit unserer Tochter aufs Land gefahren. In der Nähe des Ortes, wo wir ein Picknick machten, gibt es ein Haus, in dem gegen Bezahlung Gäste aufgenommen werden. Catherine zeigt Ihnen den Weg. Fahren Sie sie dorthin, und nehmen Sie ein Zimmer in unmittelbarer Nähe des Raumes, in dem sich meine Familie einquartiert. Behalten Sie sie Tag und Nacht im Auge. Ich schicke Ihnen Hilfe, wenn ich kann. Führen Sie keine Telefongespräche. Sagen Sie *niemandem,* wo Sie sich aufhalten.«

»Okay, Mr. Ness. Sie können sich auf mich verlassen.«

Eliot drehte sich um und rief in Richtung des Hauses: »In Ordnung. Ihr könnt los.«

Catherine trat durch die Tür und hielt Cora an der Hand.

»Ich bringe euch die Koffer«, sagte Eliot, als sie auf die Veranda kamen.

»Soll ich Ihnen mit dem Gepäck helfen?« fragte Sean.

»Nein. Bleiben Sie hier und beobachten Sie die Straße.« Eliot reichte Wallace die Flinte und lief ins Haus, während seine Frau und Cora im Fond des Ford Platz nahmen.

Kurz darauf kehrte Ness zurück und trug die Koffer, in denen Catherine das Nötigste verstaut hatte. Wallace stand auf dem Bürgersteig und blickte nach rechts. Sean starrte in die andere Richtung. Eliot schob das Gepäck in den Kofferraum des Wagens, trat an die hintere Tür heran und beugte sich in den Fond.

»Paps, wie lange bleiben wir weg?« fragte Cora.

»Nur eine Weile, Schatz.«

»Kommst du uns besuchen?«

»Sobald ich eine Gelegenheit dazu finde«, versicherte er ihr und richtete sich auf. An Sean gerichtet, sagte er: »Fahren Sie die Straße hoch nach Norden. Meine Frau wird Ihnen sagen, wo Sie abbiegen müssen, um das Ziel zu erreichen.«

»Ja, Sir.«

»Wenn irgend etwas geschieht – wenn irgend jemand auch nur den Anschein erweckt, er könne es auf meine Familie abgesehen haben, so schießen Sie zuerst, klar?«

»Machen Sie sich keine Sorgen, Mr. Ness. Ich kümmere mich um sie. Jimmy würde mir den Hals umdrehen, wenn ich die Sache verpatze.«

»Paps«, sagte Cora, »du wirst meinen Geburtstag morgen versäumen.«

»Ja, Schätzchen, das läßt sich leider nicht ändern. Aber dafür veranstalten wir im nächsten Jahr eine besonders große Feier.« Plötzlich erinnerte sich Eliot an etwas. »Warte. Nur eine Sekunde ...«

Er rannte ins Haus zurück und kam mit dem eingepackten Geschenk wieder. Erneut beugte er sich in den Fond des Ford, reichte es Catherine und sagte zu Cora:

»Das ist dein Geburtstagsgeschenk. Mami gibt es dir morgen früh.«

Er küßte Cora, dann auch seine Frau.

»Gib gut auf dich acht«, flüsterte ihm Catherine zu.

»Oh, das werde ich.« Eliot richtete sich auf, schloß die Tür und wies Sean an: »Fahren Sie los.«

Der Vetter Malones setzte sich hinters Steuer und ließ den Motor an. Als der Wagen losrollte und nach Norden fuhr, die Straße hoch, griff Eliot nach dem großkalibrigen Gewehr, das er zuvor Wallace gegeben hatte. Die beiden Männer sahen dem Ford nach.

Reifen quietschten, als ein anderer Wagen um die Ecke hinter ihnen bog. Eliot und Wallace drehte sich jäh um, und der Buchprüfer zerrte seinen Revolver unter der Jacke hervor, als Ness die Flinte anlegte.

Der Wagen hielt ein ganzes Stück entfernt an, und der Fahrer sprang heraus. Es war Malone, und er hob hastig die Hände, um seinen Freunden zu bedeuten, nicht auf ihn zu schießen. Dann kroch er noch einmal kurz ins Fahrzeug zurück und holte eine Maschinenpistole und ein trommelförmiges Magazin hervor, das fünfzig Projektile enthielt. Im Laufschritt kam er auf sie zu.

»Cora und Ihre Frau...?« wandte er sich besorgt an Eliot.

Es war Wallace, der ihm Antwort gab. »Alles in Ordnung. Sie sind gerade losgefahren. Ihr Vetter bringt Sie aufs Land.«

Malone entspannte sich sichtlich und ließ die Maschinenpistole sinken. »Dem Himmel sei Dank. Gute Idee, sie fortzubringen, solange es hier brenzlig ist.«

»Als ich nach Hause kam«, erklärte Ness, »warteten zwei Typen auf mich in einem auf der anderen Straßenseite geparkten Caddy.«

»Und Sie sind ganz sicher, daß es sich um Gorillas Capones handelte?« fragte Malone.

»Und ob. Einer von ihnen war Frank Nitti.«

Malone preßte die Lippen zusammen. »Dieser verdammte Mistkerl...«

»Wenn ich nicht rechtzeitig genug eingetroffen wäre, hätten sie in mein Haus eindringen können, um...«

»Nein«, warf Malone ein. »Sie kamen nicht hierher, weil sie etwa dazu den Auftrag hatten. In einem solchen Fall wären von Ihrem Haus wahrscheinlich nur schwelende Reste übriggeblieben. Ich habe ganz vergessen, Sie darauf hinzuweisen. Es gibt da noch eine andere Taktik, mit der es Capone manchmal versucht. Er greift nicht nur zu Mitteln wie Bestechung und Mord; gelegentlich beschränkt er sich zunächst auch nur darauf, seinen Gegnern Angst einzujagen.«

»Und ich habe Angst«, gestand Eliot ein. »Und bin wütend. Ich möchte es Capone heimzahlen, ihn ebenfalls erschrecken. Und noch mehr als das. Ich will ihn treffen, Malone. Ihn härter treffen, als es je einem vor mir gelungen ist.«

Malone lächelte dünn. »Nun gut – fröhliche Weihnachten. Wir haben da nämlich einige Neuigkeiten für Sie.«

Ein zweiter Wagen bog in die Straße und hielt vor dem Haus an. Stone stieg hastig aus und schien vor Aufregung fast zu platzen.

Malone nickte ihm zu. »Sag's ihm, Giuseppe.«

Und mit gedämpfter und vor Nervosität zitternder Stimme erklärte der junge Mann: »Morgen wird ein großer Konvoi mit Spirituosen für Capone die Grenze zwischen Kanada und den Staaten überqueren!«

»Wir kennen nicht nur den Zeitpunkt, sondern auch den Ort«, fügte Malone hinzu. »Es ist alles klar.«

Bowtie (Vittorio D'Ambrosio) führt Al Capones Befehle prompt aus.

Oben: Eliot Ness (Kevin Costner) fürchtet, daß sich Al Capones Männer an seiner Frau Catherine (Patricia Clarkson) und seiner Tochter Cora (Kaitlin Montgomery) rächen werden.

Unten: Eliot Ness (Kevin Costner, links vorne; dahinter Sean Connery) und seine Leute erhalten Informationen über einen Coup, der an der kanadischen Grenze stattfinden soll.

»Und wie sind Sie an die Informationen herangekommen?« fragte Eliot.

»Das ist die zweite Regel der Polizeiarbeit«, hielt ihm Malone in aller Seelenruhe entgegen. »Die beste Möglichkeit, einen geheimen Informanten geheimzuhalten, besteht darin, dem Boß nichts zu verraten.«

18

Im hellen Sonnenlicht glitzerte der Schnee auf dem hügeligen und unbewohnten Gelände, das sich um sie herum erstreckte. Die Sonne konnte nicht die Kälte verdrängen, und von Norden her schoben sich dunkle Wolken heran, die fast die Gipfel der Berge berührten.

Eine schmutzige und kurvenreiche Straße führte an den steilen Hängen entlang. In den letzten beiden Monaten hatte sich eine dicke Eisschicht darauf gebildet, und es gab keine Hinweise dafür, daß während jener Zeit Fahrzeuge in diesem Bereich unterwegs gewesen waren. Im Winter wagte es kaum jemand, die Straße zu benutzen – es sei denn, es gab einen triftigen Grund dafür, ein derartiges Risiko einzugehen, zum Beispiel die Absicht, die Grenze unbemerkt zu passieren, in einem unwegsamen Gebiet, das sich nur schwer überwachen ließ.

Die Straße führte zu einer kurzen und schmalen Brücke, die einen Gebirgsbach überspannte, dessen Fluten an geborstenen Felsen vorbeigischteten. Die Brücke und das Terrain auf dieser Seite gehörten zu den Vereinigten Staaten. Auf der anderen Seite begann Kanada.

Eliot Ness stand auf der Kuppe eines steinigen Hügels und beobachtete die vereiste Straße diesseits der Brücke. Ebenso wie die Männer in seiner Begleitung trug er eine Schafsfelljacke und eine mit Ohrschützern versehene Mütze, um gegenüber der schneidenden Kälte gewappnet zu sein. Er sprach gerade mit Captain Ardley von der Royal Canadian Mounted Police.

»Der Konvoi besteht aus insgesamt fünf großen Lastern«, erklärte Eliot dem Mountie-Captain. »Sie kommen aus Ihrem Land und haben sehr teure Spirituosen geladen. Nach unseren Informationen wird ein hochrangiger Repräsentant der Organisation Capones erwartet, um die Lieferung hier zu übernehmen. Er dürfte von weiteren Wagen mit bewaffneten Gorillas Big Als begleitet werden.«

»Den Namen des wichtigsten Mitarbeiters Capones kennen Sie nicht?« fragte Captain Ardley.

»Nein, leider nicht. Ich weiß nur, daß er die Summe für die Bezahlung der Lieferung in bar mitbringt. Mit ziemlicher Sicherheit wird er die Grenze überqueren, um das Geld auf der anderen Seite einem Abgesandten der kanadischen Firma auszuhändigen, von der die Ware stammt. Jener Vertreter ist ein legaler Geschäftsmann, solange er in Ihrem Lande tätig ist. Bestimmt kommt er nicht herüber, denn würde er hier bei uns die Bezahlung für Spirituosen in Empfang nehmen, geriete er mit dem Gesetz in Konflikt.«

»Und Sie haben nicht die Absicht, den Mitarbeiter Capones hier zu verhaften, während er noch das Geld bei sich hat?«

»Nein. Er soll die Grenze passieren, die Lieferung bezahlen und mit den beladenen Lkw hierher zurückkehren.« In den Augen Eliots funkelte so etwas wie boshaftes Vergnügen. »Capone soll nicht nur seinen Nachschub verlieren, sondern auch das Geld. Die kanadische Firma erfüllt den Vertrag, indem sie die Lieferung Capones Leuten übergibt. Und anschließend hat Big Al keine Möglichkeit, den Kaufpreis zurückzuverlangen.«

Bevor er von Chicago aus losgeflogen war, hatte sich Eliot vor einigen Tagen mit dem Hauptquartier der kanadischen Mounties in Verbindung gesetzt und um Unterstützung gebeten. Doch wie Captain Ardley ihm jetzt erneut klarmachte, war die Zusammenarbeit sehr begrenzt.

»Zehn von meinen Leuten verstecken sich im Wald auf der anderen Seite der Brücke, Mr. Ness. Aber Sie wissen ja, daß in meinem Land der Transport von alkoholischen Getränken nicht verboten ist. Deshalb kann ich die Männer in den Lkw nicht verhaften. Und natürlich auch nicht auf diese Seite kommen, um Ihnen dabei zu helfen, den Gesetzen Ihres Landes Genüge zu verschaffen.«

»Das ist mir klar«, bestätigte Eliot. Was die Sache allerdings nicht leichter machte. Ohne Zweifel waren seine eigenen Leute denen Capones zahlenmäßig unterlegen.

»Ich wäre allerdings dazu in der Lage, die Laster auf meiner Seite anzuhalten und sie nach Waffen zu durchsuchen«, schlug Captain Ardley vor. »Wenn die Typen in den Lkw bewaffnet sind, wäre das ein klarer Verstoß gegen unsere Gesetze, und dann könnte ich sie unter Arrest stellen.«

»Sie werden keine Waffen bei sich führen, jedenfalls nicht auf Ihrer Seite der Brücke. Sie sagten es ja schon: Mit dem Transport von Alkohol verstoßen sie bei Ihnen gegen kein Gesetz. Warum also sollten sie eine Verhaftung riskieren, indem sie Kanonen mit sich schleppen? Nein, die Knarren finden wir bei den Gangstern, die hierherkommen, um den Konvoi zu übernehmen und nach Chicago zu fahren.«

»Es gäbe noch eine andere Möglichkeit«, sagte Captain Ardely. »Wie wäre es, wenn ich die Laster an der Grenze zurückweise? Die Fahrer haben sicher keine von Ihrer Regierung erteilte Importgenehmigung.«

Eliot schüttelte den Kopf. »Dann würden sie eine andere Route wählen, einige Tage warten und anschließend die Grenze passieren. Nein, lassen Sie sie durch. Ich möchte, daß sie diese Seite erreichen. Hier kann ich sowohl die Ladung beschlagnahmen als auch alle Männer Capones verhaften.«

Captain Ardley verzog bedauernd das Gesicht. »Es tut mir leid, daß ich Ihnen nicht mehr helfen kann.«

»Es gäbe da doch noch etwas, das Sie für mich tun könnten«, fügte Eliot hinzu. »Nach unserem Angriff auf den Konvoi wäre es sehr nützlich, wenn Sie die Brücke auf Ihrer Seite blockieren würden – für den Fall, daß einige der Leute in jene Richtung zu entkommen versuchen.«

»Das läßt sich machen. Sobald Sie die Verhaftung der Gangster erklären, habe ich nicht nur das Recht, sondern auch die Pflicht zu verhindern, daß flüchtige Gesetzesbrecher in meinem Land Zuflucht finden.«

»Danke, Captain. Das wird uns eine große Hilfe sein.«

»Darüber hinaus haben Sie das Überraschungsmoment auf Ihrer Seite, Mr. Ness. Bestimmt rechnen Ihre Gegner nicht ausgerechnet hier damit, gestellt zu werden. Und wie wir beide wissen, kann Überraschung schon den halben Sieg bedeuten.«

Einige Sekunden lang verlor Eliot Ness die Beherrschung – was er unmittelbar darauf sehr bereute und auf die Anspannung vor dem Kampf zurückführte. »Überraschung mag tatsächlich den halben Sieg bedeuten«, erwiderte er aufgebracht. »Wie viele andere Dinge auch, verdammt! Aber andererseits ist ein halber Sieg kaum mehr als eine halbe Niederlage.«

Er unterbrach sich abrupt. »Entschuldigen Sie, Captain. Die Nerven sind mit mir durchgegangen. Es tut mir leid.«

Captain Ardley lächelte. »Ich verstehe, was in Ihnen vor sich geht. Ich fühle mich nicht vor den Kopf gestoßen; Sie brauchen sich nicht zu entschuldigen. Ich wünsche Ihnen viel Glück, Mr. Ness.«

Eliot sah ihm nach, als der Mountie den Hang hinunterkletterte und kurz darauf die Straße erreichte und auf die kanadische Seite der Brücke zuhielt. Dann wandte sich Ness um und überquerte die Hügelkuppe in Richtung des anderen Hanges.

Unmittelbar hinter der höchsten Selle waren Malone und Wallace damit beschäftigt, eine große Kiste zu öffnen, die sie mitgebracht hatten. Eliot blickte an ihnen vorbei und beobachtete die Route, die Stone und die anderen drei Männer nehmen würden, um zu ihnen zu stoßen.

Die anderen drei Männer gehörten zur Sondereinheit. Malone und Stone hatten sie zu Hause abgeholt – ohne ihnen vorher telefonisch Bescheid zu geben. Und sie wurden erst eingewiesen, als sie bereits im Flugzeug saßen. Die Maschine ging auf einer kleinen und rund acht Meilen entfernten Landebahn nieder; und dort gab es keine Telefone, die eine Verbindung mit dem Rest der Welt gestattet hätten.

Außerdem standen dort keine größeren Transportmittel zur Verfügung, nur ein altes Taxi, in dem nicht alle Leute gleichzeitig Platz fanden. Bei der ersten Tour hatte es Eliot, Malone, Wallace und die große Kiste befördert. Dann war es zurückgekehrt, um die anderen abzuholen.

Eliot drehte sich zu Malone um und sah zu, wie er eine

der Maschinenpistolen aus der Kiste nahm und mit geübten Bewegungen zusammensetzte.

»Eine Spritze für jeden«, sagte Malone zu Wallace. »Um unsere zahlenmäßige Unterlegenheit auszugleichen. Tja, mit solchen Dingern hier hat Chicago in der letzten Zeit bereits einige unangenehme Erfahrungen gesammelt. Jetzt drehen wir den Spieß zur Abwechslung mal um.« Er nahm ein Trommelmagazin aus der Kiste und fügte gelöst hinzu: »Enthält fünfzig Schuß. Ha, wenn man solche Kanonen am Sonntag lädt, kann man am nächsten Samstag noch immer damit ballern.«

Er zeigte Wallace, wie man das Magazin an der Waffe befestigte. »Nun, Sie sind der einzige von uns, der sich mit diesen Spritzen noch nicht auskennt; passen Sie also gut auf. Das Ding hat eine Kapazität von achthundert Schuß in der Minute, aber das Magazin enthält nur fünfzig. Lassen Sie den Abzug deshalb nicht dauernd durchgedrückt. Kurze Feuerstöße, klar? Und wenn die Trommel leer ist, brauchen Sie nur fünf Sekunden, um sie gegen eine volle einzutauschen...«

»Es dürfte jetzt zu spät sein, ihn im Umgang mit Waffen dieser Art zu unterweisen«, warf Eliot ein. »Ohne ausreichend Praxis lernt er es ohnehin nicht, und inzwischen könnte der Konvoi schon irgendwo auf der anderen Seite des Baches warten. Wenn das der Fall ist, würden die Leute das Knallen sicher hören.«

Wallace griff nach seiner Flinte. »Ich begnüge mich mit dieser Knarre hier. Damit komme ich wenigstens zurecht.«

Malone dachte kurz nach und nickte dann. »Okay. Aber wir haben da noch einige nette Dinge in unserer Wunderkiste, die Ihnen nützlich sein könnten.« Er griff in den Behälter und holte zwei Handgranaten hervor. »Zwei für jeden von uns«, sagte er.

Wallace zögerte. »Ich weiß nicht...«

»Wollen Sie damit sagen, Sie hätten keine Ahnung, wie man so ein Ei schmeißt?«

»Nun, das schon, aber...«

»Es ist doch ganz einfach. Allerdings sollten Sie daran denken, vor dem Werfen diesen Bügel hier abzuziehen. Und dann nichts wie weg mit dem Ding, bevor es Ihnen in der Hand losgeht.«

»Ich denke, ich kann darauf verzichten...«

»Und noch besser ist es, sie bei sich zu haben und darauf verzichten zu können«, entgegnete Malone offen. »Besser jedenfalls, als sie zu benötigen, wenn man keine hat.«

Widerstrebend nahm Oscar Wallace die Handgranaten entgegen und ging sehr vorsichtig zu Werke, als er sie in den Jackentaschen verstaute.

Kurz darauf hörten sie das Geräusch eines Wagens, der sich ihnen von der fernen Landebahn her näherte. Das alte Taxi hielt am Ende des Weges an, und Stone und die drei Männer der Sondereinheit stiegen aus. Einer von ihnen war Sergeant McGough, der während der ersten und erfolglosen Aktion Eliots die Gruppe B geleitet hatte.

Ness beobachtete, wie Stone seine Leute den Hang heraufführte, und er brummte leise: »Ich hoffe, die drei Männer erfüllen heute ihre Pflicht.«

»Das werden sie«, sagte Malone.

»Jeder von ihnen könnte ein Spitzel Capones sein.«

»Das spielt jetzt keine Rolle mehr«, erwiderte Malone. »Ein geschmierter Cop mag dem Kerl Tips geben, der ihn bezahlt. Vielleicht läßt er auch belastende Unterlagen verschwinden oder drückt beide Augen zu. Aber in einem Kampf zusammen mit anderen Cops wird er sich so verhalten, wie man es von ihm erwartet. Polizistenstolz. Ist vielleicht verrückt, aber wenn man sich heutzutage dazu entscheidet, Cop zu werden, hat man sowieso nicht alle Tassen im Schrank.«

19

Die sieben Männer warteten auf dem Hügel, verborgen im dunklen Schatten zwischen zwei aufragenden Felsen. Sie behielten die Straße weiter unten im Auge, insbesondere den Teil, der zum Hoheitsgebiet der Vereinigten Straßen gehörte und an der Brücke endete.

Malone, Wallace und Stone standen auf der einen Seite Eliots. Sergeant McGough und die beiden jungen Mitglieder der Einsatzgruppe hielten sich auf der anderen Seite; jeder von ihnen versuchte, auf eigene Art und Weise mit der zunehmenden Aufregung fertig zu werden.

Der Himmel bewölkte sich. Nach einer Weile begann es leicht zu nieseln, und der Wind lebte auf. Es schien noch kälter zu werden.

Oscar Wallace klemmte sich das großkalibrige Gewehr unter den einen Arm, nahm die Bifokalbrille ab und rieb mit dem Daumen die Gläser sauber.

Eliot warf einen Blick auf seine Uhr, obgleich ihm das Zeitgefühl mitteilte, daß sie sich noch gedulden mußten. Die Nervosität setzte ihm arg zu.

»Ganz ruhig«, wandte sich Malone an ihn. »Der Konvoi wird eintreffen – genau zum richtigen Zeitpunkt. Gerade darauf kommt es in unserem Job an – aufs Warten. Aber warten Sie nicht darauf, daß es losgeht, hoffen Sie es nicht einmal. Warten Sie so, als bliebe die Zeit stehen; ruhen Sie in sich selbst. Erwachen Sie erst dann wieder, *wenn* es losgeht – um Ihre Aufmerksamkeit auf alle Dinge gleichzeitig zu richten, um selbst die kleinsten Einzelheiten zu bemerken.«

»Für was halten Sie sich eigentlich – meinen Lehrmeister?«

»Ja, Sir – genau das bin ich.«

Der auf der anderen Seite Eliots hockende Sergeant McGough nahm die Maschinenpistole in die linke Hand, zog mit der rechten den Revolver und begann damit, die Waffe zu überprüfen.

Malone blickte an Ness vorbei. »Haben Sie das nicht schon vor fünf Minuten gemacht?«

McGough nickte verlegen. »Ich glaube schon.«

»Dann lassen Sie es jetzt. Sie sind ein guter Cop, Sergeant. Bei den letzten Aktionen haben Sie sich prächtig gehalten. Und das wird auch diesmal der Fall sein.«

Eliot blickte auf die Felsformationen, die weiter unten aus dem Hang ragten, betrachtete auch die an der Böschung auf der anderen Straßenseite. Er hob die Stimme, damit ihn alle verstehen konnten. »Nutzen Sie so gut es geht die Deckung der Felsen dort, wenn wir runterstürmen. Aber denken Sie daran: Sie könnten auch dem Gegner Schutz gewähren. Seien Sie deshalb vorsichtig, wenn Sie daran vorbeikommen.«

»Und diejenigen, die nicht vorsichtig genug sind, erwartet der Teufel in der Hölle mit offenen Armen«, knurrte Malone und deutete dabei ein grimmiges Lächeln an.

»Wissen Sie was, Malone?« ließ sich Stone vernehmen. »Wenn Sie lächeln, sehen Sie noch gemeiner aus.«

Als er diese Worte aussprach, konnten sie deutlich hören, wie seine Zähne klapperten.

Malone warf ihm einen besorgten Blick zu. »Angst, Giuseppe?«

»Mir ist nur verdammt kalt.«

»Dann stampf mit den Füßen auf. Das hält dich warm.« Malone wandte sich an Eliot und zuckte mit den Schultern. »Wenn man sich zwanzig Jahre lang in den Straßen die Füße plattlatscht, lernt man wenigstens etwas.« Er schnitt eine Grimasse und fügte leiser hinzu: »Zum Beispiel Taschendieben das Handwerk zu legen und im Regen zu stehen.«

Bald darauf hörte es auf zu nieseln. In der bis dahin dichten Wolkendecke bildeten sich einige Lücken, durch die Sonnenlicht herunterstrahlte.

Stone blieb abrupt stehen, hob die Hand und forderte damit die anderen Männer dazu auf, keinen Laut von sich zu geben.

Eliot schob sich einige Zentimeter vor und blickte in die Tiefe. Seine Aufmerksamkeit galt nicht etwa der Brücke, sondern der anderen Richtung. Er sah dorthin, wo die Straße eine Kurve beschrieb und hinter einem großen Felsvorsprung im Süden verschwand.

Einige Sekunden später rollte ein großer schwarzer Wagen um die Ecke. Ein anderes Fahrzeug folgte ihm dichtauf. Die beiden Limousinen näherten sich langsam der Brücke, und die Schneeketten an ihren Rädern rasselten und knarrten auf dem vereisten Untergrund.

In der Nähe der Brücke hielten sie an, fast genau unterhalb der sieben Männer auf dem Hügel, und die Fahrer parkten die Wagen so dicht am Straßenrand, wie es eben ging. Männer stiegen aus. Einige von ihnen waren mit Gewehren bewaffnet, andere mit Flinten. Zwei der Typen hatten Maschinenpistolen, und darüber hinaus verfügten sie alle über Revolver und Pistolen. Sie schwärmten aus und blickten an den Hängen hoch.

Eliot rutschte ein wenig zurück, obgleich er wußte, daß die Gangster unten auf der Straße weder ihn noch die andern in den Schatten zwischen den Felsen verborgenen Männer seiner Gruppe sehen konnten. Er zählte: Vier Bewaffnete stiegen aus jedem Wagen – die Fahrer, die nach wie vor hinter den Steuern saßen, hatten sicher ebenfalls Kanonen in den Taschen. Also insgesamt zehn. Bisher.

Als die Gorillas Capones zu dem Schluß kamen, die Luft sei rein, gingen zwei von ihnen über die Brücke auf die kanadische Seite. Sie sahen sich dort um, und kurz darauf kehrten sie zu den anderen Männern in der Nähe der beiden großen Wagen zurück. Dort blieben sie stehen – und warteten.

»Ihr rührt euch nicht von der Stelle, solange ich nicht die Anweisung dazu gebe«, schärfte Eliot seinen Leuten ein. »Und ihr eröffnet erst dann das Feuer, wenn ich den Befehl dazu gebe – oder die Jungs da unten als erste schießen.«

»Und sie werden schießen«, hauchte Malone. »Glaubt nur nicht, sie würden die Waffen steckenlassen. Und wenn ihr zurückballert, so zielt gut, um den Gegner zu erledigen – denn er wird euch gewiß nicht schonen. Schießt, um zu *töten.*«

Er musterte Oscar Wallace, der sich erneut mit hastigen Bewegungen die Brille putzte. »Haben Sie verstanden?«

»Ja, Sir«, raunte Wallace. »Schießen, um zu töten.« Rasch schob er sich die Brille auf den Nasenrücken zurück und griff mit beiden Händen nach seiner großkalibrigen Flinte.

Eliot vernahm ein neues Geräusch. Er starrte nach unten und wartete.

Ein kleinerer Wagen rollte um den Felsvorsprung im Süden. Einer der Gorillas auf der Straße hob den Arm und winkte. Die Limousine fuhr ebenso langsam wie die beiden vorherigen Fahrzeuge, und sie näherte sich den Männern Capones und der Brücke.

Als sie die beiden geparkten Wagen erreichte, wurde sie noch langsamer und rollte Zentimeter um Zentimeter an ihnen vorbei. Der Platz reichte gerade dafür aus.

Den bald eintreffenden Lastern war es bestimmt nicht möglich, die geparkten Fahrzeuge zu passieren. Das bedeutete, die Wagen würden die Spitze des Konvois übernehmen und ihn zumindest so lange nach Süden geleiten, bis die Straße breiter wurde. Doch dazu wollte es Eliot gar nicht erst kommen lassen.

Er drehte den Kopf und flüsterte Malone, Wallace und Stone zu: »Wenn es zum Kampf kommt, so möchte ich, daß ihr sofort die beiden großen Wagen ausschaltet. Schießt auf die Reifen, die Motoren. Die Lkw kommen nicht an ihnen vorbei, solange sie nicht weggefahren werden. Und die Mounties werden die Brücke blokkieren.«

Die Limousine hielt an, nachdem sie die beiden anderen Fahrzeuge passiert hatte. Einer der Bewaffneten trat an sie heran und sprach mit jemandem, der im Fond saß.

Eliot hob einen Feldstecher und richtete ihn auf den Wagen. Vorne saßen der Fahrer und ein zweiter und recht kräftig gebauter Mann, ein typischer Leibwächter. Ness beobachtete den Fond.

Dort konnte er nur eine weitere Person erkennen. Es handelte sich um einen kleinen Mann, der einen Mardermantel und eine Pelzmütze trug, die seine Ohren vor der Kälte schützte. Seine Augen blickten durch eine dickglässige Brille, und er hatte einen dichten Oberlippenbart. Seine Hände steckten in Handschuhen und hielten eine Aktentasche, die mit einem Kombinationsschloß gesichert war.

Nachdem der Gorilla einige Worte an ihn gerichtet

hatte, richtete er sich wieder auf. Die Limousine fuhr weiter, rollte auf die Brücke, überquerte sie und geriet auf der kanadischen Seite hinter der Kurve außer Sicht.

Eliot ließ den Feldstecher sinken. Er ahnte nicht, daß der Mann im Fond jenes Wagens Walter Payne hieß; er wußte nur, daß er es mit einem hochrangigen Repräsentanten der Organisation Al Capones zu tun hatte.

»Wenn die Laster nicht zusätzlich abgesichert sind, was ich bezweifle«, wandte sich Eliot an seine Gruppe und sprach mit gedämpfter Stimme, »dürften sich in jedem Lkw zwei Männer befinden: der hinter dem Steuer und sein Beifahrer. Es ist jedoch unwahrscheinlich, daß sie von Kanada aus Waffen mit sich bringen. Vermutlich rechnen sie damit, von den Kerlen aus den beiden Wagen dort unten Kanonen zu bekommen. Oder sie haben sie in ihren Brummis versteckt und holen sie hervor, sobald sie die Grenze passiert haben.«

Eliot sah die drei Männer aus der Sondereinheit an. »Ich möchte, daß Sie sich die Lkw vornehmen. Halten Sie die betreffenden Männer von den Gorillas fern – und schießen Sie sofort, wenn sie versuchen sollten, die Ladeklappen der Laster zu öffnen.«

McGough und seine beiden Begleiter nickten.

Eliot sah ihnen nacheinander in die Augen. »Sie sind dafür verantwortlich zu verhindern, daß sich jene Männer bewaffnen und in den Kampf eingreifen können. Enttäuschen Sie uns nicht.«

Sie verstanden, was er mit den letzten Worten meinte. Ihre Züge verhärteten sich, und nachdenklich musterten sie sich gegenseitig. Dann richtete sich ihre Aufmerksamkeit wieder auf Eliot. Diesmal nickten sie nicht, begegneten nur ruhig seinem Blick.

Fünfzehn Minuten später kam die Limousine über die

Brücke zurück und hielt an, als sie die in der Nähe der beiden anderen Wagen wartenden Männer erreichte. Der Leibwächter stieg aus und sah in Richtung der Brücke zurück, während er sich eine Zigarette anzündete. Der Fahrer blieb hinter dem Steuer sitzen. Und der Mann in dem Mardermantel machte keine Anstalten, den Fond zu verlassen.

Kurz darauf kamen die mit Spirituosen beladenen Laster aus dem Wald auf der kanadischen Seite und rollten langsam über die Brücke. Es waren insgesamt fünf, und sie fuhren dicht hintereinander.

Eliot richtete den Lauf seiner Maschinenpistole gen Himmel, holte tief Luft und ließ den Atem langsam entweichen. Der erste Feuerstoß sollte den unten stehenden Gangstern Capones klarmachen, daß sie nicht scherzten – und war gleichzeitig das Zeichen für Captain Ardley, mit Hilfe seiner Mounties die Brücke zu sperren und den Gorillas so den Fluchtweg nach Kanada abzuschneiden.

Der erste Lkw näherte sich den am Straßenrand geparkten Wagen und hielt in dem Augenblick an, als der fünfte Laster die Brücke erreichte – damit befanden sich alle Transporter auf dem Hoheitsgebiet der Vereinigten Staaten. Eliot schob den Zeigefinger um den Abzug seiner Maschinenpistole. Unten auf der Straße schnippte der neben der Limousine stehende Leibwächter die Zigarette fort und nahm wieder auf dem Beifahrersitz Platz.

Eliot preßte den Abzug durch, und das kurze Rattern hallte laut von den Berghängen wider.

»Bundespolizei!« rief. er. »Sie sind verhaftet! Lassen Sie die Waffen fallen und ...«

Der Rest seiner Worte verlor sich in einem ohrenbetäubenden Knallen, als die Gangster Capones beim Klang der Stimme Eliots sofort das Feuer eröffneten und losstürmten, um hinter den Wagen und den Felsen auf der anderen Straßenseite in Deckung zu gehen.

Fast im gleichen Augenblick wurden die Männer auf dem Hügel aktiv.

20

»Zum Teufel auch«, knurrte Malone, »auf irgendeine Weise muß ich ja mal sterben.«

Und dann eilte er auch schon am Hang in die Tiefe, ungeachtet der Kugeln, die ihn umschwirrten. Mit seiner Maschinenpistole legte er auf einen der schwarzen Wagen an, und die Geschosse rissen große Löcher in die Motorhaube.

Stone setzte sich einen Sekundenbruchteil später in Bewegung und schoß auf das zweite Fahrzeug. Und Oscar Wallace stolperte ihm nach und versuchte verzweifelt, nicht den Anschluß zu verlieren.

Sergeant McGough und die beiden anderen Männer aus der Sondereinheit wandten sich von ihnen ab und hielten auf den Lkw-Konvoi zu.

Eliot nahm sich die Limousine zum Ziel. Er hatte es in erster Linie auf den Mann im Fond abgesehen, jenen wichtigen Mitarbeiter Capones. Und er wollte ihn lebend – um ihm soviel Angst einzujagen, daß er sang.

Inzwischen herrschte das reinste Chaos.

Die Gorillas Capones hockten hinter den Wagen und Felsen und schossen, was ihre Waffen hergaben – auf die vier Agenten der Bundespolizei, die den Angriff führten, die von Deckung zu Deckung sprangen, während sie die Distanz weiter verkürzten.

Die Laster hielten an, als der Kampf begann. Zwei

Männer sprangen aus dem ersten Lkw und näherten sich den Wagen. Die drei Officer der Sondereinheit ließen ihre Maschinenpistolen rattern, und das zwang die Männer in den Schutz der Transporter zurück.

Auch aus den anderen Lkw stiegen nun Leute aus, nahmen die Beine in die Hand und versuchten, über die Brücke nach Kanada zu entkommen. Der Fahrer des letzten Transporters hatte die gleiche Idee und legte den Rückwärtsgang ein. Das schwere Fahrzeug rollte los.

Die Mounties unter dem Befehl Captain Ardleys kamen auf der anderen Seite der Brücke aus dem Wald, feuerten einige Warnschüsse ab und blockierten wie vereinbart den Fluchtweg.

Ein anderer Fahrer kletterte über die Mauer und trachtete danach, unterhalb der Brücke zu entkommen. McGough und seine Leute zielten auf ihn, und die Leiche des Mannes fiel in den reißenden Gebirgsbach.

Die Limousine, in dessen Fond der Repräsentant Capones saß, fuhr wieder an, und der Typ hinter dem Steuer versuchte, an den beiden am Straßenrand geparkten Wagen vorbeizukommen, die nun nur noch Schrottwert besaßen. Ihre Motoren waren von den Kugeln durchlöchert worden.

Eliot stützte sich auf ein Knie ab, um besser zielen zu können, und er drückte den Abzug seiner Maschinenpistole durch und bewegte die Waffe im Halbkreis. Der Wagen kam zum Stehen, als die Geschosse die beiden vorderen Reifen zerfetzten.

Die Hintertür wurde aufgestoßen. Der Mann in dem Mardermantel stieg hastig aus dem Fond und machte Anstalten, den Hang emporzuklettern, wobei er die Aktentasche an sich preßte. Der Leibwächter sprang vom Beifahrersitz, eilte ihm nach und deckte ihn. Eliot rannte über die Straße und nahm die Verfolgung auf.

Der Leibwächter blickte zurück und sah ihn kommen. Er drehte sich ganz um und legte den Revolver auf ihn an. Ein Feuerstoß aus der Maschinenpistole Eliots traf sein rechtes Bein. Der Mann ging zu Boden und blieb gekrümmt liegen; der Schock hatte ihm das Bewußtsein geraubt.

In diesem Augenblick richtete sich der Fahrer im Innern der Limousine aus seiner geduckten Stellung auf und schob den Lauf einer Schrotflinte durch das offene Seitenfenster. Eliot reagierte sofort und warf sich aus einem Reflex heraus nach rechts. Das Gewehr entlud sich krachend.

Einige der Schrotkörner kratzten über die Jacke, als Ness auf den Boden prallte und sich rasch abrollte. Der zweite Schuß ließ Schnee, Eissplitter und Steinfragmente in die Höhe spritzen, rund einen halben Meter vom Kopf Eliots entfernt. Er stemmte sich in die Höhe und betätigte den Abzug. Nichts geschah. Ladehemmung. Er ließ die Maschinenpistole fallen und griff unter die Jacke, um seine 45er Automatik hervorzuholen, aber er wußte, daß ihm nicht mehr genug Zeit blieb, die Waffe einzusetzen.

Ein Gegenstand, der aussah wie ein zu groß geratenes Ei, sauste aus dem Himmel herab und fiel neben die Limousine. Er prallte von dem harten Untergrund ab – und dann explodierte die Handgranate. Die Druckwelle schleuderte die Schrotflinte davon, und die blutigen Überreste des Fahrers hingen halb aus der Tür des Wagens.

Eliot hob den Kopf, um festzustellen, wer ihm zu Hilfe gekommen war, und er sah Malone inmitten der Felsformationen am anderen Hang. Er erblickte ihn nur für eine Sekunde. Dann ging Malone wieder in Deckung und feuerte auf die anderen Gangster.

Weiter rechts entdeckte Eliot den flüchtigen Repräsentanten Capones, der immer höher kletterte. Unterhalb des Mannes in dem Mardermantel machte er einen zweiten Gangster aus, der in die gleiche Richtung floh. Ness sprang wieder auf die Beine, nahm die Automatik zur Hand und kroch am Hang empor.

Hinter ihm rund fünfzehn Meter weiter links versuchte Stone, einen der zerschossenen Wagen zu passieren, um an die dahinter in Deckung gegangenen Gorillas heranzukommen. Das wäre ihm fast gelungen, als sich einer der Gangster hinter dem zweiten Wagen plötzlich aufrichtete und über das Fahrzeugdach hinweg auf ihn feuerte.

Stones Kopf wurde jäh nach hinten gestoßen, und der Schädel schien auseinanderzuplatzen. »O mein Gott«, keuchte er, als ihm der Boden entgegensprang und er aufprallte. Und er fluchte auf italienisch, kurz bevor es um ihn herum finster wurde.

Der Gangster beugte sich um den Wagen herum, legte erneut an und wollte offenbar ganz sichergehen, daß von Stone keine Gefahr mehr drohte.

Oscar Wallace sprang über die reglos am Boden liegende Gestalt Stones, hob seine großkalibrige Flinte und drückte ab. Die Entladung riß ein riesiges Loch in die Brust des Gangsters und schleuderte den Toten zurück. Als er sich einem weiteren Gegner zuwandte, der zwischen zwei Felsen am Fuß des Hanges hockte, mußte er die Feststellung machen, daß er seine Munition verbraucht hatte. Und genau in diesem Augenblick kam ein feindlicher Maschinenpistolenschütze hinter dem ersten Wagen hervor.

Wallace schwang die Flinte wie eine Keule und traf den Mann an der Schläfe. Er stürzte auf den Kotflügel des Fahrzeugs, rutschte daran herab auf die Straße und blieb bewußtlos liegen.

Anschließend duckte sich Wallace neben dem noch

immer reglosen Stone, zog den Revolver aus dem Holster und zielte auf die Gestalt, die sich ihm von den Felsen her näherte. Er erkannte sie gerade noch rechtzeitig, unmittelbar bevor er den Abzug durchdrücken wollte. Es handelte sich um Malone, der ihm zu Hilfe kam, um Stone in Sicherheit zu bringen.

Der Mann im Mardermantel war verschwunden.

In halber Höhe am Hang verharrte Eliot und beobachtete aufmerksam die hier und dort wachsenden Kiefern und die einzelnen Felsformationen. Doch er konnte denjenigen, den er verfolgte, nirgends entdecken. Er hielt weiterhin nach ihm Ausschau.

Kurz darauf fiel ihm weiter oben eine Bewegung auf, in der Nähe der Hügelkuppe, hinter einer Ansammlung von Büschen. Jemand trat hervor. Aber es war nicht der Mann in dem Mardermantel, sondern der andere Gangster, den Eliot kurz zuvor gesehen hatte.

Er bemerkte Ness im gleichen Augenblick, und er hob die eine Hand, in der er eine Pistole hielt. Dann aber ließ er sie wieder sinken. Die Entfernung war zu groß, um eine Handfeuerwaffe sinnvoll zum Einsatz zu bringen. Eliot beobachtete, wie der Gangster weiterkletterte und hinter der Hügelkuppe außer Sicht geriet.

Folgte er dem Repräsentanten Capones?

Erneut suchten die Blicke Eliots den Hang ab. Als er niemanden sonst entdeckte, setzte er sich wieder in Bewegung und hielt die Automatik schußbereit.

Ganz oben auf der Anhöhe ging er hinter dem dicken Stamm einer Kiefer in Deckung und blickte auf der anderen Seite des Hügels herab. Unten stand ein Schuppen mit halb eingestürztem Dach. Vielleicht die längst aufgegebene Hütte eines Trappers. Drei Wände hatte sie, und ein breiter und hoch emporragender Fels bildete die

Rückwand. Von seinem gegenwärtigen Standpunkt aus konnte Ness nur eine der drei Seiten sehen. Und die Tür, die einen Spaltbreit offenstand.

Er beobachtete das Gelände in der Nähe. Von dem mit der Pistole bewaffneten Gangster war weit und breit nichts zu sehen, ebensowenig von dem Mann mit dem Mardermantel. Möglicherweise hatten sie beide in der Hütte Zuflucht gesucht und warteten nun darauf, daß er nahe genug herankam, um auf ihn zu schießen.

Eliot machte sich an den Abstieg, und er achtete dabei darauf, in der Deckung von Felsen, Bäumen und Büschen zu bleiben. In der zweiten Wand des Schuppens gab es ein Fenster. Es war nicht verglast und halb hinter einer hölzernen Klappe verborgen. Die andere Hälfte des Fensterladens lag auf dem Boden, und nur ein Teil davon ragte aus dem Schnee hervor.

Ness schlich weiter, bis sein Blick auf die dritte Wand fiel – die Rückwand, wenn man die Seite mit der Tür als Vorderfront bezeichnete. Dort konnte er kein Fenster entdecken. Einige der Holzlatten waren geborsten und hatten ein großes Loch hinterlassen. Im Innern des Schuppens war es stockdunkel, und Eliot vermochte keine Einzelheiten auszumachen.

Er kehrte auf die Fensterseite der Hütte zurück und duckte sich hinter einige schneebedeckte Büsche. Er wußte, daß er sich jetzt in Schußreichweite derjenigen befand, die sich in dem Unterstand verbergen mochten. Und er konnte nicht näher heran, ohne auf Deckung zu verzichten und somit ein kaum zu verfehlendes Ziel abzugeben.

Er dachte einige Sekunden lang über seine Lage nach. Dann nahm er die 45er Automatik in die linke Hand, griff mit der rechten in die Jackentasche und holte eine Handgranate hervor.

Mit den Zähnen zog er den Bügel ab, holte weit aus und warf die Granate über die Hütte hinweg. Es war lange her, seit er zum letztenmal Baseball gespielt hatte, aber er schien noch immer in Übung zu sein. Der Sprengkörper fiel genau dort zu Boden, wo er es geplant hatte, direkt vor der einen Spaltbreit offenstehenden Tür.

Die Druckwelle der Explosion riß die Tür aus den Angeln und schleuderte sie ins Innere des Schuppens.

Nur einen Sekundenbruchteil später stürmte der Gangster in die andere Richtung, durch das große Loch in der Rückwand. Und ganz offensichtlich war die Explosion ohne jede Wirkung auf seine Reflexe geblieben. Schußbereit hielt er die Pistole in der rechten Faust, und damit wandte er sich seinem Gegner zu.

»Die Waffe fallenlassen!« rief Eliot. »Oder ich pumpe dich voll Blei!«

Statt dessen aber wirbelte der Gorilla um die eigene Achse, zielte auf die Stelle, von der die Stimme Eliots gekommen war, und drückte zweimal ab, so schnell hintereinander, daß praktisch nur ein einmaliges Knallen ertönte. Und offenbar war der Typ ein Scharfschütze.

Eine der Kugeln durchschlug den schneebedeckten Busch und raste nur einen Zentimeter am Kopf Eliots vorbei. Er nahm gar nicht bewußt zur Kenntnis, daß er das Feuer erwiderte, wurde sich erst darüber klar, als er im Handgelenk den Rückstoß verspürte.

Das Geschoß bohrte sich in die Magengrube des Gangsters. Er krümmte sich zusammen und sank auf die Knie, während er sich die linke Hand auf die stark blutende Wunde preßte. Aber er ließ die Pistole noch immer nicht fallen. Nach einigen wenigen Sekunden stemmte er sich wieder in die Höhe und wankte an der Hütte vorbei in die Richtung Eliots.

Er stolperte, verlor das Gleichgewicht und fiel erneut auf die Knie, und der Lauf der Pistole senkte sich, bis er fast den vereisten Boden berührte. Die blutige linke Hand zitterte von der Wunde fort, schloß sich ebenfalls um den Kolben der Waffe und brachte sie zusammen mit der rechten in die Höhe.

Eliot stand auf, trat hinter dem Busch hervor und rief: »Verdammt, sei kein Narr! Weg mit der Pistole!«

Aber der Gangster zwang sie weiter in die Höhe. Als Eliot sah, wie sich die Mündung auf ihn richtete, feuerte er noch einmal. Die Kugel zertrümmerte den Brustkasten des Mannes und traf ihn mitten ins Herz. Er kippte an die Wand der Hütte zurück und blieb im Schnee liegen, der sich dort angesammelt hatte.

Eliot näherte sich der Leiche, starrte auf den Toten herab und knurrte heiser: »Ich habe dich gewarnt! Du verdammter Idiot – hast du mich denn nicht gehört? Warst du taub? Oder übergeschnappt? Bist du jetzt endlich fertig mit deinem Spielchen, du Blödmann? Hast du es hinter dir?«

Es kostete ihn große Willensanstrengung, sich wieder zu beruhigen, aber in seinem Innern brodelte es nach wie vor. Als er die Lippen aufeinanderpreßte, herrschte völlige Stille. Mit zitternder Hand griff Eliot in die Tasche und holte eine Zigarette hervor. Dann sah er Malone, der aus dem Wald kam und in seine Richtung lief.

Ness schob sich die Zigarette in den Mundwinkel und tastete in seiner Tasche nach Streichhölzern, als Malone ihn erreichte.

»Hab' gesehen, wie Sie über den Hang kletterten«, erklärte der Ire. »Dachte mir, Sie könnten vielleicht Hilfe gebrauchen.« Er blickte auf die Leiche. »Offenbar kamen Sie auch allein ganz gut zurecht.«

»Ich *mußte* ihn erschießen«, sagte Eliot und stellte fest, daß er noch immer schauderte.

Malone nickte und betrachtete den reglosen Gangster. »Tja, der Typ ist so tot, wie man nur sein kann.«

»Ich ... ich habe noch nie jemanden umgebracht.«

Malone sah Ness aufmerksam an. »Nun, möchten Sie vielleicht mit dem Kerl hier tauschen?«

Eliot atmete tief durch. »Nein, das nicht.«

»Sie haben nur Ihre Pflicht getan. Kehren Sie nach Hause zurück, und schlafen Sie sich richtig aus. Das ist die erste Regel der Polizeiarbeit, wissen Sie noch?«

Eliot zündete die Zigarette an. »Hat es jemand von uns erwischt?«

»Giuseppe ist verletzt worden, aber er kommt sicher wieder auf die Beine. Die Kugel traf ihn am Kopf. Ist zwar nur ein Kratzer, aber er muß erst mal wieder richtig zu sich finden. Der Junge hat einen ziemlich harten Schädel. Eine weitere Voraussetzung für einen guten Cop.«

»Und sonst?«

»McGough hat Wunden in beiden Beinen davongetragen. Die Knochen wurden nicht getroffen. Der Sanitäter der Mounties kümmert sich um ihn und Giuseppe.«

»Und was ist mit den Kerlen Capones?«

»Ein paar konnten entkommen – nicht mehr als zwei, glaube ich. Die anderen – diejenigen, die nicht ins Gras bissen, besser gesagt: in den Schnee – befinden sich in unserer Gewalt und können sich nun an netten, hübschen Handschellen erfreuen.«

»Wer bewacht sie?«

»Die beiden anderen Jungs aus der Sondereinheit.« Malone bemerkte die plötzliche Anspannung Eliots, und er schüttelte den Kopf. »Machen Sie sich keine Sorgen – sie werden darauf achten, daß keiner der Gefangenen stiftengeht. Immerhin ruhen die bewundernden Blicke der Mounties auf ihnen.«

Malone tippte Eliot mit dem Zeigefinger auf die Brust. »He, wachen Sie auf, Mann. Es ist vorbei. Und wir haben sowohl den Schnaps Capones als auch die Laster und seine Männer...«

»Aber nicht alle«, brummte Eliot und dachte an denjenigen, der ihm entwischt war – den Mann im Mardermantel, den wichtigen Mitarbeiter Capones.

Er stieß sich von der Wand ab und hielt auf die Vorderfront der Hütte zu. Es wurde Zeit, auf die andere Seite der Anhöhe zurückzukehren, auf die Straße, die zur Brücke führte. Doch als er neben dem Eingang war, blieb er plötzlich stehen und starrte zur Hügelkuppe hoch.

Drei Gestalten näherten sich ihm.

Malone gesellte sich an seine Seite und meinte zufrieden: »Na, wen haben wir denn da?«

Zwei der beiden näher kommenden Männer erkannte Eliot als Oscar Wallace und Captain Ardley. In der einen Hand hielt der Buchprüfer eine geschlossene Aktentasche.

Und Wallace und der Mountie-Captain führten den mit Handschellen gefesselten Mann im Mardermantel.

21

Als sie Eliot und Malone erreichten, deutete Wallace zunächst auf den Repräsentanten Capones und dann Captain Ardley. »Er hat versucht, den Bach zu durchqueren und nach Kanada zu entkommen. Captain Ardley nahm ihn auf der anderen Seite fest und war so freundlich, ihn mir als flüchtigen Verbrecher zu übergeben.

Nach den Angaben seines Ausweises heißt er Walter Payne. Und das bedeutet...«

Aber Malone unterbrach ihn und sagte strahlend: »Und das bedeutet, daß wir den Hauptbuchhalter Al Capones erwischt haben. Ist ja prächtig.«

Eliot lächelte ebenfalls. »Ausgezeichnet – dann haben wir einen noch größeren Erfolg, als ich bisher annahm.« Er deutete eine Verbeugung an und zeigte auf die eingestürzte Tür der Hütte. »Wenn Sie bitte in den Salon treten würden, Mr. Payne...? Ich möchte mich ein wenig mit Ihnen unterhalten.«

Malone umfaßte den dünnen Arm Paynes und zerrte ihn in den Schuppen. Die anderen folgten. Der Raum war völlig leer. Malone drückte den schmächtigen Buchhalter in der einen Ecke zu Boden. »Tja, Payne«, sagte er ruhig, »seit den Zeiten Colosimos haben Sie ganz schön Karriere gemacht, was? Stehen sozusagen an der Spitze. Wirklich Pech für Sie, denn um so tiefer fallen Sie jetzt. So kann es einem eben gehen, wenn man beschließt, im Norden einen netten kleinen Urlaub zu machen – und in eine Schießerei gerät.«

Eliot und Captain Ardley traten an Malone heran und blickten auf den kleinen Buchhalter herab. Oscar Wallace nahm in der Nähe auf dem Boden Platz, legte sich die Aktentasche Paynes auf den Schoß und befingerte das Kombinationsschloß. Payne mied ihre Blicke. Er hatte die Knie angezogen, stützte die gefesselten Hände darauf und starrte durch die dicken Gläser seiner Brille an die gegenüberliegende Wand. Er versuchte, sich so stur wie möglich zu geben, indem er das schmale Kinn vorschob.

Eliot nahm einen Notizblock samt Stift zur Hand. »Ich möchte, daß Sie die Namen der anderen hochrangigen Mitarbeiter Al Capones aufschreiben«, sagte er. »Und auch die der Verbindungsleute im Rathaus.«

Payne reagierte überhaupt nicht darauf, so als habe er die Aufforderung Eliots gar nicht gehört.

»Vielleicht begreifen Sie noch nicht ganz, in welchen Schwierigkeiten Sie jetzt stecken«, fügte Ness scharf hinzu. »Sie haben auf Beamte der Bundespolizei geschossen.«

»Ich nicht«, erwiderte Payne gepreßt. »Ich hatte nicht einmal eine Waffe bei mir. Halte nichts davon.«

»Diesmal schon«, log Malone. »Ich habe gesehen, wie Sie Gebrauch davon machten. Und vor Gericht werde ich aussagen, daß Sie Officer Stone eine Kugel in den Kopf gejagt haben.«

»Das stimmt nicht!« entfuhr es Payne. »Sie ... Sie sind ein ...«

Malone schnitt ihm das Wort ab. »Sie können von Glück sagen, daß Stone nicht das Zeitliche segnete. Aber auch so ist es schon schlimm genug. Für Sie, Payne. Sie haben sich des bewaffneten Widerstandes gegen die Staatsgewalt schuldig gemacht. Und einen Officer in Ausübung seiner Pflicht angeschossen ...«

»Sie können mit uns kooperieren«, schnappte Eliot. »Oder die nächsten dreißig Jahre hinter Gittern verbringen. Was ist Ihnen lieber?«

Und Malone fügte süffisant hinzu: »Tja, mein Bester, es sieht ganz danach aus, als würden Sie im Gefängnis versauern.«

Oscar Wallace blickte von der Aktentasche hoch. »Ich kriege das Ding nicht auf. Mr. Payne weigerte sich, mir die Kombination zu nennen.«

»Das ist aber gar nicht nett von Mr. Payne«, sagte Malone und winkte dann. »Treten Sie zurück, Oscar.« Er zog seine Waffe und zielte.

Wallace wich hastig beiseite. Malone drückte ab, und die Kugel zerfetzte das Schloß.

Rasch griff Wallace nach dem Koffer, öffnete ihn und untersuchte den Inhalt. Er nahm einige kleine Aktendekkel zur Hand und blätterte sie mit wachsendem Interesse durch. »Meine Güte, was haben wir denn hier?«

Er reichte einen Ordner an Eliot weiter, der darin blätterte, um festzustellen, was Payne ihnen überlassen hatte. Die erste Seite trug die Überschrift: ›Aufwendungen.‹ Und die nächsten Seiten wiesen andere Titel auf, die offenbar in einem speziellen Code gehalten waren, den er nicht verstand. Jedes Blatt enthielt eine in drei Kolonnen aufgeteilte Liste. Die ersten beiden Aufstellungen waren ebenfalls codiert. Die dritte bestand aus Datumsangaben.

Eliot musterte Wallace neugierig. »Was bedeutet das hier?« fragte er, obgleich sich bereits eine vage Ahnung in ihm rührte.

»Während meiner Arbeit als Buchprüfer sind mir Hunderte solcher Listen unter die Augen gekommen«, antwortete Oscar Wallace. »Es dürfte sich um das handeln, was auf der ersten Seite steht – um Aufwendungen. Um Aufstellungen von Zahlungen, die von Capones Organisation geleistet wurden, denn immerhin ist jener Herr dort ihr Hauptbuchhalter. Die codierten Überschriften der einzelnen Listen geben besondere Geschäftsbereiche oder Gruppen und Einzelpersonen an.«

»Polizeibezirke, zum Beispiel«, sagte Eliot. »Prohibitionsagenten ... Cops ... Richter ... politische Parteien ...«

»In diesem Fall deutet alles darauf hin«, bestätigte Wallace. »Und was die Listen selbst angeht – ihre Einträge enthalten zunächst einmal die Namen der betreffenden Personen, dann die Beträge, die sie erhalten haben, und schließlich auch das Zahlungsdatum. Selbstverständlich alles codiert.«

Eliot drehte sich wieder zu Walter Payne um. »Schmiergelder also, hm? Listen von bestochenen Personen, Aufstellungen, aus denen genau hervorgeht, wann sie wieviel erhielten.«

Payne kämpfte gegen die in ihm aufsteigende Panik an. »Sie irren sich. Und außerdem können Sie ohnehin nichts damit anfangen.«

Wallace blätterte durch die andere Akte und stieß aufgeregt hervor: »Dies hier ist noch interessanter.«

Eliot ließ den ersten Aktendeckel in den Schoß Oscars fallen, griff nach dem zweiten und ging ihn rasch durch. Die einzelnen Überschriften lauteten ›Ausgaben‹, ›Lieferungen‹ und ›Zahlungen‹. Und auf jeder Seite zeigten sich neuerliche Listen, zusammen mit anderen Datumsangaben.

»Handelt es sich dabei wirklich um ...?« Eliot sah Wallace an.

Der nickte. »Offenbar. Gelieferte Waren und Summen, die Capones Organisation als Einnahmen buchte. Und wenn wir beweisen können, daß einige der codierten Einträge das Einkommen Al Capones betreffen, haben wir ihn am Wickel.«

Ness winkte mit dem zweiten Aktendeckel in Richtung Walter Paynes. »Zeigen Sie uns, welcher Code für Al Capone steht.«

Payne starrte schweigend ins Leere.

Malone deutete mit dem Zeigefinger auf ihn. »Lieber Junge, wenn du nicht sofort den Mund aufmachst, sehe ich echt schwarz für dich. Entweder du gibst uns Antwort, oder du verschwindest für immer in der Versenkung.«

»Es ist Ihre einzige Hoffnung, Strafmilderung zu bekommen, Payne«, sagte Eliot fest. »Sie werden alle Einträge für uns entschlüsseln.«

»Den Teufel werde ich«, flüsterte Payne trotzig.

»Den Teufel?« knurrte Malone. »Du bist bereits in der Hölle, Payne – falls du das noch nicht bemerkt haben solltest. Du hast es nicht mit einfachen Bullen zu tun, sondern mit G-Men, mit der Bundespolizei. Und mit Jungs wie uns ist nicht zu spaßen, Bürschchen. Es wird dir an den Kragen gehen, wenn du nicht singst.«

Payne verzog scheinbar gelangweilt das Gesicht. »Blasen Sie sich nicht so auf. Solange meine Rechtsanwälte nicht zugegen sind, bleibe ich stumm wie ein Fisch.«

Wallace wechselte einen betroffenen Blick mit Eliot. »Dieser Mann kann uns Capone ausliefern. Mit seiner Hilfe könnten wir ihm das Handwerk legen.«

Malone nickte sich selbst zu und beugte sich zu Payne herab. »He, Mister Stur ... Du glaubst wohl, du brauchtest einfach nur zu warten, bis Capone einige seiner Rechtsverdreher schickt und dich aus dem Knast holt, was? Nun, davon halte ich überhaupt nichts ...«

So plötzlich, daß kaum jemand die Bewegung sah, schlug Malone hart zu.

Die Wucht des Hiebes rammte Paynes Kopf zu Boden, und die Brille splitterte. Der Buchhalter gab ein leises und schmerzerfülltes Wimmern von sich. Er preßte sich die eine Hand auf die aufgeplatzte Wange, und mit der anderen rückte er sich die Brille zurecht.

Captain Ardley wich mit einem Ausdruck ungläubigen Abscheus einen Schritt zurück.

Malone griff nach der Jacke Paynes und zerrte den schmächtigen Mann mit einem Ruck hoch. »Wir werden die Informationen bekommen, die wir brauchen, Payne. Das hier ist kein Spaß!« Und er holte zu einem neuen Schlag aus.

Eliot warf dem Mountie-Captain einen kurzen Blick zu und sagte rasch: »Nein, Malone – nicht auf diese Weise.«

»Zum Teufel auch.« Malone lief rot an vor Wut, und der Blick seiner funkelnden Augen bohrte sich in die Pupillen Paynes. »Du wirst reden, Bursche. Du wirst mich noch anflehen, mit uns zusammenarbeiten zu dürfen.«

Payne versuchte entsetzt, von ihm fortzuweichen, schwieg aber weiterhin.

Malone richtete sich zornig auf. »Irgend jemand *wird* reden!« Er drehte sich ruckartig um und riß Eliot den Aktendeckel aus der Hand. »Der andere Gorilla, den wir gefesselt draußen zurückließen ...« Noch bevor Eliot begriffen hatte, was Malone plante, marschierte der Ire aus der Hütte.

Er ging um den Schuppen herum und trat an den Gangster heran, der beim Schußwechsel mit Eliot ums Leben gekommen war. Payne hatte die Leiche nicht sehen können, als man ihn zum Schuppen führte. Malone schob sich den Aktendeckel hinter den Gürtel, holte ein Paar Handschellen hervor und legte sie dem Toten an.

»He, *du*!« rief er dann. »Hoch mit dir! Ich will, daß du diesen Code hier für mich entschlüsselst! Los, auf die Beine!«

Malone griff nach der Jacke des Toten, zerrte die Leiche hoch und schleifte sie in Richtung des Eingangs. Dicht daneben blieb er stehen und sagte laut: »Fang mit dieser Seite an! Was bedeutet diese Zeichenfolge hier? Für welchen Namen steht sie?«

Er sprach so laut, daß ihn alle Leute im Schuppen deutlich hören konnten. Und sie vernahmen die Stimme eines Mannes, der vor Wut außer sich war, der jederzeit explodieren konnte.

»Ich frage dich kein zweitesmal!« knurrte Malone. Er schloß die eine Hand um die Kehle des Toten und stemmte ihn in die Höhe. Mit der anderen griff er nach seinem Revolver und schob den Lauf in den Mund der

Leiche. »Was ist denn los? Kannst du mit einer Kanone in der Fresse nicht mehr reden? Tja, mein Lieber, jetzt ist es ohnehin zu spät. Hab' dir ja gesagt, daß ich die Frage nicht noch einmal wiederhole!«

Malone drückte ab – und warf die Leiche durch die Tür.

Er gab ihr genau den richtigen Stoß. Der Tote fiel bäuchlings auf den Boden, und auf diese Weise konnte Payne nicht die Wunden in der Brust und der Magengrube sehen. Dafür bemerkte er das große Loch im Hinterkopf des Gangsters.

Malone stieg über die Leiche hinweg und grinste tückisch. Er trat geradewegs auf Walter Payne zu, der grauenerfüllt auf den Toten starrte und versuchte, noch weiter an die hintere Wand zurückzuweichen.

Malone ging in die Hocke und richtete aus nächster Nähe den Lauf seiner Waffe auf Payne. »Du hast genau eine Sekunde Zeit, um zu reden, Freundchen!«

Payne wandte den entsetzten Blick von dem durchschossenen Schädel des Toten auf dem Boden ab und starrte in das wutverzerrte Gesicht Malones.

Und plötzlich hatte er vor diesem irren Cop mehr Angst als vor Capone.

»Ich frage kein zweitesmal!« brüllte Malone.

»Nicht!« entfuhr es Payne. »Bitte ... warten Sie! Ich ... ich sage Ihnen alles!«

Captain Ardley machte auf dem Absatz kehrt und verließ die Hütte.

Eliot folgte ihm nach draußen.

Das Gesicht des Mounties war steinern, als er sich Ness zuwandte. »Ich halte nichts von Ihren Methoden.«

Eliot schob sich eine Zigarette zwischen die Lippen und zündete sie an. »Tja, Sie kommen auch nicht aus Chicago.«

22

Als die dreimotorige Maschine den Flughafen Chicagos ansteuerte, erstreckte sich unter ihr die erstaunlich glatte und unbewegte Oberfläche des Lake Michigan. Im roten Licht eines spektakulären Sonnenuntergangs wirkte er wie ein purpurner Spiegel, auf dem hier und dort goldene Flecken glitzerten.

Als sie landeten, bemerkte Eliot eine ihm bereits vertraute Gestalt, die mit einer Kamera in der Nähe der Landebahn wartete. Ferguson – der Reporter, der jenes peinliche Foto geschossen hatte, das einen völlig verwirrten Ness mit einem aufgeklappten Sonnenschirm in der Hand zeigte. Seine Anwesenheit überraschte Eliot nicht. Nach jener ersten und recht unangenehmen Erfahrung mit ihm hatte er begriffen, daß Ferguson einen Spürsinn für besondere Aktionen zu haben schien, einen Riecher, der ihm einen Vorsprung gegenüber den anderen Journalisten verschaffte.

Eliot stieg als erster aus dem Flugzeug, und er führte den mit Handschellen gefesselten Walter Payne. Stone, Wallace und Malone folgten ihm. Stone, der einen auffallenden Kopfverband trug, drängte einige Leute beiseite, die Anstalten machten, ihm die Treppe herunterzuhelfen. Infolge der Gehirnerschütterung war er nach wie vor ein wenig unsicher auf den Beinen, wollte sich jedoch nicht wie ein Invalide behandeln lassen.

Mit einem Willkommenslächeln eilte Ferguson auf Eliot zu. »Meinen Glückwunsch zu Ihrem erfolgreichen Unternehmen an der Grenze, Mr. Ness. Darf ich Sie zusammen mit Ihren Leuten fotografieren?«

Eliot dachte kurz nach. »Meinetwegen – aber das Bild ist nicht für die Öffentlichkeit bestimmt, sondern nur für uns beide. Als Souvenir.«

Jimmy Malone (Sean Connery) wartet auf das Einsatzkommando.

Oben: Eliot Ness (Kevin Costner, kniend) und Jimmy Malone (Sean Connery) eröffnen das Feuer.

Unten: Eliot Ness (Kevin Costner) ist den flüchtenden Gangstern auf den Fersen.

»Wie Sie meinen, Mr. Ness.« Ferguson machte die Kamera bereit, und Eliot bedeutete Malone, Wallace und Stone, sich neben ihm vor dem Flugzeug aufzustellen.

Eliot stieß Payne einen Schritt zur Seite. »Ich möchte nicht, daß er auf dem Bild zu sehen ist«, warnte er Ferguson.

»Ich denke daran«, versicherte der Reporter und betätigte den Auslöser.

Sofort trat Malone vor und nahm ihm den Fotoapparat aus der Hand.

»He...«

»Keine Sorge«, sagte Malone. »Sie bekommen ihn zurück.« Er zog den Film heraus, um ganz sicherzugehen, daß Ferguson keine Abzüge von dem Bild anfertigen oder versuchen konnte, weitere Aufnahmen zu machen, insbesondere von Walter Payne. Er steckte sich den Film in die Tasche und reichte die Kamera zurück. In diesem Augenblick fuhr ein Ford über das Landefeld, direkt auf sie zu.

Eliot war gerade versucht, seine Automatik aus dem Holster zu reißen, als er den Fahrer erkannte und sich wieder entspannte. Es war Sean, der Vetter Malones, und er saß allein im Wagen. »Was machen Sie hier?« fragte er, als Sean neben ihnen anhielt. »Was ist mit Cora und meiner Frau...?«

»Sie sind wohlauf, Mr. Ness. Vor einer guten Stunde setzten bei Ihrer Frau die Wehen ein, und deshalb fuhr ich sie ins Krankenhaus. Cora habe ich unterwegs zu meiner Frau gebracht.«

Eliot trat um den Wagen herum, um neben Sean Platz zu nehmen. »Treten Sie aufs Gas.«

Malone sah sich dazu gezwungen, eine rasche Entscheidung zwischen zwei Pflichten zu treffen. Stone und Wallace, so überlegte er, kamen sicher eine Zeitlang allein zurecht und konnten auch auf Walter Payne achtgeben. Eliot hingegen war bestimmt zu sehr mit der Niederkunft seiner Frau – und der Geburt seines zweiten Kindes – beschäftigt, um sich möglichen Gefahren gegenüber auf die notwendige Weise abzusichern.

»Einen Augenblick!« sagte er zu Sean und wandte sich an Stone und Wallace. »Bringt Payne zum Bezirksstaatsanwalt und sorgt dafür, daß möglichst schnell Anklage erhoben wird. Ich treffe euch dort oder im Hauptquartier, und anschließend bringen wir Payne bis zur Verhandlung an einem sicheren Ort unter. Wenn die Sache länger dauert, setze ich mich telefonisch mit euch in Verbindung und teile euch mit, wo ihr den Knaben verstecken könnt.«

Dann drehte er sich um und nahm im Fond des Ford Platz. Sean fuhr los, bevor Malone noch ganz die Tür geschlossen hatte.

Im alten Rom mußten diejenigen, die schlechte Nachrichten brachten, nicht selten den Zorn des Imperators über sich ergehen lassen. Al Capone war von einigen Journalisten aufgrund seines Temperaments und seiner Macht als neuer Cäsar bezeichnet worden. Derjenige, der in diesem Fall eine besonders schlechte Nachricht brachte, war Jack ›Machine-Gun‹ McGurn, der, seit er zur Organisation Big Als gehörte, rund zwanzig Gangsterrivalen erschossen hatte. Doch als er aus der kalten Abenddämmerung ins Hotel Lexington trat, krampfte sich etwas in seiner Magengrube zusammen, und er war so nervös wie niemals zuvor.

Capone saß in seinem luxuriös ausgestatteten Salon im vierten Stock an einem verzierten Teetisch und verschlang gerade eine besonders große und leckere Erdbeertorte. Er spülte einen Bissen mit Kaffee hinunter, als McGurn eintrat.

»Was ist los?« fragte Capone in gemütlichem Plauderton.

McGurn stellte plötzlich fest, daß er noch immer den Hut trug und sein Mantel nach wie vor zugeknöpft war. Rasch nahm er den Hut ab. Er hielt ihn in beiden Händen, als er Capone zögernd berichtete, was aus der Lieferung geworden war, die die kanadische Grenze hatte passieren sollen.

»Was?« entfuhr es Capone wütend, und er sprang mit einem Satz auf.

McGurn schluckte hart und versuchte, die schlechte Nachricht noch einmal zusammenzufassen. »Sie haben die Ware erwischt... und auch Payne. Niemand weiß, wohin Payne gebracht wurde, aber ich habe bereits einige unserer Jungs darauf angesetzt, und...«

Capone trat den Teetisch beiseite, und Teller, Tassen und der Rest der Torte fielen auf den dicken Perserteppich. »Bist du denn von allen guten Geistern verlassen, du blöder Mistkerl? Habe ich dich etwa darum gebeten, etwas auf eigene Faust zu unternehmen?«

»Nein, Al, ich...«

Mit zwei langen Schritten trat Capone auf ihn zu und rammte ihm mit beachtlicher Kraft die Faust ins Gesicht.

McGurn taumelte zurück, und Mund und Nase bluteten stark. Bevor er in die Dienste Big Als trat, hatte er sich als professioneller Boxer den Lebensunterhalt verdient und eine Reihe von Gegnern k.o. geschlagen. Er machte jedoch keine Anstalten, sich zu wehren. Er dachte nicht einmal daran. Er stand einfach nur da, mit gesenktem Kopf, und das Blut tropfte ihm auf den teuren Anzug und den Hut, den er noch immer in beiden Händen hielt.

»Hol Frank Nitti hierher«, schnappte Capone. »Und dann fassen wir die Sache richtig an.«

McGurn nickte hastig und eilte auf den Flur. Erst als er die Suite verlassen hatte, nahm er ein Taschentuch zur Hand und wischte sich das Blut von den Lippen und der Nase.

Capone trat an die Eckbar heran, und während er wartete, kippte er zwei doppelte Bourbon. Er versuchte, die kochende Wut aus sich zu verdrängen und konzentriert nachzudenken. Er hatte sich wieder in Gewalt, als Frank Nitti eintraf.

Er berichtete ihm von der Aktion Eliot Ness' an der Grenze; seine Stimme klang zwar ruhig dabei, doch der Gesichtsausdruck Capones machte deutlich, was für ein Feuer in ihm loderte. Nitti hörte zu, und sein häßliches und emotionsleeres Gesicht blieb unbewegt.

Als Capone schwieg, sagte er: »Payne ist nicht gerade ein besonders widerstandsfähiger Typ. Wenn den Cops Zeit genug bleibt, ihn unter Druck zu setzen, so verliert er bestimmt die Nerven und fängt an zu singen. Ich sage allen Jungs in der Stadt Bescheid und beauftrage sie damit, festzustellen, wo man ihn hingekarrt hat.«

»Und die Leute, die mir schon seit Jahren auf der Tasche liegen...«, warf Capone ein. »Einige von ihnen sind in der richtigen Position, um mir zu helfen. Sollen sie sich den Zaster, den sie von mir bekommen, endlich mal verdienen.«

Frank Nitti nickte. »Und was ist mit Eliot Ness?«

Als er diesen Namen hörte, verlor Capone erneut die Beherrschung. Seine dicken Hände ballten sich zu Fäusten, und die Augen traten vor, so als würden sie von einem in dem massigen Schädel zunehmenden Druck aus den Höhlen getrieben. »Ich will den verdammten Kerl erwischen! Ich will zusehen, wie sein Haus bis auf die Grundmauern abbrennt, mit seiner ganzen Familie darin! Ich will den Genuß haben, mitten in der Nacht durch die Trümmer zu gehen und in die Asche zu pinkeln! Ich will ...«

Capone unterbrach sich, holte einige Male tief Luft und beruhigte sich langsam.

»Sag den Männern folgendes«, fügte er ganz leise hinzu. »Ganz gleich, wer von ihnen diesen Ness als erster findet: Es ist mir egal, was er mit ihm anstellt – Hauptsache, der dreimal verfluchte Hurensohn beißt ins Gras!«

23

Im Büro des Bezirksstaatsanwaltes Ralph Morgan brannte das Licht bis spät in die Nacht. Morgan war ein würdevoll aussehender Herr von gut sechzig Jahren, und er hatte eine fest klingende Stimme und eine ungewöhnlich schlanke und große Statur. Er überragte Oscar Wallace, der neben ihm an dem breiten Schreibtisch saß, um ein erhebliches Stück. Schon seit Stunden berieten sie sich. Wallace ging mit dem Staatsanwalt alle Einzelheiten der codierten Einträge in den Aktendeckeln Paynes durch und nahm dann und wann seine eigenen Unterlagen und Notizen zu Hilfe, die den Schlüssel enthielten, den Payne ihnen genannt hatte und mit dem sich die Angaben dechiffrieren ließen.

Der Gesichtsausdruck Morgans wechselte zwischen aufgeregter Hoffnung und pessimistischer Skepsis hin und her. Zu oft hatte er erlebt, wie Anklagen, die sich auf, seiner Meinung nach, hieb- und stichfeste Beweise gründeten, vor Gericht fallengelassen wurden. Er brauchte konkretes Material, und Wallace bemühte sich nach Kräften, es ihm zur Verfügung zu stellen.

»Die Codes, die mit einem A beginnen«, wiederholte

der Bezirksstaatsanwalt einmal mehr. »Sie stehen alle für Al Capone?«

Wallace nickte nachdrücklich. »Die einzelnen Sequenzen ändern sich zwar dauernd, aber es spielt keine Rolle, welche Buchstaben folgen: Solange sie mit einem A beginnen, ist Capone gemeint.« Und er fügte hinzu. »Darüber hinaus haben wir die bestätigende Aussage des Mannes, der diese Listen führte.« Er deutete auf die geschlossene Tür, die in das private Wartezimmer Morgans führte.

Im Nebenraum hockte Walter Payne in einem Ledersessel, das eine Handgelenk mit den Handschellen an die Armlehne gefesselt. Seine Augen waren geschlossen, aber er schlief nicht. Emotionale Erschöpfung hatte ihn innerlich ausgelaugt, und er mußte immer wieder an seine Zukunft denken, die plötzlich sehr düster geworden war.

Durch die zweite Tür des Wartezimmers konnte man in die anderen Büros des Bezirksstaatsanwaltes gelangen. Sie war ebenso geschlossen wie die erste. Und außer Payne hielt sich nur noch Stone in dem Raum auf. Er saß neben dem Sessel des Buchhalters, aufrecht und wachsam, trotz der pochenden Kopfschmerzen, die sich im Verlaufe der Stunden unter dem dicken Verband gebildet hatten. Er trug die Jacke aufgeknöpft, und seine rechte Hand verweilte immer in der Nähe der im Gürtelholster steckenden Waffe. Der Blick seiner dunklen Augen wandte sich nur selten von der zweiten Tür ab.

Der Knauf wurde von jemandem auf der andere Seite gedreht. Stone riß die Waffe hervor und erreichte die Tür, als sie sich gerade öffnete. »Wer ist da?«

»Ich bin's«, erwiderte die Sekretärin des Bezirksstaatsanwaltes und schob die Tür ganz auf. Sie trug ein Tablett mit einer Kaffeekanne und zwei Tassen, und sie bedachte den jungen Stone mit einem Lächeln, ging an ihm vorbei und betrat das Zimmer Morgans. Der Blick des Officers folgte ihr. Sie hatte herrlich lange Beine. Und auch sonst war alles prächtig an ihr.

Kurz darauf kehrte sie zurück, zog die in das Büro Morgans führende Tür zu und lächelte erneut. »Und Sie möchten nicht ebenfalls eine Tasse?«

Stone schüttelte den Kopf und beobachtete die Sekretärin, und als sich hinter ihr die Tür geschlossen hatte, fiel es ihm leichter, sich auf seine Pflicht zu konzentrieren.

Im Arbeitszimmer des Staatsanwaltes nahm Oscar Wallace ein Blatt Papier zur Hand und notierte alle Zahlen, die in den Unterlagen Paynes mit einem A codiert waren. »Das wär's, Sir«, sagte der Buchprüfer nach einer Weile. »Wie Sie aus dieser Aufstellung ersehen können, hat Al Capone allein in diesem Monat Zahlungen in Höhe von einer Viertelmillion Dollar bekommen.«

Wallace deutete einmal mehr auf die Tür des Wartezimmers und fügte hinzu: »Und außerdem haben wir die Aussage Walter Paynes, der als Buchhalter für Capone arbeitete. Er bestätigt, daß er einen großen Teil des Geldes selbst überbrachte.«

Ralph Morgan sah auf die Liste und ging die einzelnen Einträge durch.

»Der Fall dürfte klar sein, Sir«, betonte Wallace. »Wir haben nun den Beweis dafür, daß enorme Summen in die Taschen Capones flossen, ohne daß er Steuern zahlte.«

Der Bezirksstaatsanwalt ließ das Blatt sinken und sah Wallace an. »Und Sie sind ganz sicher, daß dieser Payne bei seiner Aussage bleibt?«

»Ja, Sir. Mr. Ness meint, es bliebe Payne keine Alternative. Erstens kann er nur auf diese Weise Strafmilderung bekommen. Und zweitens brach er in dem Augenblick alle Brücken hinter sich ab, als er die Codes für uns entschlüsselte. Wenn Capone erfährt, daß ihn sein Buchhalter verraten hat... Nun, Payne ist sicherer, wenn Big Al im Gefängnis landet.«

»Und warum sollte ich jetzt sofort Anklage erheben?«

»Weil Sie sowohl die Beweise haben als auch einen wichtigen Belastungszeugen«, entgegnete Wallace. »Ohne eine bestätigende Aussage sind diese Unterlagen hier wertlos. Aber zum Glück haben wir Payne.« Er fügte hinzu: »Und offen gesagt: Wir können ihn nicht bis in alle Ewigkeit schützen, und darum muß Capone möglichst schnell der Prozeß gemacht werden.«

Ralph Morgan seufzte leise. »Für Steuerhinterziehung ist eine Höchststrafe von nur sieben Jahren Freiheitsentzug vorgesehen.«

»Sie können insgesamt vier Anklagepunkte gegen Capone vorbringen.«

Der Staatsanwalt dachte kurz darüber nach. »Und diese Meinung vertritt auch Mr. Ness?«

»Ja, Sir.«

Morgan empfand nach wie vor ein gewisses Unbehagen. »Aber wenn wir Capone in erster Linie wegen Steuerhinterziehung vor Gericht stellen und *verlieren*, so machen wir uns zum Gespött der Leute.« Eine Zeitlang erwog er diesen recht unangenehmen Aspekt und kam dann zu dem Schluß, daß er noch weitere Sicherheiten brauchte. »Wo ist Mr. Ness überhaupt?«

Wallace lächelte. »Ich verrate sicher nicht zuviel, wenn ich Ihnen sage, daß er im Augenblick mit einer recht dringenden Angelegenheit beschäftigt ist.«

Und jene dringende Angelegenheit nahm ihn bis neun Uhr am nächsten Morgen in Anspruch.

Eliot stand neben dem Bett seiner Frau und blickte auf Catherine herab, die den Säugling in den Armen hielt. »Sehr hübsch, Mrs. Ness«, ließ sich Malone vernehmen.

»Wer? Ich oder sie?«

»Sie beide.«

Er wandte sich an Eliot. »Und Sie bedauern es nicht, daß es eine zweite Tochter ist und kein Sohn?«

»Zufälligerweise bin ich jemand, der Mädchen mag. Je mehr, desto besser.«

Catherine lachte schläfrig. »Meine Güte, in den nächsten Jahren kommt einiges auf dich zu: drei weibliche Wesen, die um deine Gunst wetteifern...«

»Ich gebe mir alle Mühe, es mit Würde hinzunehmen.«

Für eine Weile schwiegen sie. Es war auch gar nicht nötig, daß sie weitere Worte wechselten. Dann sagte Catherine: »Und jetzt mußt du dich wieder an die Arbeit machen.«

»Ja.«

»Versprichst du mir, vorsichtig zu sein?«

Er nickte. »So vorsichtig, wie man nur sein kann.«

»Kommst du voran?«

»Ob er vorankommt?« warf Malone ein. »Mrs. Ness, ich glaube, Ihr Gatte ist gerade in die Geschichte eingegangen – als der Mann, der Capone das Handwerk legte.«

Malone stand auf der Treppe vor dem Krankenhaus und wartete auf Eliot. Die ganze Nacht über hatte er immer wieder die kritischen Bereiche des Hospitals kontrolliert und ständige Patrouillen durchgeführt. Eine Arbeit, die sich seiner Meinung nach kaum von der unterschied, der er ein Leben lang nachgekommen war: herumstehen, Wache halten, beobachten. Der Job eines Cops.

Ein Taxi fuhr heran und hielt am Straßenrand vor ihm. Rasch musterte Malone sowohl den Fahrer als auch den Mann im Fond, und aus einem Reflex heraus versuchte er, das mögliche Gefahrenpotential einzuschätzen. Kein Grund zur Beunruhigung. Der Fahrgast war ein ziemlich alter Mann. Der Taxifahrer holte einen zusammengeklappten Rollstuhl aus dem Kofferraum, montierte ihn und half dem Greis dann hinein. Anschließend schob er ihn über die Rampe neben der Treppe.

Malone hielt eine der Glastüren für sie auf, und der alte Mann rollte sein Gefährt selbst in die Eingangshalle. Der Fahrer wandte sich um, kehrte in seinen Wagen zurück und fuhr davon.

Ein ungefähr vierzehnjähriges Mädchen, das am einen Bein eine Stützschiene trug, humpelte über den Gehsteig. Dicht vor der Rampe blieb es stehen, sah zur Tür hoch und holte einige Male tief Luft.

»Brauchst du Hilfe?« fragte Malone.

»Nein, danke, Mister. Ich muß lernen, alles aus eigener Kraft zu schaffen.« Und langsam und voller Mühe erkletterte das Mädchen die Rampe. Ein Krankenwagen näherte sich und hielt vor der Treppe an.

Ein untersetzter und in einen langen und weißen Arztkittel gekleideter Mann stieg aus und ließ den Fahrer hinter dem Steuer zurück. Ein zweiter Arzt schob sich aus dem hinteren Abteil des Wagens: ein großer und hagerer Mann, der ebenfalls einen weißen Kittel trug. Er trat an seinen Kollegen heran, und sie wechselten einige Worte mit dem Fahrer, der daraufhin nickte und sitzenblieb.

Eine der Glastüren schwang auf, und Eliot näherte sich Malone. Hinter Ness folgte eine junge Mutter, die einen Kinderwagen schob. Er hielt die Tür für sie auf.

Die beiden Ärzte stiegen die Treppe hoch.

Eliot beugte sich lächelnd zu dem Baby herab, als die Mutter mit dem Kinderwagen an ihm vorbeikam und das obere Ende der Rampe erreichte.

Malone beobachtete die beiden Ärzte, die Stufe um

Stufe hinter sich brachten. Ihre Gesichter gefielen ihm nicht. Er schob die eine Hand in die Jacke.

Die beiden Typen griffen unter ihre langen weißen Kittel.

Malone warf sich zur Seite und nach unten, zog gleichzeitig die Waffe und stieß Eliot aus dem Weg. Ness prallte gegen die junge Mutter. Sie gab einen überraschten Schrei von sich, verlor das Gleichgewicht und fiel, wobei sie jedoch den Kinderwagen nicht losließ.

Die beiden ›Ärzte‹ holten Maschinenpistolen unter ihren Kitteln hervor. Ein ohrenbetäubendes Rattern zerriß die Stille des Morgens, als die Gangster das Feuer eröffneten. Kugeln schwirrten über die am Boden liegenden Personen hinweg und prallten von der Treppe und der Rampe ab. Das Glas der breiten Krankenhaustür splitterte krachend.

Eliot rollte sich auf die Seite, zog seine 45er Automatik aus dem Holster und schoß nur einen Sekundenbruchteil später als Malone. Beide Kugeln trafen das gleiche Ziel – den dürren Gorilla. Die Aufschlagswucht der Geschosse schleuderte ihn nach hinten, und leblos fiel er auf die Stufen.

Das behinderte Mädchen, das sich noch immer auf der Rampe befand, blieb abrupt stehen, dicht neben dem untersetzten Gangster. Er streckte rasch die Hand aus und zerrte es an sich. Noch bevor Eliot und Malone Gelegenheit hatten, ihre Waffen gegen ihm zum Einsatz zu bringen, schwang er das Mädchen herum und benutzte es als Schild.

In diesem Augenblick begann der Kinderwagen die Rampe herunterzurollen. Durch das jähe Knallen war die junge Mutter so erschrocken, daß sie den Wagen losgelassen hatte. Sie schrie auf und eilte ihm nach.

Eliot stieß sie zurück, als er auf die Beine sprang und die Rampe hinunterstürmte.

Malone lag bäuchlings auf der obersten Stufe der Treppe, zielte auf den zweiten Gorilla und wartete darauf, daß sich ihm freies Schußfeld bot. Doch der Kerl war inzwischen auf die Knie gesunken und hatte den Kopf gesenkt, und mit dem einen Arm preßte er das wimmernde Mädchen an sich. Malone konnte nicht schießen, ohne die Behinderte in Gefahr zu bringen.

Eliot sprintete über die Rampe an ihnen vorbei, holte den Kinderwagen auf dem Gehsteig ein und bekam ihn gerade noch rechtzeitig genug zu fassen, bevor er auf die Straße rollen konnte. Der untersetzte Gangster drehte sich kurz um, und Mündungsfeuer leckte aus dem Lauf seiner Maschinenpistole. Eliot wurde von den Beinen gerissen; die Automatik entfiel seiner Hand, und er stürzte aufs Pflaster.

Für eine Sekunde hatte sich der Gangster ein wenig hinter seinem lebenden Schild hervorgewagt. Malone zielte sorgfältig und drückte ab.

Plötzlich war das behinderte Mädchen frei, und es hockte sich auf einer Stufe nieder. Der ›Arzt‹ rollte schlaff die Treppe hinunter und hauchte sein Leben aus. Malone stemmte sich rasch in die Höhe und blickte in Richtung des Krankenwagens.

Der Fahrer war verschwunden.

Eliot lag reglos auf der Straße, dicht neben dem Kinderwagen.

Malone stürmte die Stufen hinunter, und blaß ging er neben Ness in die Knie. *»Eliot!«*

Hinter ihm duckte sich der Fahrer am Kotflügel des Krankenwagens vorbei und richtete seine Pistole auf den Hinterkopf des Polizisten.

In unmittelbarer Nähe Malones knallte es zweimal kurz

hintereinander, und der Ire erstarrte für einen Sekundenbruchteil und drehte sich dann um.

Der Fahrer des Krankenwagens lag mit dem Gesicht nach unten im Rinnstein.

Malone starrte auf den kleinen Revolver, den Eliot plötzlich in der Hand hielt und mit dem er auf den dritten Gangster geschossen hatte. Dann sah er, woher die Waffe stammte – aus einem Wadenholster, das bisher unter dem einen Hosenbein verborgen gewesen war.

Malone holte tief Luft. »Ich wußte gar nicht, daß Sie eine zweite Knarre bei sich trugen.«

»Eine solche Vorsichtsmaßnahme kann sich als recht nützlich erweisen«, erwiderte Ness in dem Tonfall, den Malone ihm gegenüber so oft benutzt hatte. »Ende der Lektion.«

24

Eine Kugel aus der Waffe des untersetzten Gorillas hatte Eliot dicht unterhalb der einen Schulter am Arm gestreift. Für rund eine Woche würde die Wunde sehr schmerzhaft sein, und bestimmt spürte er die Verletzung auch später noch. Andererseits war der Riß nicht so tief, daß er eine Armbinde benötigte. Allerdings mußte die Wunde gesäubert, angemessen behandelt, genäht und verbunden werden. Und das brauchte seine Zeit.

Während sich die Ärzte des Krankenhauses um Eliot kümmerten, ging Malone durch den Flur und führte ein Telefongespräch.

Inzwischen hatte man Walter Payne ins Polizei-

Hauptquartier gebracht. Dort war nur ein vorübergehender Aufenthalt geplant, und es gab in erster Linie politische Gründe dafür. Der Bezirksstaatsanwalt und der Polizeipräsident gehörten der gleichen Partei an. Und sie waren übereingekommen, sich beide zusammen an die Presse zu wenden.

Die Konferenz fand im großen Saal des Erdgeschosses statt. Einige Reporter hatten bereits davon gehört, daß der Hauptbuchhalter Capones verhaftet worden war und bereit zu sein schien, seinen Boß reinzureißen, und deshalb herrschte in der Halle ein großes Gedränge aus Journalisten und Fotografen. Stone und Wallace blickten sich voller Unbehagen um, und ein lächelnder Ralph Morgan führte in Begleitung des Polizeipräsidenten den mit Handschellen gefesselten Walter Payne vor, dessen Miene grau und steinern war.

Dann nickte der Bezirksstaatsanwalt Stone und Wallace zu und begann seine vorbereitete Rede. Die beiden Mitarbeiter Eliots ergriffen Payne an den Armen, marschierten mit ihm durch den Flur und näherten sich dem vorderen Lift. Hinter ihnen verkündete Ralph Morgan mit selbstsicher klingender Stimme:

»Meine Abteilung setzt derzeit eine Vorladung für Alphonse Capone auf, und der Hauptanklagepunkt lautet auf Steuerhinterziehung.«

Einer der Reporter stellte die Frage, die allen Zuhörern durch den Sinn ging: »Zu welcher Höchststrafe könnte Capone verurteilt werden?«

»Wenn der Richter allen Anklagepunkten stattgibt, wäre es möglich, daß Mr. Capone bis zu fünfzehn Jahre bekommt...«

Die Lifttür schloß sich und verschluckte die weiteren Worte Morgans. Stone und Wallace ließen sich zusammen mit Payne in den vierten Stock hochtragen, und dort führten sie ihn durch den Korridor in ein spezielles Zimmer. Payne nahm auf einem Stuhl Platz, und Stone und Wallace blickten gleichzeitig auf ihre Uhren.

»Eigentlich müßten Ness und Malone bereits eingetroffen sein«, sagte Stone.

Wallace nickte. »Vielleicht haben sie den Nebeneingang benutzt, um den Pressefritzen unten zu entgehen. Möglicherweise warten sie im Büro.«

»Ich sehe nach«, meinte Stone. »Sie bleiben hier und behalten den Burschen im Auge.«

Erneut nickte Wallace. Als Stone hinausging, lehnte er sich an die eine Wand, dicht neben Payne. Er hielt sein großkalibriges Gewehr in der Armbeuge, und die andere Hand ruhte in unmittelbarer Nähe des im Holster steckenden Revolvers.

Payne sah müde zu ihm auf. »Ich hoffe, der geheime Ort, an dem Sie mich unterbringen wollen, ist wirklich sicher.«

»Bestimmt«, erwiderte Wallace fest.

Die Erschöpfung Paynes konnte nicht über seine Furcht hinwegtäuschen. »Denn eins steht fest: Wenn *sie* mich finden, dann ...«

»Machen Sie sich keine Sorgen«, beruhigte ihn Wallace. »Es wird Ihnen nichts geschehen.«

Stone trat im zweiten Stock aus dem Aufzug und eilte durch den Flur, in Richtung der Büros, die Ness und seinen Mitarbeitern zur Verfügung standen. Als er an der Treppe vorbeikam, die ins Erdgeschoß führte, hörte er, daß die Pressekonferenz noch nicht beendet war. Er vernahm die salbungsvolle Stimme des Polizeipräsidenten, der gerade intonierte:

»... um endlich der Herrschaft der Gesetzlosigkeit ein Ende zu machen, die viel zu lange in unserer Stadt regierte. So daß jemand, der Zeuge eines Verbrechens wird, von Schrecken und Grausamkeit, ohne Furcht sagen kann: ›Ich werde vor Gericht aussagen!‹ Und ich möchte diese ausgezeichnete Gelegenheit auch dazu nutzen, Eliot Ness und seinen Assistenten zu danken, die hervorragende Arbeit geleistet haben...«

Stone lächelte ironisch, als er das kleine Büro Eliots betrat.

Sean saß an dem Schreibtisch neben der Tür und telefonierte. Er blickte auf und sprach in die Muschel: »Stone kommt gerade herein.« Er reichte den Hörer weiter. »Es ist Malone.«

Schweigend nahm Stone die Anweisungen Malones entgegen, hielt eine Adresse auf einem Notizblock fest und versicherte seinem Gesprächspartner, Wallace und er würden es schon allein schaffen. Dann legte er auf, riß den Zettel vom Block, schob ihn sich in die Tasche und machte sich rasch auf den Rückweg.

»Malone hat gerade angerufen«, teilte er Wallace mit. »Er und Ness brauchen noch eine Weile. Er möchte, daß wir Payne sofort in das Haus bringen, das er für ihn ausgewählt hat. Ich habe die Adresse. Sie treffen uns dort, sobald sie Zeit haben.«

Wallace klopfte Payne auf die Schulter. »Kommen Sie.«

Als der Buchhalter Capones aufstand, fügte Stone hinzu: »Malone hat dafür gesorgt, daß sich jemand im Haus befindet, der uns einläßt. Wir verriegeln Türen und Fenster, bewachen Payne und rühren uns nicht von der Stelle, bis die anderen eintreffen. Und wir nehmen *nicht* den Hörer ab, wenn das Telefon klingelt.«

Wallace nickte. »Klar.«

»Kurz bevor Malone und Ness kommen, suchen sie die nächste Telefonzelle auf, rufen uns an und lassen es zweimal läuten. Das ist das Zeichen. Und wenn jemand an die Tür klopft, ohne daß der Apparat vorher zweimal geklingelt hat...«

»Macht er Bekanntschaft mit unseren Kanonen«, sprach Wallace den Satz zu Ende und lächelte.

Stone grinste ebenfalls. »Sie finden langsam Gefallen an den taktischen Aspekten der unmittelbaren Polizeiarbeit, was, Oscar?«

»Manchmal machen sie mehr Spaß als das Blättern in Buchungsunterlagen«, gestand Wallace ein.

»Ich gehe raus und hole den Wagen«, sagte Stone, als er das Zimmer verließ. »Nehmen Sie mit Payne den rückwärtigen Lift. Aber hüten Sie sich davor, den Parkplatz mit ihm zusammen zu betreten. Bleiben Sie im Gebäude, bis ich mit dem Wagen vorfahre.«

»Keine Sorge«, erwiderte Wallace und betätigte die Ruftaste des Aufzugs. »Ich warte.«

Kurz darauf kam die Kabine hoch: Sie ähnelte einem Käfig. Ein dicker Mann bediente die Schalttafel, ein unbewaffneter und älterer Cop, der im Hauptquartier den sonderbarsten Aufgaben nachging. Er öffnete die Tür und ließ Wallace und Payne eintreten.

»Runter zum Parkplatz«, wies Stone den alten Polizisten an. »Ohne Zwischenstops.«

»Okay.« Der dicke Cop schloß die Tür, und die käfigähnliche Kabine glitt nach unten. Stone machte sich eilig daran, den Wagen zu holen.

Der Lift erreichte das Erdgeschoß und hielt an. »Da sind wir«, sagte der Cop.

Wallace bedeutete Payne, an die Rückwand der Kabine heranzutreten, und er hielt die großkalibrige Flinte einsatzbereit in der Hand. Er legte damit an, als der alte Beamte die Tür öffnete. Ein kurzer und breiter Gang erstreckte sich vor ihnen und führte direkt auf den Parkplatz hinter dem Hauptquartier.

Weit und breit war niemand zu sehen. Wallace forderte Payne mit einem Wink auf, ihm zu folgen, als er aus dem Aufzug trat. Mit einigen wenigen Schritten erreichten sie das Ende des Ganges. Dort blieb Payne stehen, und Wallace schob sich noch ein wenig weiter vor und blickte auf den Parkplatz. Auch hier hielt sich derzeit niemand auf. Daraufhin wich Wallace an die Seite des Buchhalters zurück, blieb mit schußbereiter Waffe stehen, beobachtete den Hinterhof und wartete darauf, daß Stone mit dem Wagen kam.

Der in der Kabine zurückgebliebene dicke Cop griff in einen Behälter mit Schmutzwäsche, der in der einen Ecke der Kabine stand – und holte einen schweren und langläufigen Revolver daraus hervor. Er stützte sich am Türrahmen ab, um besser zu zielen, und dann drückte er zweimal ab.

Die Kugeln schleuderten Wallace nach vorn, und er taumelte auf den Parkplatz. Er bemühte sich, auf den Beinen zu bleiben und hielt nach wie vor die Flinte fest, als er sich wie in Zeitlupe umdrehte.

Der alte Polizist wartete, bis sich Wallace ganz umgewandt hatte – und jagte ihm zwei weitere Geschosse in den Leib. Das eine traf ihn in der Brust, das andere im Gesicht, und tot stürzte er zu Boden.

Daraufhin ließ der dicke Cop den Revolver rasch wieder in dem Behälter mit der Schmutzwäsche verschwinden. Zufrieden stellte er fest, daß niemand zu bestimmen vermochte, ob man zuerst von vorn oder von hinten auf Wallace geschossen hatte.

Nur Walter Payne konnte eine entsprechende Aussage machen. Und Payne hatte bereits nach dem ersten Knallen die Beine in die Hand genommen, warf keinen Blick zurück und versuchte verzweifelt, über den Parkplatz zu entkommen.

In seinem Büro im obersten Stock stand Deputy Chief Mike Casey am Fenster. Er hatte die Hände in die Taschen geschoben und beobachtete, wie Payne durch die Zufahrt des Parkplatzes lief. Als der Buchhalter Capones außer Sicht geriet, wandte sich Casey vom Fenster ab und verließ sein Büro mit langsamen Schritten.

Als Stone mit dem Wagen vor dem Hintereingang des Hauptquartiers hielt, war Payne bereits einige Blocks weit davon. Doch er hatte diese Strecke nicht zu Fuß zurückgelegt. Noch kaum einen halben Block vom Parkplatz entfernt war er in einen Wagen gestiegen. Er wurde dazu von jemandem aufgefordert, dem er sich nicht zu widersetzen wagte.

Der Wagen brachte ihn in einen anderen Teil Chicagos, und die ganze Zeit über hockte Payne steif und angespannt auf dem Beifahrersitz, die dünnen Hände um die Knie geschlossen, und er versuchte, den neben ihm sitzenden Frank Nitti nicht anzusehen.

25

Als Eliot und Malone eintrafen, hatte man die Leiche Oscar Wallaces bereits fortgebracht. Eine Kreidezeichnung markierte die Stelle, an der er zu Boden gesunken und gestorben war.

Eliot blieb unten und starrte auf die weiße Kennzeichnung, und Malone betrat das Gebäude, um einige Fragen zu stellen. Als er fünf Minuten später wiederkam, stand Ness noch immer dort, wo er ihn zurückgelassen hatte.

»Offenbar gibt es keine Zeugen für den Mord«, sagte Malone. »Stone und Sean ermitteln noch immer, aber...« Er beendete den Satz mit einem hoffnungslosen Achselzucken.

»Was ist mit dem Fahrstuhlführer?«

Erneut zuckte Malone mit den Schultern. »Er meinte, er habe die beiden Männer hier unten abgesetzt und die Schüsse erst später gehört, als die Liftkabine wieder nach oben glitt. Er kehrte zurück, aber es war schon alles vorbei: Wallace tot und Payne verschwunden.«

»*Vier* Schüsse«, sagte Eliot leise und tonlos. »Sie haben viermal auf ihn geschossen, von vorn und von hinten. Eine Kugel hätte genügt, um ihn außer Gefecht zu setzen und Payne zu befreien. Aber irgend jemand wollte ganz sichergehen, daß er das Zeitliche segnet.«

Malone nickte. »Offenbar.«

»Dieser Mistkerl Capone will uns *alle* unter die Erde bringen. All diejenigen, die mir geholfen haben.«

»Machen Sie sich in Hinsicht auf Ihre Frau und die Kinder keine Sorgen«, sagte Malone. »Ich habe eben dafür gesorgt, daß man sie unter Polizeischutz stellt. Sie werden sie nicht aus den Augen lassen, und...«

»Wollen Sie mich auf den Arm nehmen? Meine Familie kann erst dann sicher sein, wenn Capone hinter Gittern sitzt – oder tot ist.«

Eliot sprach noch immer ganz leise und monoton. Malone musterte ihn aus zusammengekniffenen Augen, und irgend etwas, das er in den Augen seines Gegenübers sah, beunruhigte ihn. Ein Funkeln, das er in den Pupillen Eliots noch nie zuvor beobachtet hatte. »Ist alles in Ordnung mit Ihnen?«

Ness gab keine Antwort.

Der Bezirksstaatsanwalt Morgan trat durch eine Seitentür auf den Parkplatz, und er wirkte besorgt und aufgeregt. »Mr. Ness? Könnten wir uns in Ihrem Büro unterhalten?«

Eliot ging wortlos an ihm vorbei und verschwand im Gebäude.

Ralph Morgan folgte ihm rasch. »Es tut mir leid, Mr. Ness, aber ich muß mit Ihnen sprechen, jetzt sofort.«

Malone blieb auf dem Parkplatz, sah sich um und versuchte herauszufinden, wo sich der oder die Mörder versteckt hatten, während sie auf Wallace und Payne warteten. Ein von einem Fahrer in Polizeiuniform gesteuerter Wagen rollte durch die Zufahrt. Mike Casey kam aus dem Hauptquartier und lenkte seine Schritte in Richtung des Fahrzeugs. Als er Malone bemerkte, blieb er stehen. Er zögerte kurz, trat dann auf ihn zu und blickte auf den Kreideumriß der Leiche Wallaces herab.

»Eine scheußliche Sache, die da passiert ist.«

Malone nickte ärgerlich, ohne Casey anzusehen. Er war nicht in der richtigen Stimmung für Beileidsbezeugungen, ob sie nun aufrichtig gemeint oder nur Höflichkeitsfloskeln waren.

»Andererseits ...«, fügte Mike Casey hinzu. »Ich habe den Buchprüfer aus Washington nur selten zu Gesicht bekommen und hatte kaum Gelegenheit, ihn richtig kennenzulernen. Aber natürlich ist man ja immer betroffen, wenn jemand bei der Ausübung seiner Pflicht ums Leben kommt.«

Malone hob den Kopf und musterte den Stellvertreter des Polizeipräsidenten. Ein seltsamer Unterton in der Stimme Caseys fiel ihm auf.

»Wenn ich mir vorstelle, daß so etwas jemandem zustoßen könnte, den ich kenne ...«, fuhr Casey fort. »Zum Beispiel dir, Jimmy. Wir kennen uns schon ziemlich lange, nicht wahr?«

»Ja«, pflichtete Malone ihm bei. Er fragte sich, worauf Mike hinauswollte.

»Manchmal«, sagte Casey und benutzte noch immer

einen beiläufig klingenden Tonfall, »ist es besser, die Finger von gewissen Dingen zu lassen, Jimmy. Schwierigkeiten eben zu meiden. Ja, gelegentlich ist es ratsam, eine Woche Urlaub zu nehmen und aus der Stadt zu verschwinden. Verstehst du, was ich meine.«

»*Was* meinst du, Mike?«

»Wie ich schon sagte: Wir kennen uns seit vielen Jahren. Es wäre sicher nicht schlecht, wenn du ein wenig ausspannen würdest. Warum meldest du dich nicht einfach krank? Ich unterschreibe den Freistellungsschein.«

»Nett von dir«, erwiderte Malone gedehnt.

»Zum Teufel auch, immerhin sind wir alte Freunde, oder?« Casey lächelte, klopfte Malone auf die Schulter und stieg in den wartenden Wagen.

In Gedanken versunken sah Malone dem Fahrzeug nach, als es durch die Zufahrt rollte. Er blieb auch weiterhin nachdenklich, kehrte ins Hauptquartier zurück und ging die Treppe in den zweiten Stock hoch.

Der Bezirksstaatsanwalt kam gerade aus dem Büro Eliots und wirkte noch nervöser als auf dem Parkplatz.

»Ist er da drin?« fragte Malone.

»Nein. Ich glaube, er hat mir unten nicht einmal zugehört. Lief einfach davon, ohne ein Wort zu sagen. Er warf nur einen kurzen Blick auf den Schreibtisch Wallaces, und dann drehte er sich plötzlich um und machte sich auf und davon.«

»Wohin ging er?«

»Keine Ahnung.«

In Malone aber regte sich eine Vermutung – und sie gefiel ihm überhaupt nicht. Abrupt wandte er sich von Morgan ab und eilte in Richtung Treppe.

»Wenn Sie Mr. Ness finden, so sagen Sie ihm, daß ich etwas sehr Wichtiges mit ihm zu besprechen habe...!« rief ihm der Bezirksstaatsanwalt besorgt nach.

Aber Malone war bereits auf dem Weg nach unten und stürmte auf die Straße.

Eliot Ness passierte die Drehtür des Hotels Lexington, und wie gewöhnlich hielten sich mehrere Leibwächter Capones in der Lobby auf.

Sie erkannten ihn zunächst nicht. Seine langen Schritte führten ihn zu rasch an ihnen vorbei und direkt auf den Empfang zu. »Al Capone«, beantwortete er die unausgesprochene Frage des Mannes hinter dem Tresen.

»Wenn Sie mir bitte sagen würden, um was es geht...«

Eliot streckte den Arm aus, packte den Mann am Kragen und zerrte ihn auf sich zu. »Hol ihn!«

Die Wachen in der Lobby schoben sich langsam auf Eliot zu. Doch sie blieben ruckartig stehen und blickten in Richtung des Aufzugs, der allein Big Al und seinen Leuten zur Verfügung stand. Die Tür öffnete sich.

Drei besonders große Leibwächter traten aus dem Fahrstuhl, gefolgt von Al Capone und Frank Nitti. Sie verharrten, als sie Eliot sahen, der sich vom Tresen abwandte und sich ihnen langsam näherte. Sein Gesicht war eine ausdruckslose Maske.

»Oh, seht mal, wer uns da besucht«, spottete Capone und strahlte. »Unser angeschmierter Freund von der Bundespolizei – Eliot Ness höchstpersönlich.«

Die drei Gorillas, die ebenfalls den Lift verlassen hatten, bezogen rasch vor ihrem Boß Aufstellung. Einer der Männer aus der Lobby trat Ness in den Weg und sah ihn finster an. »Was wollen Sie hier?«

»Einer meiner Freunde wurde heute umgebracht«, sagte Eliot leise.

Der vor ihm stehende Mann zuckte mit den Schultern und wandte sich grinsend an seine Kumpanen. »*Mir* ist das gleich.«

Eliot holte aus und hieb ihm die Faust in die Magengrube. Der Mann krümmte sich zusammen, und sein Gesicht begegnete dem hochgezogenen Knie Eliots. Das Nasenbein brach, und der Kopf des Leibwächters wurde jäh nach hinten gerissen. Er stürzte zu Boden und blieb auf dem Rücken liegen.

Eliot stieg über ihn hinweg und richtete den Blick auf Capone. Auf dem Weg zum Hotel Lexington hatte er versucht, sich einigermaßen unter Kontrolle zu bringen, aber jetzt barst das Gefüge seiner Selbstbeherrschung endgültig. »Komm her, *Big Al,* komm her zu mir! Stell dich mir zum Kampf, wenn du Mumm genug hast! Komm schon, Capone – oder bist du etwa ein Feigling und ziehst es vor, dich hinter deinen Jungs zu verstecken?«

Capones Wangen liefen rot an, als ihm das Blut ins Gesicht schoß. Er sprang vor. Nitti ergriff ihn am Arm, hielt ihn fest und flüsterte: »Laß dich von dem Idioten doch nicht provozieren, Al! Nicht hier. Er ist ohnehin erledigt.«

»Na, hast du Angst, *allein* gegen mich anzutreten?« höhnte Eliot. »Du hast meine Familie bedroht und einen meiner Freunde umgebracht. Aber du ...«

»Du willst es also unbedingt darauf ankommen lassen, wie?« brüllte Capone. »Mann, ich zerschmettere dir die Fresse!« Er schüttelte die Hand Nittis ab, aber zwei der großen Leibwächter packten seine Arme und zogen ihn zurück, wobei sie ihre ganze Kraft aufwenden mußten, um ihn zu bändigen.

Eliots grölendes Lachen troff vor Spott. »Du mieser und schmieriger Hurensohn!«

Capone versuchte, sich aus dem festen Griff der beiden Gorillas zu befreien, und er schrie: »Und zur Hölle mit deiner Familie und deinen Freunden!«

Eliot drehte durch. Mit der einen Hand griff er unter die

Jacke und machte Anstalten, die Automatik aus dem Holster zu reißen.

Plötzlich war Malone heran und schlang beide Arme um ihn, so daß er keine Möglichkeit mehr hatte, die Waffe ganz zu ziehen. »Nicht auf diese Weise, Eliot!« zischte der Ire leise. »Ruhig, Junge. Ganz ruhig...«

Einige Sekunden lang bemühte sich Ness, die starken Arme Malones beiseite zu schieben. Dann gab er diesen Versuch jäh auf. Langsam kam er wieder zu sich. Er blieb ganz still stehen und rührte die Waffe im Holster nicht an. Aber er hielt die Hand nach wie vor in unmittelbarer Nähe der Automatik.

»Okay«, flüsterte Malone. »Und jetzt aufgepaßt. Kommen Sie.« Malone achtete darauf, daß er jederzeit seinen Revolver ziehen konnte. »Sie decken mich, und ich decke Sie.«

Wachsam gingen sie durch die Lobby, und die Blicke Eliots und Capones lösten sich nicht voneinander.

Big Al trachtete nicht länger danach, sich aus der Umklammerung der großen Leibwächter zu lösen. »Du armer Irrer!« rief er Eliot nach. »Du hast *nichts* in der Hand. Bist nur ein aufgeblasener Narr.«

Als Eliot und Malone die Tür erreichten, wurde aus dem Höhnen Capones ein heiseres Brüllen. »Du bist hierhergekommen, weil du weißt, daß du verloren hast! Du hast den Buchhalter nicht mehr, und vor Gericht kann niemand gegen mich aussagen! Du bist fertig, Ness. Und das würdest du begreifen, hättest du auch nur ein bißchen Grütze im Kopf. Du kannst *nichts* machen!«

26

Später an jenem Tag saßen Malone und Stone in Eliots häuslichem Arbeitszimmer und hörten zu, wie Ness mit dem Bezirksstaatsanwalt Morgan telefonierte. Das, was sie mitbekamen, gefiel ihnen gar nicht.

»Ja, Sir«, sagte Eliot nach einer Weile. »Ich verstehe, was Sie meinen.«

Er legte auf und sah Stone und Malone an. »Morgan will die Anklage fallenlassen«, erklärte er düster. »Er sagte, es gäbe keine Aussichten, den Prozeß zu gewinnen, und...«

Er überlegte und kam zu dem Schluß, daß keine weiteren Worte notwendig waren. Niedergeschlagen holte er eine Zigarette hervor und zündete sie an.

»Was sagte der Kerl noch?« knurrte Malone. »Erzählen Sie mir auch den Rest.«

»Er meinte, er wolle sich nicht zum Narren machen. Ohne Zeugen hat er nicht die Absicht, ein Verfahren einzuleiten. Und deshalb plant er, morgen früh bekanntzugeben, daß...«

»Er macht einfach Schluß mit der Sache?« warf Malone ein. »Gibt auf?«

Eliot blies Rauch von sich, neigte den Kopf zurück und beobachtete, wie die Wolke davontrieb. »Ja. Ohne Zeugen keine Gerichtsverhandlung.«

»Wir haben noch immer die Akten Paynes«, sagte Stone aufgebracht. »Und das Notizbuch Oscars, in dem die Codes erklärt sind.«

»Das allein genügt nicht, Giuseppe. Ohne Payne und seine Bestätigung vor Gericht, daß wirklich er die Akten führte und einige der aufgelisteten Summen Capone übergab, kommen wir nicht weiter.« Eliot bedachte Stone mit einem Lächeln, das kaum mehr war als eine

Grimasse. »Ich fürchte, manchmal bleibt einem nichts anderes übrig, als sich mit einer Niederlage abzufinden...«

Das Telefon auf dem Schreibtisch klingelte. Ness nahm ab. »Hallo? O Catherine – wie geht es dir?« Eliot lauschte einige Sekunden lang der aus dem Hörer dringenden Stimme, und dann kniff er die Augen zusammen und verzog schmerzhaft berührt das Gesicht. »Ja... Nein, er hatte keine Angehörigen.« Das war ein Thema, das ihm mehr als nur Unbehagen bereitete. Rasch warf er ein: »Hör mal: Ist Cora in der Nähe? Was hält sie von ihrem Schwesterchen? Nun, gib ihr einen Kuß von mir. Mhm. Das werde ich.«

Er legte auf und sah Malone und Stone an. »Tja, ich glaube, das wär's für heute. Wir sehen uns morgen früh.«

Stone stand unsicher auf, die Enttäuschung setzte ihm sichtlich zu. »Es muß doch irgendeine Möglichkeit geben, die Akten Paynes so zu verwenden, daß wir...«

»Danke«, sagte Eliot fest. »Wir sehen uns morgen.«

»Ja, Sir.« Stone preßte die Lippen zusammen und ging.

Malone blieb sitzen und musterte Eliot. »Wollen Sie damit sagen, die Sache sei erledigt?«

»Bitte?«

»Machen Sie mir nichts vor: Sie haben mich verstanden. Aber ich will die Frage trotzdem wiederholen: Ist die Sache erledigt?«

»Ja, ich glaube schon.«

»Soll das heißen, wir haben etwas begonnen, was eine Nummer zu groß für uns war?«

»Offensichtlich«, erwiderte Eliot ernst. »Mr. Wallace wäre gewiß dieser Meinung.«

»Ja, aber er ist *tot*.« Malone schwieg einige Sekunden lang. »Und Morgan hat die Absicht, die Anklage fallenzulassen.«

»Ohne einen Zeugen will er keine Verhandlung anberaumen. Ohne den Buchhalter hat der Prozeß keine Aussicht auf Erfolg. Morgans Standpunkt ist durchaus zu verstehen – das müssen Sie zugeben.«

Malone lehnte sich zurück, hob die Hände ein wenig, starrte sie an und ließ sie dann auf die Armlehnen des Sessels sinken. »Was hat Ihre Frau gesagt?« fragte er, so als wolle er nicht länger über die Dinge sprechen, die ihnen beiden unangenehm waren.

»Sie erkundigte sich, ob ich wohlauf sei.«

Malone lächelte verträumt. »Es ist schön, verheiratet zu sein, was?«

»Sie liegt zusammen mit Cora und ihrem Schwesterchen im Bett und wählte neue Tapeten für die Küche unserer Wohnung in Washington aus.« Eliot schüttelte verwundert den Kopf. »In irgendeinem Teil der Welt machen sich Leute doch tatsächlich Gedanken darüber, welche Farbe sie für Küchenwände vorziehen. Rational verstehe ich das zwar, aber im Augenblick erscheint mir so etwas fast als absurd.«

Er drückte die Zigarette im Aschenbecher aus. Malone beobachtete ihn dabei aus zusammengekniffenen und geduldig blickenden Augen, so als warte er auf etwas.«

Eliot seufzte und stand auf. »Tja, wir haben gekämpft – und verloren.«

»Noch nicht«, erwiderte Malone ruhig, und es schien, als spreche er mehr zu sich selbst. »Vielleicht haben wir noch einen letzten Trumpf. Lassen Sie mich versuchen, ihn auszuspielen. Setzen Sie sich noch einmal mit dem Bezirksstaatsanwalt in Verbindung und vereinbaren Sie einen Termin. Suchen Sie ihn persönlich auf, um sich unter vier Augen mit ihm zu unterhalten. Sorgen Sie dafür, daß er noch ein wenig damit zögert, offiziell die Anklage fallenzulassen. Halten Sie ihn hin!«

»Womit denn?« erwiderte Eliot. »Ich habe nichts in der Hand.«

Malone erhob sich ebenfalls. »Bitte, Eliot. Vielleicht gelingt es mir, den Burschen zu finden.«

»Von wem sprechen Sie?«

»Von Walter Payne.«

Eine Zeitlang blickte Eliot sein Gegenüber nur stumm an. »Payne ist mit ziemlicher Sicherheit tot. Er hat Capone verraten, indem er die Codes der Akten für uns entschlüsselte. Und das weiß Big Al auch. Ein Mann von seiner Art – ein jähzorniger Teufel – nimmt so etwas gewiß nicht einfach hin.«

»Es sei denn, es bleibt ihm keine andere Wahl. Ich glaube, er hat Payne noch nicht ins Jenseits geschickt. Capone ist in so viele Geschäfte verwickelt, daß es sicher auch noch andere Unterlagen gibt, die auf dem neuesten Stand gehalten werden müssen. Und genau darum hat sich Payne gekümmert. Er ist derjenige, der den Überblick hat. Wenn er bereits tot sein sollte, so dürften sich daraus erhebliche Schwierigkeiten für die Unternehmen Big Als ergeben. Es muß Capone also daran gelegen sein, ihn zumindest noch eine Zeitlang am Leben zu lassen – bis er den ganzen Laden in Ordnung gebracht und einen anderen Buchhalter mit allem vertraut gemacht hat.«

Eliot schüttelte skeptisch den Kopf. »Sie glauben an ein Wunder, Malone.«

»Mag sein. Aber wenn man nicht daran glaubt, ergeben sich auch keine.« Malones Zeigefinger berührte Eliot an der Brust. »Geben Sie mir Zeit genug, um festzustellen, ob an meinen Überlegungen etwas dran ist. Halten Sie Morgan hin.«

Am späten Nachmittag standen mehrere Reporter und zwei Pressefotografen vor dem Hotel Lexington und warteten auf Al Capone. Vor einigen Stunden hatten ihnen noch viele Kollegen Gesellschaft geleistet. Und sie alle kamen aus dem gleichen Grund: um Big Al zu fragen, ob das Verschwinden des Kronzeugen Walter Payne irgendeinen Einfluß auf die Anklage gegen ihn haben mochte.

Aber sie mußten erfahren, daß sich Capone gar nicht in dem Hotel aufhielt. Und niemand wollte ihnen mitteilen, wohin er gefahren war und wann er zurückkehrte. Nach und nach lichtete sich die Menge der Pressevertreter.

Doch diejenigen, die ausharrten, wurden schließlich für ihre Geduld belohnt. Eine schwarze Limousine näherte sich und hielt vor dem Lexington.

Capone saß natürlich nicht in dem Wagen. Wenn er irgendwo hinfuhr, so nur in einem Konvoi, wobei sowohl das erste als auch das letzte Fahrzeug mit bewaffneten Leibwächtern besetzt war. Auch diesmal befand sich der Wagen Big Als in der Mitte der Kolonne, rund einen halben Block entfernt. Die Journalisten erkannten ihn sofort. Es handelte sich um eine voluminöse McFarland-Limousine, die man in eine fahrbare Festung verwandelt hatte – und die Panzerungen, die die Insassen vor einem Angriff schützen wollten, machten den Wagen doppelt so schwer wie andere Modelle dieser Art.

Die Reporter drängten sich am Eingang des Hotels zusammen, als die große Limousine am Straßenrand hielt. Drei Gorillas Capones stiegen aus. Frank Nitti folgte ihnen, winkte die Journalisten beiseite und gab den Leibwächtern die Anweisung: »Haltet die Kerle auf Distanz.«

Die drei großen Männer stießen die Reporter vom Eingang fort, und einer von ihnen rief Nitti zu: »Frank, wir möchten Capone nur fragen, ob ...«

Nitti unterbrach ihn. »Ihr kennt doch die Regeln: Mr.

Capone wird bei seiner Rückkehr nicht belästigt. Wenn er bereit ist, betretet ihr die Lobby und erkundigt euch danach, ob er sich die Zeit nimmt, einige eurer Fragen zu beantworten.«

Der große und gepanzerte Wagen hielt hinter dem ersten Fahrzeug an. Drei Leibwächter sprangen heraus, gesellten sich ihren Kumpanen hinzu und sorgten dafür, daß der Weg zum Eingang des Hotels frei blieb. Dann kam Al Capone.

»Al! Al!« riefen einige der Reporter und versuchten, an den Gorillas vorbeizugelangen.

»Ich habe gesagt, ihr sollt zurückbleiben«, knurrte Nitti und bedeutete den Bewaffneten mit einem Wink, niemanden passieren zu lassen.

Capone schritt über den Bürgersteig, und einer der Journalisten wandte sich mit lauter Stimme an ihn: »Al, was ist mit der Verhandlung gegen Sie?«

Al Capone machte gerade Anstalten, das Hotel zu betreten. Als er die Frage hörte, blieb er stehen, drehte sich um und sagte nach kurzem Zögern: »Laßt sie durch.«

Nitti eilte besorgt auf ihn zu. »Aber, Al...«

»Ich sagte doch, laßt sie durch.«

Nitti wußte, wann es besser war, Big Al nicht zu widersprechen. Er nickte den Wächtern zu.

»Was jene Frage angeht...«, erklang die scharfe Stimme Capones, als die Reporter den Abschirmungskordon passieren konnten. »Es gibt keine Verhandlung gegen mich. Nur einige Leute, die versucht haben, mich reinzulegen.«

Die beiden Fotografen bezogen Aufstellung, um einige Schnappschüsse zu machen. Capone achtete bei solchen Gelegenheiten immer darauf, sich von der besten Seite zu zeigen, und bevor die Blitzlichter aufflammten, drehte er rechtzeitig genug den Kopf, um den Objektiven nicht seine Narben zuzuwenden. Dann fuhr er fort:

»Ich werd' euch was verraten, Jungs. Wenn jemand versucht, mir Ärger zu machen, dann revanchiere ich mich dafür. Wenn mir jemand an den Karren fährt, dann zucke ich nicht einfach nur mit den Achseln und sage: ›Hast du fein gemacht.‹ Versteht ihr? Nun, ich bin jenen Kerlen nicht zu nahe getreten, aber sie scheinen sich aus irgendeinem Grund über mich zu ärgern. Und was machen sie also? Sie arrangieren eine Gemeinheit, beginnen ein abgekartetes Spiel, bei dem es um *Einkommenssteuer* geht – obgleich sie überhaupt nichts gegen mich in der Hand haben. O nein, sie gehen nicht offen gegen mich vor, so wie man es von echten Männern erwarten sollte. Statt dessen versuchen sie, eine ehrbare Person wie mich in Verruf zu bringen.«

Die Ungerechtigkeit dieses Vorgangs erzürnte Capone offenbar. Aber er sprach dennoch ruhig und beherrscht, und seine Stimme klang eher kummervoll als wütend. »Nun, ich sage euch was: Wenn *ich* jemals gegen irgend jemanden einen Groll haben sollte, so bete ich zu Gott, daß ich dabei meine Selbstachtung nicht verliere.«

»Al«, hakte einer der Reporter nach, »glauben Sie, Eliot Ness wird seinen Kreuzzug gegen Sie fortsetzen, obgleich ...«

»Soll er es nur versuchen!« erwiderte Capone schneidend und zeigte dabei seinen Ärger. »Denn ihr müßt eins verstehen: Wenn man wissen will, wie ein wichtiger Kampf im Ring ausgeht, so wartet man, bis er vorbei ist. *Einer* der beiden Gegner bleibt auf den Beinen. Und das ist der Gewinner.«

Al Capone winkte mit der einen Hand, grinste breit und ging ins Hotel, gefolgt von Frank Nitti, den Leibwächtern und den Gorillas. Die Reporter hatten die Bemerkungen Big Als notiert und machten sich eilig auf den Rückweg in ihre Redaktionen.

Oben: Eliot Ness (Kevin Costner) besucht seine Frau im Krankenhaus und entkommt dort gerade noch einem Mordanschlag.

Unten: Nachdem Oscar Wallace ermordet wurde, kommt es zwischen Eliot Ness (Kevin Costner, rechts) und Al Capone (Robert De Niro, links) zum Eklat.

Al Capone (Robert De Niro) muß sich vor Gericht verantworten.

Die Journalisten waren alle fort, als Frank Nitti eine Stunde später das Hotel verließ. Doch selbst dann, wenn noch einige von ihnen vor dem Eingang verblieben wären: Sie hätten ihn nicht gesehen.

Nitti schob sich durch die Hintertür des Hotels und schlich durch eine schmale Gasse davon.

Es gab da einen weiteren Job, den er für Capone durchführen mußte – einen Auftrag, der ganz den Fähigkeiten des Vollstreckers entsprach.

27

Das letzte Licht des Tages war der Dunkelheit der Nacht gewichen, als Malone zwei Blocks vom Polizei-Hauptquartier entfernt das Speakeasy betrat. Vor der Prohibition war es eine irische Bar gewesen, und daran hatte sich bisher nichts geändert. Altes und dunkles Holz, Sägespäne auf dem Boden, die Drinks in vernünftiger Preislage – und bei den Gästen handelte es sich größtenteils um Cops in Uniform. Sie gehörten verschiedenen Rängen an, doch solange sie sich in der Kneipe aufhielten, spielten solche Unterschiede keine Rolle.

Die meisten von ihnen kannten Malone. Einige waren überrascht, daß er keine Uniform trug, und einige begrüßten ihn mit einem freundlichen Lächeln. Andere hingegen kniffen argwöhnisch die Augen zusammen, als sie ihn sahen. Malone schlenderte an der Theke vorbei, nickte dann und wann einigen der Männer zu und erwiderte die scharfen Blicke, die ihm hie und da zugeworfen wurden.

An das Ende der Bar schloß sich ein kurzer Korridor an. Er führte an den Toiletten vorbei zu einer geschlossenen

Tür, an der ein Schild hing: NUR FÜR CLUBMITGLIEDER. Malone drehte den Knauf und trat ein. Der Rauch von Zigarren und Zigaretten trieb in dichten Schwaden durch das Nebenzimmer, und Malone vernahm den Klang Dutzender von Stimmen. Alle Leute in dem Raum trugen Uniform. Es waren Cops, die an insgesamt vier Tischen saßen, tranken und Karten spielten. Andere beobachteten eine Billardpartie zwischen Lieutenant Alderson und Deputy Chief Mike Casey.

Diejenigen, die Malone eintreten sahen, schwiegen plötzlich. Einige musterten ihn mißtrauisch. Andere wandten verlegen den Blick ab.

Der an dem Billardtisch stehende Mike Casey kehrte Malone den Rücken zu und sagte gerade: »Seitenbande, Mittelloch.« Er stieß mit dem Queue zu, und die Kugel traf ins Ziel. Casey trat um den Tisch herum und gab an: »Nummer zwei, unten.« Die weiße Kugel klackte gegen die kleinere, die das Zielloch knapp verfehlte und von der Bande abprallte.

Casey verzog das Gesicht, richtete sich auf und trat zurück. Lieutenant Alderson näherte sich und nannte seinen ersten Stoß: »Nummer neun, unten.«

Die Zielkugel verschwand im angegebenen Loch. Malone gesellte sich an die Seite Caseys und berührte ihn am Arm. »Hallo, Mike«, sagte er leise. »Hast du einen Augenblick Zeit?«

Casey versteifte sich ein wenig und blickte Malone an. Er zögerte einige Sekunden mit der Antwort, denn er war sich der Aufmerksamkeit der anderen Cops bewußt.

»Ich störe dich nicht lange«, versprach Malone. »Laß uns kurz miteinander reden.«

Alderson hatte gerade seinen zweiten Stoß hinter sich gebracht und gab den dritten an. Caseys Gesichtsausdruck verhärtete sich langsam. »Wie du sehen kannst, bin ich bei einem Spiel.«

»Es könnte dich doch jemand vertreten«, schlug Malone vor. »Mike, es geht um eine wichtige Sache.«

»Dies ist ein Club für Cops«, sagte Casey halb im Scherz. Seine Worte galten in erster Linie den anderen Uniformierten. »Und was hat jemand von der Bundespolizei, noch dazu in Zivil, in einem Club für Cops zu suchen?«

»Ich sagte doch: Es ist wichtig.«

»Heraus damit.«

Malone nickte in Richtung der hinteren Tür. »Laß uns rausgehen.«

»Es gibt nichts, was *ich* mit dir zu besprechen hätte«, hielt ihm Casey laut und mit ausdrucksloser Miene entgegen.

Malone trat an die Tür heran, öffnete sie und sah Casey an. »Komm schon, Mike – um der alten Zeiten willen.«

Casey sah sich in dem Zimmer um, zuckte mit den Schultern, reichte sein Queue einem der anderen Uniformierten und folgte Malone dann. Als sie den Raum verlassen hatten und in einer Gasse standen, schloß Malone die Tür.

Das einzige Licht draußen stammte von einer kleinen Lampe über dem Eingang. Schon nach wenigen Metern verlor sich ihr matter Schein rechts und links in den dunklen Schatten.

»Okay«, sagte Casey, und seine Stimme klang jetzt nicht mehr annähernd so barsch und unfreundlich wie noch im Innern des Clubs. »Was hast du auf dem Herzen, Jimmy?«

»Ich brauche eine Information, Mike. Nur einen Hinweis – um die Sache für Ness wieder in Ordnung zu bringen.«

Casey starrte ihn groß an. »Einen Hinweis... Bist du übergeschnappt? Ich habe bereits mein *Leben* riskiert, als ich dich warnte und dir sagte, du solltest für eine Weile aus der Stadt verschwinden. Und es wäre verdammt besser für dich, wenn du dich dazu durchringen könntest, diesen Rat zu beherzigen.«

Malone reagierte nicht darauf. »Ich muß den Buchhalter finden. Payne.«

Casey schüttelte ungläubig den Kopf. »Du hast wirklich den Verstand verloren. Mich um eine solche Information zu bitten... Ich habe dir den letzten Gefallen getan, der mir möglich war, Jimmy. Wenn *sie* erfahren, daß ich an dich herantrat, um dich zu warnen, bin ich bereits so gut wie tot. Vergiß also den Blödsinn mit den alten Zeiten und so. Du steht in *meiner* Schuld.« Er wollte an Malone vorbeigehen und die Hintertür öffnen.

Malones Hand schloß sich um den einen Arm Caseys und hielt ihn fest. »Ich muß den Buchhalter finden«, wiederholte er stur.

»Ich würde dir selbst dann nicht helfen, wenn ich wüßte, wo der Typ steckt. Und ich habe keine Ahnung davon.«

»Du kennst aber einige Leute, die es vermutlich wissen. Nenn mir eine Adresse. Gib mir einen Tip.«

In die Fassungslosigkeit Caseys mischte sich auch ein Anflug von Furcht, und er versuchte, sich aus dem Griff Malones zu befreien. Der drückte daraufhin noch fester zu und ließ nicht locker. »Ich gebe nicht so einfach auf, Mike. Einer von meinen Freunden wurde ermordet.«

»Von deinen Freunden!« entfuhr es Casey. »Wir sind doch deine Freunde, Jimmy.«

»Ihr? Ihr macht gemeinsame Sache mit den Spaghettis und behauptet, meine Freunde zu sein? Mike, die

Kerle haben unsere Stadt *zugrunde gerichtet*! Jene Itaker – und du gehörst zu ihnen.«

Casey lachte humorlos. »Ich soll zu ihnen gehören? Ich bin ein waschechter Ire. Jemand, der mich mit einem Itaker verwechselt, hat doch nicht alle...«

»Ich spreche nicht von Italienern, Mike, sondern von Abschaum – von jenen Scheißkerlen, mit denen du unter einer Decke steckst.« Mit der anderen Hand griff Malone in die Tasche und holte seine Dienstmarke hervor. »Siehst du das hier? Das Ding trug mein Vater bei sich, und jetzt habe ich es. Seit den letzten zehn Jahren, Mike, kriege ich das Kotzen, wenn ich sehe, was hier in Chicago läuft. Ich bin ein Cop, und ich...«

»Mann, was für ein Quatsch! Du fühlst dich wohl enorm wichtig in deinem blöden Anzug, was? Spiel nur weiterhin Theater mit dem Hampelmann aus Washington, mit diesem Ness. Was will er denn machen? Unsere Stadt säubern? Daß ich nicht lache...«

»Du solltest besser nicht so über ihn reden.« Malones Stimme klang nun scharf und hatte einen drohenden Unterton. »Wenn ich an all den Mist denke, den du in der letzten Zeit angestellt hast... Okay, ich möchte noch einmal an unsere alte Freundschaft appellieren. Ich brauche den Kerl. Ich muß wissen, wo ich ihn finden kann. Entweder gibst du mir einen Hinweis – oder ich reiße dich voll rein, trotz der alten Zeiten. Ich meine es ernst. Ich kenne deine Machenschaften. Ich lasse dich auffliegen, mein Lieber. Ich erstatte dem Gouverneur Bericht, der Bundespolizei, benachrichtige die Zeitungen.«

Casey kniff die Augen zu schmalen Schlitzen zusammen und starrte Malone einige Sekunden lang schweigend an. Dann erwiderte er leise: »Wir sind Freunde gewesen, Jimmy.«

»Gewesen, ja, Mike. Du sprichst in der Vergangenheit. Und dazu hast du auch allen Grund.«

»Du würdest mir das wirklich antun, was? Mir!«

»Und ob.«

»Du dreckiger Mistkerl...« Casey trat Malone vors Schienbein, machte sich frei, versetzte ihm einen Kinnhaken und schickte ihn zu Boden.

Malone rieb sich den Unterkiefer und blickte mit einem schiefen Lächeln zu Casey auf. Dann sprang er auf die Beine, täuschte mit der Linken einen Hieb in Richtung der Augen Mikes vor und grub ihm die rechte Faust in die Magengrube. Casey schnappte nach Luft, taumelte an die eine Mauer der Gasse, stieß sich von der Wand ab und wandte sich seinem Gegner zu. Malone steckte zwei Schläge ein, um an ihn heranzukommen. Dann versetzte er ihm einen Hieb in die Nierengegend und traf ihn in Höhe des Herzens. Er hatte mit aller Kraft zugeschlagen, und der Deputy Chief keuchte und sank aufs Pflaster.

Malone stand über ihm und knurrte: »So, mein Freund, jetzt sind die Fronten wohl geklärt. Entweder du sagst mir das, was ich wissen will, oder du landest im Krankenhaus, bevor du im Gefängnis endest. Und wenn du glaubst, das wäre nur ein Bluff, so steh auf.«

Casey trat nach seinen Beinen, und Malone stürzte auf ihn. Die beiden Männer rollten durch die schmutzige und dunkle Gasse und rammten sich gegenseitig die Ellenbogen und Fäuste in den Leib. Sie atmeten schwer, als sie sich voneinander lösten und aufstanden. Doch Casey schnaufte deutlich lauter als Malone.

Malone beobachtete sein Gegenüber spöttisch. »Früher hattest du eine bessere Kondition, Mike. Aber inzwischen hast du dir zu viele Jahre hinter einem Schreibtisch den Hintern plattgesessen, während ich draußen auf Streife war und in Übung blieb.«

Er stapfte heran, blockte Caseys Schlag ab und traf ihn zweimal mit der Seitenfläche der Faust am Schädel. Der Deputy Chief sank auf Hände und Knie, stöhnte und ließ den Kopf hängen. Nach einigen Sekunden stemmte er sich langsam wieder hoch und wandte sich erneut seinem Gegner zu.

Malone wartete, bis Casey ganz in die Höhe gekommen war. Dann schickte er ihn erneut zu Boden.

Zwei Stunden später und viele Blocks entfernt betrat Malone eine Telefonzelle und führte mehrere kurze Gespräche. Infolge der Schlägerei mit Casey waren seine Sachen schmutzig und zerrissen, die Lippen aufgeplatzt und das eine Auge blau angelaufen. Die letzte Nummer, die er wählte, ließ das Telefon der Eltern Stones klingeln. Die Mutter des jungen Mannes nahm ab und gab ihrem Sohn Bescheid.

»Weißt du, wo Ness steckt?« fragte Malone.

»Nein, ich...«

»Ich habe bei ihm zu Hause angerufen, aber er ist nicht da. Sean überwacht das Haus, konnte mir jedoch nicht sagen, wo er sich aufhält. Ich hab's auch im Büro und bei seiner Frau im Krankenhaus versucht, aber... Hör mal, Giuseppe: Geh ins Büro und hinterlaß dort eine Nachricht für ihn; er soll sich zu Hause melden, wenn er zurückkehrt. Und anschließend mach dich auf den Weg dorthin. Sean wird dich einlassen. Leiste ihm Gesellschaft, bis Ness auftaucht. Und bleibt *beide* bei ihm, bis ich erneut anrufe.«

»Was ist denn los?«

»Ich hab 'ne Spur«, erwiderte Malone. »Und ich gehe der Sache nach. Könnte die ganze Nacht dauern. Und ich möchte euch beide ohne Schwierigkeiten erreichen können, wenn's klappt.«

Eliot brauchte mehr Zeit als erwartet, um den Bezirksstaatsanwalt Morgan zu finden. Er hatte sich von seinem Büro aus auf den Weg nach Hause gemacht, doch als Ness dort eintraf, erfuhr er, daß er wieder weggefahren war. Morgan mußte an jenem Abend noch einige wichtige Termine wahrnehmen. Und da niemand zu wissen schien, in welcher Reihenfolge er die verschiedenen Adressen in seinem Kalender eingetragen hatte, blieb Eliot nichts anderes übrig, als eine Menge Beinarbeit zu leisten, bis er schließlich in Erfahrung brachte, daß der Bezirksstaatsanwalt zu später Stunde mit einigen Freunden essen gegangen war. Niemand konnte ihm sagen, in welchem Restaurant sie sich aufhielten.

Erst gegen Mitternacht kehrte Morgan nach Hause zurück. Und draußen wartete Eliot auf ihn. Der Staatsanwalt war zwar müde und sehnte sich nach dem Bett, vergaß andererseits aber nicht seine gute Erziehung und bat Ness herein.

Als sie in der Bibliothek Morgans Platz genommen hatten, ergab sich endlich eine Gelegenheit für Eliot, die bereits zurechtgelegten Worte auszusprechen. »Die öffentliche Bekanntmachung, die Sie für morgen früh geplant haben, Sir... Ich bin gekommen, um Sie in aller Form darum zu bitten, sie zu verschieben. Wenn Sie die Anklage jetzt fallenlassen, dürfte es sehr schwer werden, sie zu einem späteren Zeitpunkt noch einmal gegen Capone zu erheben.«

»Das stimmt natürlich«, bestätigte der Bezirksstaatsanwalt. »Aber...«

»Sie würden mir einen großen Gefallen erweisen, wenn Sie wenigstens noch ein wenig damit warten. Und uns damit eine Chance geben. Ich habe Grund zu der Annahme, daß der Fall nicht ganz so aussichtslos ist, wie er Ihnen derzeit erscheinen mag. Geben Sie uns noch etwas mehr Zeit – dann können wir Ihnen vielleicht die Möglichkeit geben, den Prozeß zu führen und auch zu gewinnen.«

»Ja, ich verstehe, daß *Sie* sich an eine solche Hoffnung klammern«, erwiderte Morgan sanft. »Und *ich* würde gern dazu in der Lage sein, vor Gericht erfolgreich gegen Capone vorzugehen. Doch ich muß Sie erneut fragen: Was haben Sie gegen ihn in der Hand?«

Der Bezirksstaatsanwalt unterdrückte ein Gähnen, entschuldigte sich und sah Eliot bedauernd an. »Bitte versuchen Sie, mich zu verstehen, Mr. Ness. Ich muß ein gewisses Ansehen wahren. Wenn ich die Anklage nicht sofort offiziell fallenlasse – was für morgen früh geplant ist, da haben Sie ganz recht – und ich später einzugestehen gezwungen bin, daß es gar keine Beweise gegen Capone gibt ... Tja, dann mache ich mich zum Gespött der Leute.«

»Kommen Sie mir nicht damit!« erwiderte Eliot scharf. »Kommen Sie mir bloß nicht mit Ihrem Ruf!«

Bezirksstaatsanwalt Morgan versteifte sich, und Eliot brach ab und holte tief Luft. In der letzten Zeit schien er immer öfter die Kontrolle über sich zu verlieren – auch das hatte er Al Capone zu verdanken. Er bemühte sich, möglichst ruhig zu sprechen, als er fortfuhr:

»Es tut mir leid, Sir. Aber versuchen Sie bitte zu verstehen. Meine Männer sind irgendwo dort draußen in der Stadt und riskieren mehr als nur das. Sie teilten mir mit, daß sie einem wichtigen Hinweis nachgehen. Und zwar unter Bedingungen, die weitaus mehr bedrohen als nur ihren Ruf. Wenn sie Aussicht auf Erfolg haben sollen, brauchen sie weiterhin Ihre Unterstützung. Bitte lassen Sie uns jetzt nicht im Stich.«

28

Es war noch immer dunkel, als Malone sein Haus Nummer 1634 Racine erreichte, doch es dauerte nicht mehr lange bis zur Morgendämmerung.

Nicht nur das blaue Auge und die aufgeplatzten Lippen erinnerten ihn an die Auseinandersetzung mit Casey. Die anderen Stellen seines Körpers, an denen ihn die Fausthiebe des Deputy Chiefs getroffen hatten, schmerzten inzwischen so sehr, daß er sich nicht mehr annähernd so flink bewegen konnte wie zuvor. Und außerdem war er müde und völlig erledigt. Er mußte sich eingestehen, daß seine letzte Schlägerei in irgendeinem dunklen und schmutzigen Hinterhof schon viele Jahre zurücklag.

Er brauchte einen ordentlichen Schluck, um wieder zu Kräften zu kommen. Und er dachte daran, ein heißes Bad zu nehmen und die Kleidung zu wechseln. Zuerst jedoch betrat er sein Wohnzimmer, griff nach dem Telefon und wählte die Privatnummer von Eliot Ness.

Als Eliot abnahm, hörte Malone ein zweites und wesentlich leiseres Klicken. »Hallo?«

Rasch sagte Malone: »Achten Sie auf Ihre Worte. Es könnte jemand mithören.«

»Wäre durchaus möglich«, pflichtete Eliot ihm bei. »Haben Sie es gefunden?«

Mit ›es‹ war natürlich Walter Payne gemeint.

»Ich weiß nicht, wo *es* sich befindet«, erwiderte Malone und ließ bei seiner Wortwahl ebensolche Vorsicht walten. »Aber ich glaube, ich habe erfahren, wo es später sein wird.«

»Wo sind Sie jetzt?«

»Zu Hause. Kommen Sie mit Stone hierher. Wir haben noch ein wenig Zeit. Zwar nicht viel, aber es sollte genügen.«

»Wir machen uns sofort auf den Weg.«

Malone unterbrach die Verbindung, ging in die Küche, holte die Whiskyflasche aus dem Schrank und schenkte sich ein großes Glas zur Hälfte voll. Anschließend stellte er die Flasche neben der Spüle ab, nahm einen großen Schluck und verzog das Gesicht, als der Alkohol in seiner Kehle brannte.

Er nahm das Glas ins Badezimmer mit, stellte es auf die Ablage unter dem Spiegel, schob den Stöpsel ins Abflußloch der Badewanne und drehte den Heißwasserhahn ganz auf. Als Dampf emporzusteigen begann, fügte Malone dem Strahl gerade genug kaltes Wasser hinzu, um sich nicht die Haut zu verbrennen. Dann schlenderte er ins Schlafzimmer.

Zu Lebzeiten seiner Frau hatte sich ihr Schlafzimmer oben befunden, am einen Ende des ersten Stocks. Nach ihrem Tod konnte es Malone nicht mehr ertragen, in dem Raum zu schlafen, den er mit ihr geteilt hatte. Aus diesem Grund schob er ein Bett ins Nähzimmer im hinteren Bereich des Erdgeschosses. Bis er über den Verlust hinwegkam, dachte er. Doch er schlief noch immer dort.

Malone nahm Mütze und Jacke ab, ließ sie auf den Lehnstuhl fallen, holte frische Sachen aus dem Schrank und legte sie aufs Bett. Anschließend schnallte er den Gürtel mit der im Holster steckenden Waffe ab und zog auch Schuhe und Hose aus. Die Erschöpfung hatte inzwischen solche Ausmaße angenommen, daß er kaum noch klar denken konnte. Er wankte ins dampferfüllte Badezimmer zurück, griff nach dem Glas und leerte es mit einem Zug.

Der Whisky half ein wenig, und er starrte in die Wanne: nur erst zu einem Viertel gefüllt. Das war das Problem bei alten Häusern: zu niedriger Wasserdruck. Malone brachte das leere Glas durchs Wohnzimmer in die Küche zurück, schenkte sich erneut ein und trank. Ja, das tat gut. Und er nahm Glas und Flasche mit, als er seine Schritte wieder in Richtung Bad lenkte.

Als er erneut das Wohnzimmer betrat, sah Malone eine fremde Gestalt vor sich – einen kleinen und dunkelhaarigen Mann, der ein langes Stilett in der Hand hielt. Die Klinge glitzerte unheilvoll.

Der Mann stand in der Mitte des Raumes. Auf den ersten Blick betrachtet, wirkte er eher schwächlich, aber er offenbarte ein selbstsicheres Lächeln, und seine Haltung entsprach der eines erfahrenen Messerkämpfers: leicht nach vorn gebeugt, die Füße so weit auseinander, daß er gut das Gleichgewicht wahren konnte. Er hielt das Stilett in Bauchhöhe und bewegte die rasiermesserscharfe Klinge in kleinen Kreisen.

Malone schleuderte das Glas nach ihm, und der Fremde sprang zurück und zur Seite, damit ihm nicht der Alkohol in die Augen spritzte. Das gab Malone die Zeit, die er brauchte. Seine rechte Hand schloß sich um den Hals der Flasche, und er zerschlug sie an der Kante des Tisches. Auf diese Weise ergab sich eine recht gefährliche Waffe daraus: Das gesplitterte Glas konnte großen Schaden anrichten.

Der Messerkämpfer näherte sich wachsam. Er hatte keine Angst vor der Waffe Malones, war nur vorsichtig. Eine zerbrochene Flasche tötete nicht sofort, wenn man damit zustieß – ganz im Gegensatz zu einem Stilett. Aber sie konnte häßliche Wunden verursachen, insbesondere dann, wenn man sie jemandem ins Gesicht rammte oder auf die Hände schlug.

Malone ging in die andere Richtung und behielt seinen Gegner ständig im Auge, während er die zerschmetterte Flasche hob und den kleineren Mann damit in Schach hielt. Plötzlich trat der Messerkämpfer zur Seite und sprang vor. Er führte einen scheinbaren Angriff auf das Gesicht Malones, um ihn dazu zu veranlassen, die Flasche weiter zu heben – und dann zielte er mit der Klinge in seiner Hand auf die Magengrube des Polizisten. Doch Malone fiel nicht auf dieses Täuschungsmanöver herein. Er wich rechtzeitig genug aus, um dem Stilett zu entgehen, und gleichzeitig schlug er mit dem splittrigen Glas nach den Augens eines Gegners.

Unmittelbar nach seiner Attacke zog sich der Messerkämpfer einen Schritt zurück. Malone brachte seine Waffe rasch wieder in Verteidigungsposition und wehrte einen weiteren Vorstoß des Fremden ab.

Dann beobachteten sich die beiden Männer, blieben dabei ständig in Bewegung und näherten sich langsam. Als Malone eine bestimmte Stelle in der Mitte des Wohnzimmers erreichte, blieb er zunächst stehen und wich dann langsam zurück.

Der Messerkämpfer folgte ihm und wagte sich näher heran, Zentimeter um Zentimeter, das Stilett in der einen Hand zum tödlichen Stoß bereit. Malone verharrte erneut, als er das alte Grammophon im Rücken spürte. Mit der linken Hand griff er hinter sich, öffnete die Klappe und tastete hinein.

Der kleine Mann mit der scharfen Klinge blieb abrupt stehen und machte große Augen, als er sah, was Malone aus dem Grammophon hervorholte: eine Schrotflinte mit abgesägtem Lauf. Und der Zeigefinger krümmte sich langsam um den Abzug, als er damit anlegte.

»Tja, mein Lieber«, sagte Malone zufrieden. »Bist ein echter Idiot – mit einem Messer gegen jemanden anzutreten, der eine Kanone hat.«

Der Messerkämpfer zog sich nun rasch zurück, in Richtung des vorderen Eingangs. Malone ließ die zerbrochene Flasche fallen und folgte ihm langsam, die großkaübrige Waffe auf den kleinen Mann gerichtet. Sein Gegner stieß mit dem Rücken an die Wand neben der Tür, und seine Pupillen weiteten sich.

»Laß die Klinge fallen!« forderte Malone ihn auf. »Und dann heb die Hände – und versuch besser keine schmutzigen Tricks!«

Nervös leckte sich der Mann über die trockenen Lippen und kam der Aufforderung nach. Das Stilett fiel zu Boden.

»Braver Junge«, sagte Malone und trat in den Flur.

Rund zwei Meter weiter rechts saß Frank Nitti auf einer Stufe der nach oben führenden Treppe. Beide Hände hatten sich um den Kolben einer mit einem Schalldämpfer ausgestatteten 38er geschlossen, und die Ellenbogen waren auf die Knie gestützt.

»Hallo, Malone«, sagte Frank Nitti kalt. »Fahr zur Hölle.«

Malone versuchte, sich umzudrehen und die Schrotflinte auf Nitti zu richten. Aber er war zu langsam – infolge der Erschöpfung, der in seinem Leib pochenden Schmerzen, vielleicht auch einfach aufgrund seines vorgerückten Alters.

Möglicherweise wäre er selbst als durchtrainierter junger Mann nicht schnell genug gewesen.

Jedenfalls nicht, um es mit jemandem wie Frank Nitti aufzunehmen, der bereits auf ihn zielte, während Malone noch versuchte, auf ihn anzulegen.

29

Die vordere Eingangstür des Hauses Malones stand einen Spaltbreit offen. Das erinnerte Eliot nur zu deutlich an den Abend, an dem er die Wohnung seines Informanten aufgesucht hatte: Auch dort war die Tür nicht ganz geschlossen gewesen. Als er diesmal eintrat, regte sich die gleiche düstere Vorahnung in ihm, und er hielt seine Waffe schußbereit in der Hand. Stone folgte ihm.

Malone lag weiter hinten im Flur, in Hemd, Unterhosen und Socken. Aus weit aufgerissenen Augen, deren Blick gebrochen war, starrte er an die Decke.

In der rechten Schläfe zeigte sich ein Loch, ebenso in der Stirn, unmittelbar oberhalb des Nasenrückens.

Und damit noch nicht genug: Jemand hatte ihm die Kehle aufgeschlitzt, und der Schnitt reichte von einem Ohr bis zum anderen.

Der neben Eliot stehende Stone erstarrte, und fassungslos blickte er auf die Leiche Malones. »Heilige Mutter Gottes«, sagte er leise auf italienisch. »Was haben sie mit dir gemacht, Freund?«

Die Knie schienen ihm plötzlich weich zu werden, und er hockte sich neben dem Toten auf den Flurboden. Er streckte die eine Hand aus und berührte mit den Fingerspitzen das blutige Gesicht Malones. Stone schluchzte Leise; Tränen rollten ihm über die Wangen.

Eliot schritt durchs Haus, jederzeit dazu bereit, den Abzug seiner Waffe durchzudrücken. Er wollte feststellen, ob die Mörder Malones noch immer zugegen waren. Er hielt das jedoch für unwahrscheinlich, und kurz darauf sah er seine Vermutung bestätigt. Er durchsuchte erst das Erdgeschoß und nahm sich dann den oberen Stock vor. Nichts. Als er in den Flur zurückkehrte, hockte Stone noch immer an der Leiche Malones und weinte.

»Sie können später flennen«, sagte Eliot scharf. »Zuerst gilt es, das weiterzuführen, was Malone begann. Er meinte, er habe in Erfahrung gebracht, wo sich Payne zu einem bestimmten Zeitpunkt aufhalten wird. Vielleicht hat er irgendwo eine Notiz hinterlassen. Helfen Sie mir bei der Suche.«

Stone gab keine Antwort darauf, hob nicht einmal den gesenkten Kopf.

»Wollen Sie etwa, daß Malones Arbeit für uns nur Zeitverschwendung war?« fragte Ness mit schneidender Stimme. »Wollen Sie, daß er für *nichts* starb?«

Eliot wandte sich vom Flur ab, durchquerte das Wohnzimmer und begab sich ins Bad. Dort drehte er den Hahn zu, aus dem noch immer Wasser in die Wanne strömte, und im Anschluß daran richtete er sich wieder auf und sah sich um. Es fiel ihm nichts auf. Als er ins Wohnzimmer zurückkehrte, kam Stone ihm entgegen und blickte ihn fragend an.

»Zuerst das Schlafzimmer weiter hinten«, sagte Eliot. »Die Kleidungsstücke, die er dort ablegte.«

Sie betraten den entsprechenden Raum. Eliot nahm die Hose Malones vom Lehnstuhl und durchsuchte die Taschen. Stone griff nach der zerknitterten Jacke, und während er sie noch abtastete, bemerkte er den auf dem Bett liegenden Gürtel mit der im Holster steckenden Waffe.

Stone zögerte kurz, zog den Revolver hervor und überprüfte automatisch, ob er geladen war. Dann schob er sich ihn hinter den Hosengürtel. Eine Waffe mochte ein seltsames Andenken sein, um einen Freund in Erinnerung zu behalten, doch das traf nicht in dem Sinne auf Malone zu. Stone nahm sich nicht die Zeit, länger darüber nachzudenken, und er griff erneut nach der Jacke.

In den Hosentaschen fand Eliot keinen Hinweis auf die Spur, der Malone gefolgt war. Sie enthielten nur die üblichen Dinge: Tür- und Wagenschlüssel, einige Banknoten und Münzen, einen Rosenkranz und den Anhänger mit dem Postfachschlüssel und dem Medaillon des heiligen Judas. Letzteren Gegenstand steckte Eliot ein.

Hinter ihm fragte Stone erstaunt: »Warum hatte er *das* denn bei sich?«

Eliot drehte sich um, und Stone zeigte ihm einen Fahrplan. Er nahm ihn entgegen und schlug ihn auf.

Ein Eintrag der gedruckten Liste war mit einem Kreis markiert.

Die Angabe betraf den Frühzug der Northwestern Station, und sie lautete: »Abfahrt 6.04 Uhr«.

Eliot warf einen raschen Blick auf seine Uhr. Es war zwar knapp, aber wenn sie sich sofort auf den Weg machten, konnten sie den Bahnhof vielleicht noch rechtzeitig erreichen.

Einige Sekunden später saßen Ness und Stone im Wagen und ließen das Haus hinter sich zurück, in dem Malone ermordet worden war.

Um zehn vor sechs an jenem Morgen gesellten sich zwei gutgekleidete und kräftig gebaute Männer mit ausdruckslosen Gesichtern zu den Leuten, die den Erste-Klasse-Waggon des Zuges betraten, der in vierzehn Minuten aus der Northwestern Station fahren sollte. Jeder dieser beiden Männer hatte ein ganzes Abteil für sich gebucht. Sie grenzten an ein drittes, in dem noch niemand saß.

Darüber hinaus trug jeder von ihnen eine Tasche bei sich. Sie brachten sie in die jeweiligen Abteile, kehrten dann auf den Bahnsteig zurück, entfernten sich ein wenig voneinander und beobachteten wachsam die anderen Reisenden. Sie entdeckten niemanden, der ihr Mißtrauen weckte. Und sie schienen der kleinen Gruppe, die sich um vier Minuten vor sechs dem Zug näherte, keine besondere Aufmerksamkeit zu schenken.

Die Gruppe bestand aus einer Nonne, die den Rollstuhl eines Behinderten schob, einem Priester und zwei Gepäckträgern, die die Koffer beförderten. Bei dem Behinderten handelte es sich um einen recht kleinen Mann, der in eine Decke gewickelt war, die sogar seine untere Gesichtshälfte verhüllte. Er trug einen tief in die Stirn gezogenen Hut, und seine Augen waren im Schatten unter der Krempe kaum zu erkennen.

Als sie den Waggon erreichten, vor dem die beiden untersetzten Männer standen, wandte sich der Priester an die Gepäckträger und zeigte ihnen den Reservierungsschein, aus dem die Nummer des Abteils hervorging. Die Koffer wurden hineingetragen, und die Nonne beugte sich zu dem Behinderten hinab und wünschte ihm eine gute Reise. Dann verabschiedete sie sich mit einem Nicken von dem Priester und ging fort.

Kurz darauf kehrten die Gepäckträger aus dem Waggon zurück, um den Behinderten in sein Abteil zu tragen. Als sie ihn aus dem Rollstuhl hoben, drehte sich einer der beiden Männer mit den ausdruckslosen Gesichtern um und betrat den Zug. Der andere beobachtete, wie der Behinderte in den Waggon getragen wurde.

Der Priester blieb neben dem leeren Rollstuhl stehen und ließ seinen Blick über den Bahnsteig schweifen. Die anderen Leute, die an ihm vorbeieilten, waren so früh am Morgen noch zu schläfrig, um ihm mehr als nur beiläufige Beachtung zu schenken. Und selbst wenn sie aufmerksamer gewesen wären, hätte wohl kaum jemand die Maschinenpistole bemerkt, die sich unter der Soutane des Priesters verbarg.

Nachdem die Gepäckträger den Behinderten in das Abteil gebracht hatten, das er mit dem Priester teilte, kamen sie auf den Bahnsteig zurück, um den Rollstuhl zu holen. Der Mann in der Soutane folgte ihnen, gab ihnen ein großzügiges Trinkgeld und nahm dem Invaliden gegenüber Platz.

Zwei Minuten nach sechs ging der Zugführer über den Bahnsteig und forderte die wenigen noch außerhalb der Waggons stehenden Reisenden dazu auf, sich in ihre jeweiligen Abteile zu begeben. Der zurückgebliebene untersetzte Mann wartete, bis die letzten Männer und Frauen eingestiegen waren und diejenigen davongingen, von denen sie sich verabschiedet hatten. Dann kam er ebenfalls der Aufforderung des Zugführers nach und schritt durch den Gang.

Sein Kollege stand vor der geschlossenen Tür des Abteils, in dem der Behinderte und der Priester saßen. »Okay«, sagte er. »Alles klar. Keine Probleme.«

Am Ende des Zuges blickte der Bremser auf seine Uhr und winkte. Um genau 6.04 Uhr setzte sich der Zug in Bewegung und rollte aus der Northwestern Station.

Im Innern des Abteils streifte Walter Payne die Decke zur Seite, nahm den Hut ab, holte die dickgläsrige Brille hervor und schob sie sich auf den Nasenrücken.

Der ihm gegenübersitzende und als Priester verkleidete Gangster blickte weiterhin aus dem Fenster, um festzustellen, ob irgendeine verdächtige Person über den Bahnsteig eilte und im letzten Augenblick versuchte, in den langsam fahrenden Zug einzusteigen.

Er konnte niemanden sehen.

Der Zug wurde schneller, und der Bahnhof blieb zurück.

Zum gleichen Zeitpunkt saßen Eliot und Stone aufgebracht in ihrem Wagen, der am anderen Ende der 22. Street Bridge stand. Sie hatten diesen Ort schon einige Minuten zuvor erreicht, um 5.58 Uhr – und noch genügend Zeit gehabt, um den Rest des Weges bis zum Bahnhof zurückzulegen, bevor der Zug abfuhr. Dazu jedoch mußten sie die Brücke überqueren, und genau in dieser Hinsicht spielte ihnen das Schicksal einen üblen Streich: die beiden Brückenhälften waren hochgezogen worden, um weiter unten auf dem Chicago River einen mit sperriger Fracht beladenen Schlepper passieren zu lassen. Der Verkehr in beiden Richtungen ruhte.

Eliots Hände schlossen sich fest ums Lenkrad, als er sah, daß die Brücke endlich wieder herabkam. Der Rauch aus dem Schornstein des Schleppers stieg zwischen dem schmaler werdenden Spalt der beiden sich senkenden Hälften in die Höhe. Der im Beifahrersitz hockende Stone blickte auf die Uhr. 6.06 Uhr.

»Zu spät«, preßte er hervor. »Der Zug ist bereits abgefahren, vor zwei Minuten.«

»Wo befindet sich der nächste Bahnhof auf der Strecke?«

Stone schlug den Fahrplan auf und nannte den Namen eines kleinen Vorortes. »Aber dort hält der Zug nicht.«

»Diesmal schon«, erklärte Eliot grimmig und trat in dem Augenblick aufs Gas, als die beiden Brückenhälften wieder eine Ebene bildeten. Auf der anderen Seite zwang er den Wagen durch eine scharfe Kurve, raste durch Lücken im morgendlichen Verkehrsstrom und beschleunigte weiter, um den Vorortbahnhof rechtzeitig zu erreichen.

30

Walter Payne sah durchs Fenster des Abteils und beobachtete teilnahmslos die Silhouette Chicagos. Er versuchte dabei, die Panik zu bändigen, die nun erneut in ihm emporquoll und ihn mit Schrecken und Entsetzen erfüllte.

Der wachsam blickende Gangster ihm gegenüber zog die Maschinenpistole unter seiner Soutane hervor. Sie war mit einem zwanzig Zoll durchmessenden Trommelmagazin ausgestattet. Er legte die Waffe auf den Nebensitz und versteckte sie unter der Decke, die zuvor Payne benutzt hatte. Er hieß Rudensky und war der Anführer der drei Leibwächter, deren Auftrag darin bestand, Payne von Chicago nach Miami zu begleiten. Eine gute und vernünftige Wahl: Rudensky hatte nicht nur große Erfahrung darin, Leute aus der Unterwelt zu schützen, sondern verstand es auch, sie aus dem Weg zu räumen.

»Wie ich hörte, sollen Sie noch einige Buchführungsarbeiten erledigen, bevor wir in Florida eintreffen«, wandte er sich an Payne. »Möchten Sie jetzt gleich damit anfangen?«

Payne versuchte, darauf eine Antwort zu geben, aber die Worte blieben ihm im Halse stecken. Er begnügte sich mit einem Nicken.

Daraufhin öffnete Rudensky einen Koffer und wollte gerade die Aktentasche Paynes hervorholen, als es an der Tür klopfte: einmal, Pause, dann zweimal kurz hintereinander. Er entriegelte das Schloß. Die beiden anderen Leibwächter traten ein, und einer von ihnen brachte seine Tasche mit. In ihrer Aufmachung ähnelten sie sich so sehr, als seien sie Brüder. Ohne die Hüte konnte man zwar sehen, daß der eine blond und der andere dunkelhaarig war, aber sie schienen dennoch aus der gleichen Familie zu stammen.

Rudensky schloß die Tür wieder ab und reichte Payne die Aktentasche. Der kleine Buchhalter öffnete sie und holte einen Ordner samt Notizblock hervor. Er zog einen Schreibstift aus der Brusttasche seiner Jacke, schlug den Aktendeckel auf und kritzelte Worte und Zahlen auf den Block. Auf diese Weise war er wenigstens beschäftigt und konnte sich von seiner Furcht ablenken.

Das Problem bestand nur darin, daß gerade diese Arbeit, die er für Capone erledigen sollte, die in ihm vibrierende Angst weiter vergrößerte.

In Florida wartete ein junger Mann auf ihn – ein anderer Buchhalter. Paynes Auftrag lautete, ihn mit allen Unterlagen und dem Codierungssystem vertraut zu machen. Capone hatte erklärt, Payne werde allmählich zu alt, um die ganze Zeit über weiterhin so hart zu arbeiten. Er brauche einen Assistenten, so fügte er hinzu, einen Helfer, der die Geschäftsbücher ebenso gut führen könne wie er. Auf diese Weise, so fügte Capone hinzu, könne Payne dann und wann Urlaub machen.

Diese Erläuterungen waren nicht dazu angetan, die Besorgnis Paynes aus der Welt zu schaffen. Er argwöhnte, daß der neue Buchhalter ihn für immer ersetzen sollte – und daß er, wenn es nach Capone ging, nie wieder von der Reise nach Florida zurückkehrte.

Er gab sich alle Mühe, Capone zu erklären, warum er dem Druck Malones und Ness' vorübergehend nachgegeben hatte. Und Capone erwiderte, das könne er durchaus verstehen, und er verzeihe ihm. Andererseits jedoch gab es keine Möglichkeit für Payne, *persönlich* mit Big Al zusammenzutreffen. Seit seiner Flucht aus dem Polizei-Hauptquartier hatte er nicht ein einziges Mal unter vier Augen mit ihm sprechen können. All die verzweifelten Erklärungen, die Payne an die Adresse Capones richtete, wurden von Frank Nitti übermittelt, ebenso wie die Antworten Als.

Und Payne glaubte, den Grund dafür zu kennen: Er vermutete, Capone sei so wütend, daß er befürchtete, den Zorn bei einer unmittelbaren Begegnung mit seinem Buchhalter nicht verbergen zu können.

»Wissen Sie«, versicherte ihm Nitti, »Al ist derzeit einfach nur mit anderen Dingen beschäftigt. Machen Sie sich keine Sorgen.«

Aber Walter Paynes Unruhe nahm immer mehr zu. Und obgleich er sich mit aller Entschlossenheit auf seine Arbeit konzentrierte, während ihn der Zug von Chicago fortbrachte, ließ ihn die Angst innerlich erstarren.

Stone preßte die Füße fest auf den Boden, als der Wagen über eine kleinere Brücke sauste, mit quietschenden Reifen durch eine Kurve schleuderte und an den Häusern eines Wohnviertels außerhalb der Stadtgrenzen Chicagos vorbeiraste. Eliot drückte das Gaspedal ganz nieder und jagte das Fahrzeug über die Straße, die nun am Hang eines Hügels emporführte. Von der Kuppe aus sahen sie den sich nähernden Zug. Und Ness lenkte den Wagen in Richtung des Bahnhofs.

Am Bahnübergang blinkten die roten Warnlichter, und Eliot reduzierte die Geschwindigkeit ein wenig, hielt aber nicht an. Er trat erst dann voll auf die Bremse, als sie an den Leuchten vorbei waren. Ruckend kam der Wagen zum Stehen – mitten auf den Schienen.

Eliot war noch vor dem verwirrten Stone draußen und stürmte auf das kleine Bahnhofsgebäude zu.

Als er hereinplatzte, standen gerade einige Leute am Fahrkartenschalter. Mit der einen Hand riß Ness seine Dienstmarke hervor, und mit der anderen zog er die Automatik. »Alle raus!« rief er. »Verschwindet von hier! Weg von den Geleisen! Bewegt euch!«

Ob es nun die Dienstmarke, die Waffe oder der zornige Klang seiner Stimme war: Die Männer und Frauen ergriffen sofort die Flucht aus dem Gebäude. Eliot wirbelte um die eigene Achse, eilte durch die in Richtung der Schienen führende Tür und wäre fast auf Stone geprallt.

Vom sich nähernden Zug her ertönte mehrmals das Signalhorn. Der Lokführer hatte den Wagen auf dem Geleis gesehen. Bremsen quietschten, und die Waggons wurden langsamer.

»Steigen Sie in den ersten Wagen und arbeiten Sie sich nach hinten vor«, wies Eliot den jungen Stone an. »Ich beginne mit dem letzten.« Er lief sofort weiter, direkt an den Schienen entlang. Und Stone holte seine Waffe aus dem Holster, als er sich in die andere Richtung wandte.

Die Männer im Abteil Paynes sahen sich überrascht an, als der Zug bremste. »Was zum Teufel ...«, entfuhr es dem blonden Leibwächter. »Hier ist doch kein Zwischenaufenthalt geplant.«

»Vielleicht steht das Signal auf Halt, damit hier ein weiterer Fahrgast einsteigen kann«, vermutete der dunkelhaarige Gorilla.

»Ja. Fragt sich nur, *wer.*« Rudensky sah Payne an. »Verstauen Sie den Kram wieder in Ihrer Aktentasche und bereiten Sie sich vor. Möglicherweise sind wir dazu gezwungen, rasch zu verschwinden.« Er zog den Rollladen des Fensters herunter. Wenn es tatsächlich Schwierigkeiten gab, so wollte er vermeiden, daß man sofort das Abteil entdeckte, in dem sie saßen

Der blonde Leibwächter öffnete seine Tasche und holte eine kurzläufige Flinte daraus hervor. Rudensky gab seine Maschinenpistole dem anderen Gangster und schob den Revolver in das Achselholster unter der Soutane zurück. Es war durchaus denkbar, daß er beide Hände brauchte, um Payne mitzuschleifen.

Die Bremsen quietschten noch immer, und nur wenige Meter vor dem Wagen auf den Schienen blieb der Zug stehen. Im gleichen Augenblick sprang Stone in den ersten Waggon, und Eliot riß die Tür des letzten auf.

Er erwies sich als Panoramawagen. Eliot eilte durch den

Gang zwischen den Sitzen, zeigte den Fahrgästen seine Dienstmarke und forderte sie auf, sich nicht von der Stelle zu rühren. Sein Zeigefinger schloß sich halb um den Abzug der Automatik, als er das Ende des Wagens erreichte. Er öffnete die Tür, trat auf die schmale Plattform und blickte durch das Fenster des nächsten Waggons.

Ein Speisewagen. Er zerrte die Tür auf und setzte den Weg rasch fort, wobei er den Männern und Frauen an den Tischen kaum Beachtung schenkte. Wenn sich Payne in diesem Zug befand, so sicher in einem der Abteile, wo er seinen Mitreisenden nicht auffiel.

Weiter vorn stand ein Kellner und nahm gerade eine Bestellung entgegen. »Woraus besteht der nächste Wagen?«

»Aus Erster-Klasse-Abteilen«, lautete die Antwort. »Was ist hier los?«

»Gehen Sie irgendwo in Deckung«, sagte Eliot scharf, eilte an dem Kellner vorbei und öffnete die Tür. Vorsichtig schob er sich weiter vor und spähte durch das Fenster des nächsten Waggons.

Etwa in der Mitte des Waggons öffnete sich die Tür eines Abteils, nur einige Zentimeter weit. Nicht genug, um Ness die Möglichkeit zu geben, die Leute darin zu sehen. Dafür fiel sein Blick auf den durch den schmalen Spalt ragenden Lauf eines großkalibrigen Gewehrs.

Eliot machte nicht einmal den Versuch, als erster zu schießen. Es war durchaus möglich, daß sich Payne in jenem Abteil befand, und er brauchte ihn lebend. Er warf sich jäh zurück und stieß die Tür zu, als er auf die Plattform fiel. Die Flinte entlud sich krachend, und der grobe Schrot zertrümmerte die Fenster der Türen vor und hinter Ness. Die Geschosse schwirrten durch den Speisewagen und trafen den Kellner, der Eliots Aufforderung nicht rasch genug nachgekommen war, und auch einen

Reisenden, der sich erhoben hatte, um zu sehen, was geschah.

In dem anderen Waggon trat der Mann mit dem Gewehr aus dem Abteil und hielt den Lauf der Waffe auf die Tür gerichtet, hinter der Eliot lag. Der Leibwächter mit der Maschinenpistole verließ das Abteil daneben, gefolgt von Rudensky. In der einen Hand hielt er die Aktentasche, und die andere zerrte Payne mit.

Rudensky nickte in Richtung der anderen Tür. »Dort raus. Wir schnappen uns einen Wagen.«

Der Gangster mit der Maschinenpistole ging mit langen Schritten voraus. Rudensky zog Payne mit sich. Der Gorilla mit der Flinte bildete den Abschluß und wich ganz langsam zurück, wobei er nach wie vor auf die rückwärtige Tür zielte. Der erste Leibwächter öffnete die vordere Tür und sprang auf den Bahnsteig, bereit dazu, bei einer möglichen Gefahr sofort Gebrauch von seiner Waffe zu machen. Als er niemanden sah, winkte er den anderen zu. Rudensky stieg zusammen mit Payne aus.

Eliot lag weiterhin auf der schmalen Plattform zwischen den beiden Waggons, hob die linke Hand und zog die Tür einige Zentimeter weit auf. Der Mann mit dem großkalibrigen Gewehr bemerkte die Bewegung und senkte den Lauf, um auf Ness zu schießen, bevor der ihn sehen konnte. Aber er bekam keine Gelegenheit mehr dazu, den Abzug durchzudrücken.

Stone, der die Suche nach Payne im ersten Wagen des Zuges begonnen hatte, erreichte in diesem Augenblick das Ende des Waggons, an den sich der mit den Erste-Klasse-Abteilen anschloß. Er riß seine Waffe hoch und feuerte sofort. Ein einzelner Schuß. Der Ausbilder der Polizei-Akademie hatte nicht übertrieben, was die Fähigkeiten Stones anging. Die Kugel durchschlug die

Fenster beider Türen und traf den Gangster mit der Flinte am Hinterkopf.

Der auf dem Bahnsteig stehende Leibwächter drehte sich um und ließ seine Maschinenpistole rattern. Die Geschosse ließen das Glas einiger Fenster splittern, jagten dicht über Stone hinweg und zwangen ihn dazu, sich zu Boden zu werfen.

Der Feuerstoß fand ein jähes Ende, als Eliot sich halb zwischen den beiden Waggons hervorbeugte, auf den Gorilla zielte und dreimal abdrückte. Die erste Kugel verfehlte ihn. Die zweite traf ihn an der Hüfte und riß ihn von den Beinen. Die dritte zerschmetterte seine Wirbelsäule. Rudensky lief ins Bahnhofsgebäude und zerrte dabei den vor Furcht erstarrten Buchhalter mit sich.

Stone sprang aus dem Waggon und eilte ihm nach, dichtauf gefolgt von Eliot. Kaum waren sie durch die Eingangstür, blieben sie abrupt stehen, Rudensky hatte die Aktentasche fallengelassen, stand hinter Payne und schlang ihm den einen Arm um den Hals. In der anderen Hand hielt er einen Revolver, dessen Lauf auf den Kopf des Buchhalters deutete.

»Ich verschwinde mit Payne«, sagte Rudensky ruhig. »Wir fahren zusammen fort. Ihr beiden Kerle laßt jetzt die Waffen fallen und tretet an die Seitenwand dort heran. Sonst stirbt dieser Mann. Und wenn er tot ist, könnt ihr *nichts* mehr beweisen. Ich gebe euch fünf Sekunden Zeit, um eine Entscheidung zu treffen.«

Eliot ließ seine Automatik sinken, bis die Mündung auf den Boden zeigte. Dann öffnete sich seine Hand. Als die Waffe mit einem lauten Klacken auf den Boden fiel, flüsterte er Stone zu: »Sie sind der Scharfschütze.«

Stone gab durch nichts zu erkennen, daß er diese Worte vernommen hatte. Rudensky sagte scharf: »Ich scherze nicht. Fünf Sekunden. *Eins ... zwei ...*«

Stone verzog wütend das Gesicht und warf seinen Revolver nach links. Rudenskys Blick folgte der Waffe ganz automatisch. Und Stone riß die Kanone Malones hinter dem Gürtel hervor und feuerte.

Die Kugel verfehlte den Kopf Paynes um nicht mehr als einen Zoll. Rudensky stürzte nach hinten, ein großes Loch dort, wo zuvor sein rechtes Auge gewesen war. Er zuckte noch ein letztesmal, wodurch sich der Arm weiter um den Hals Paynes schloß. Der Buchhalter ächzte, verlor das Gleichgewicht und fiel ebenfalls.

Entsetzt kroch Payne auf Händen und Knien von dem Toten fort. Er bekam den Revolver Rudenskys zu fassen, und als er sich aufrichtete, zielte er damit auf Eliot und Stone.

»Laßt mich gehen«, brachte er krächzend hervor. »Ich … ich …«

»Mr. Stone«, sagte Eliot ruhig, ohne den Blick von Payne und der Waffe in seiner Hand abzuwenden. »Bitte lassen Sie uns jetzt allein.«

Stone zögerte kurz und kam der Aufforderung dann nach. Er kehrte auf den Bahnsteig zurück und blieb an einer Stelle stehen, von der aus er nach wie vor ins Innere des Gebäudes sehen konnte.

Eliot bedachte Payne mit einem höflichen Lächeln, breitete andeutungsweise die Arme aus und zeigte dem Buchhalter seine leeren Hände. Mit gedämpfter und ruhig klingender Stimme wandte er sich an den schmächtigen Mann. »Mr. Payne, Sie stehen von jetzt ab unter dem Schutz der Bundespolizei. Es wartet viel Arbeit auf Sie und mich; wir müssen uns auf Ihre Zeugenaussage bei der Verhandlung vorbereiten. Ich werde mit den Fragen warten, bis wir in meinem Büro sind.«

Er trat einen vorsichtigen Schritt auf Payne zu und sprach im gleichen sachlichen und beruhigenden Ton weiter. »Ich glaube, Sie haben die richtige Entscheidung getroffen, Mr. Payne. Ich glaube, bei uns sind Sie *viel* besser aufgehoben als bei Capone. Meinen Sie nicht auch, Mr. Payne? Wir werden Sie beschützen, dafür sorgen, daß Ihnen bis zum Prozeß nichts geschieht.«

Eliot kam noch näher heran und streckte wie beiläufig die Hand nach dem Revolver aus. »Mr. Payne? Für heute ist es vorbei.«

Und Payne zwinkerte verwirrt und reichte Eliot die Waffe.

Ness dankte ihm höflich und drehte den Kopf, als Stone zurückkam. »Mr. Stone, würden Sie Mr. Payne bitte zum Wagen bringen? Und fahren Sie ihn von den Schienen, damit der Zug nicht länger blockiert ist.«

Stone machte Anstalten, Handschellen hervorzuholen. Eliot schüttelte den Kopf. »Darauf können wir wohl verzichten, nicht wahr, Mr. Payne?«

Stone griff nach dem einen Arm des Buchhalters und führte ihn hinaus, und Eliot nahm auf einer Bank Platz. Er starrte auf den Revolver, den er Payne abgenommen hatte, und vorsichtig legte er ihn neben sich. Dann schob er sich eine Zigarette zwischen die Lippen.

Doch es gelang ihm nicht, sie anzuzünden. Seine Hände zitterten zu sehr.

31

Am dritten Prozeßtag kam die Anklage auf den entscheidenden Punkt bei der Verhandlung gegen Alphonse Capone.

Bezirksstaatsanwalt Morgan, der dem Vorsitzenden Richter, Brian McClure, gerade einen der Aktendeckel

Walter Paynes gereicht hatte, griff nach einem weiteren Ordner. Damit trat er an den im Zeugenstand sitzenden Buchhalter Capones heran.

»Und diese Unterlagen hier, Mr. Payne – handelt es sich dabei, ebenso wie bei den anderen Akten, die als Beweise vorgelegt wurden, um Papiere, die Ihnen persönlich dazu dienten, über die geschäftlichen Transaktionen Mr. Capones Buch zu führen?«

Payne schlug den Ordner auf, betrachtete kurz die einzelnen Seiten und gab ihn dann zurück. »Ja«, sagte er mit gedämpfter Stimme. »Das stimmt.« Er sah nicht in die Richtung Capones, als er diese Worte aussprach. Bisher hatte er den Blick seines früheren Bosses immer gemieden. Payne konnte das Funkeln in den Augen Big Als nicht ertragen. Er hatte immer noch Angst vor ihm.

Der Staatsanwalt fuhr fort: »Und geben die verschlüsselten Eintragungen der Listen Aufschluß über Barzahlungen an verschiedene Repräsentanten der Stadtverwaltung, der Polizei – und auch Al Capone selbst?«

»Das ist ebenfalls richtig«, entgegnete Payne.

Morgan sah erst den Richter an und dann die Geschworenen, ließ ihnen Zeit genug, sich über die Bedeutung der Antwort klarzuwerden. »Entschuldigen Sie, Mr. Payne«, sagte er, den Blick noch immer auf die Geschworenen gerichtet. »Würden Sie bitte etwas lauter sprechen, damit wir Sie alle verstehen können?«

Payne räusperte sich und wiederholte: »Ich sagte: Das ist ebenfalls richtig.«

Eliot, der mit Stone zusammen auf der Bank der Anklagevertretung saß, ließ seinen Blick durch den Gerichtssaal schweifen und beobachtete Capone. Und das, was er sah, gefiel ihm überhaupt nicht. Sein Hauptverteidiger und Frank Nitti leisteten ihm Gesellschaft, und er wirkte ebenso gleichgültig wie zu Beginn der Verhandlung.

Wenn ihm die Aussagen seines ehemaligen Buchhalters Sorgen machten, so ließ er sich nichts davon anmerken.

Eliot runzelte die Stirn und richtete seine Aufmerksamkeit wieder auf Walter Payne.

Der Bezirksstaatsanwalt stellte ihm gerade die nächste Frage: »Und Sie sind bereit, die Codes für uns zu entschlüsseln?«

»Ja«, bestätigte Payne.

»Sie haben sich im Auftrag Capones um Auszahlungen gekümmert?«

»Ja.«

»Und Sie persönlich haben Mr. Capone Geld übergeben – große Summen, die nicht als Einkommen deklariert wurden?«

Payne fuhr sich mit der einen Hand über den Mund, ließ den Arm sinken und starrte zu Boden.

»Mr. Payne?« hakte Morgan nach.

Payne hob den Kopf. »Ja«, antwortete er schließlich. »Ja, das habe ich.«

Stone blickte in Richtung der Verteidigung, stieß Eliot an und flüsterte: »Ich begreife das nicht. Hat Capone noch irgendein As im Ärmel? Wir nageln gerade seinen Sarg zu, aber er sitzt nur da und *lächelt*.«

Ness drehte ebenfalls den Kopf und stellte fest, daß Stone recht hatte: Capone lächelte tatsächlich. Und er schien überhaupt nicht mehr auf die Aussagen Paynes zu achten. Sein heiteres Interesse galt vielmehr einem Blatt Papier, das er in der einen Hand hielt.

Capone nickte, faltete das Blatt zusammen und reichte es Frank Nitti. Der steckte es sich in die Tasche, stand auf und wandte sich zum Gehen.

Dabei hatte Eliot Gelegenheit, eine Auswölbung an der einen Seite der Jacke Nittis zu sehen: ein Revolver in einem Achselholster. Der Gangster setzte sich in Bewegung und näherte sich der Tür in der Rückwand des Saales.

Rasch stand Ness auf und eilte auf den Gerichtsdiener zu. »Der Mann dort trägt eine Waffe bei sich!«

»Einen Augenblick!« rief der Beamte Nitti nach. »Bleiben Sie stehen.«

Nitti verharrte und drehte sich um. »Was ist denn...?«

»Ich möchte etwas überprüfen, worauf mich Mr. Ness gerade hinwies.« Der Gerichtsdiener deutete auf eine Nebentür und legte die rechte Hand auf den Kolben der Dienstwaffe an seinem Gürtel. »Dort entlang.«

Nittis eisiger Blick glitt von dem Beamten zu Eliot. Er zuckte mit den Schultern und begleitete die beiden Männer durch die Tür. Ein leerer Korridor schloß sich daran an, und einige Meter entfernt stand ein Tisch an der Wand. Dahinter führte eine schmale Treppe in die Höhe. »Okay«, brummte Nitti. »Um was geht's?«

Eliot packte ihn an der einen Schulter und stieß ihn hart an die Wand. Nitti war so überrascht, daß er sich nicht rührte, als Ness ihm den Revolver aus dem Holster zog und dem Gerichtsdiener zeigte.

»Hm«, machte der Beamte. Er zog seine eigene Waffe und richtete sie auf Nitti. »Leeren Sie Ihre Taschen. Wollen wir doch mal sehen, was Sie sonst noch so bei sich haben.«

Nitti rückte sich die Krawatte zurecht und trug einen gelangweilten Gesichtsausdruck zur Schau. »Ich besitze einen Waffenschein für die Knarre.«

»Der es Ihnen aber nicht erlaubt, sie in einem Gerichtssaal bei sich zu führen. Sie sollen die Taschen ausleeren. Legen Sie das, was sich darin befindet, auf den Tisch dort. Wird's bald...«

Nitti seufzte übertrieben und befolgte die Anweisung des Beamten. Bei einem der letzten Objekte, die er hervorholte, handelte es sich um eine große Geschäftskarte. Er betrachtete sie und lächelte dünn. »Dies hier ist noch besser als ein Waffenschein.« Er reichte die Karte an den Gerichtsdiener weiter.

Der nahm sie entgegen und erkannte voller Unbehagen das Siegel des Bürgermeisters.

»Sehen Sie sich die andere Seite an«, riet ihm Nitti.

Der Beamte drehte die Karte herum und las den handschriftlichen Text auf der Rückseite: »Wen es betreffen mag: Bitte begegnen Sie dem Inhaber dieser Karte, Mr. Frank Nitti, mit aller Zuvorkommenheit. Wm. Thompson, Bürgermeister von Chicago.«

Der Gerichtsdiener seufzte und gab die Karte zurück. »Er kann seine Waffe wieder an sich nehmen«, sagte er und schob seinen eigenen Revolver ins Holster.

Eliot wandte sich aufgebracht und enttäuscht ab, ließ die Waffe auf den Tisch fallen, holte eine Zigarette hervor und suchte nach Streichhölzern. Als er keine fand, griff er nach einem kleinen Heft, das zu der Habe Nittis gehörte. Er riß ein Streichholz ab – und erstarrte dann. Aus geweiteten Augen sah er auf eine kurze Notiz, die jemand ins Innere des Heftchens gekritzelt hatte: »1634 Racine.«

Der Gerichtsdiener schob sich halb an Eliot vorbei, um nach der Waffe Nittis zu greifen, und Ness drehte sich um und wiederholte die Adresse laut. »Wissen Sie«, sagte er zu Nitti, »dort wohnte ein Freund von mir. Und *dies* hier entlarvt Sie als seinen Mörder.«

Es war nicht so sehr das Beweisstück in der Hand Eliots, sondern das plötzliche Funkeln in seinen Augen, das Nitti in jähe Panik geraten ließ. Es war eine instinktive und heftige Reaktion, und sie ließ ihm keine Zeit, ruhig nachzudenken.

Er sprang die schmale Treppe hoch.

Eliot stieß den Gerichtsdiener beiseite und folgte dem Gangster.

Der Beamte hielt den Revolver Nittis in der einen Hand und war viel zu überrascht, um sich von der Stelle rühren zu können. Er sah den beiden Männern nach, beobachtete, wie sie weiter oben hinter einer Biegung verschwanden – und dachte verwirrt an die Beschuldigung Eliots und den Vermerk des Bürgermeisters, den er auf der Geschäftskarte gelesen hatte.

Frank Nitti erreichte das obere Ende der Treppe und hastete durch eine Tür, die auf das Dach des Gerichtsgebäudes führte. Es war ihm bisher gelungen, seinen Verfolger auf Distanz zu halten, aber die Anstrengung ging nicht spurlos an ihm vorüber, und er keuchte und sog sich die Luft tief in die Lungen. Dann rannte er wieder los und hielt nach einer anderen Tür Ausschau, nach einer zweiten Treppe, über die er nach unten gelangen konnte.

Dabei übersah er ein Werkzeug, das irgendein Arbeiter aus der Wartungsgruppe vergessen hatte, und er verlor das Gleichgewicht und fiel. Als er sich wieder in die Höhe stemmte, blickte er zurück und sah Eliot, der gerade durch die Tür sprang. Er lief nun nicht mehr, sondern kam mit gleichmäßigen Schritten auf ihn zu. Er wußte bereits, was unterdessen auch Nitti in Erfahrung gebracht hatte: Es gab keine zweite Tür im Bereich des Daches, nur die, durch die sie beide gekommen waren. Und Ness ging etwas langsamer auf den Gorilla Capones zu und schnitt ihm den Rückweg ab.

Auf der anderen Seite des Daches blieb Nitti stehen, dort, wo die Arbeitsgruppe ein Gerüst errichtet hatte. Rechts war ein Flaschenzug befestigt, und ein Seil hing nach unten. Nitti beugte sich über den Rand des Gebäudes und stellte fest, daß das Seil bis zu einem Balkon reichte, der nur einige Meter weit entfernt zu sein schien.

Er blickte weiter zurück. Eliot Ness kam weiter auf ihn zu, und sein Gesicht war ausdruckslos. Daraufhin beugte sich Nitti noch weiter vor und belastete das Seil versuchsweise mit seinem Gewicht. Er umfaßte es mit beiden Händen, stieß sich ab und hangelte sich in die Tiefe.

Ein schwieriges Unterfangen – insbesondere für jemanden, der an solche Anstrengungen nicht gewöhnt war. Kurz darauf jedoch erreichte Frank Nitti das untere Ende des Seils. Und machte die Erfahrung, daß ihn die Perspektive vom Dach her getäuscht hatte.

Der Balkon war schmaler als angenommen – und befand sich ein ganzes Stück tiefer unter dem Seil. Nitti wagte es nicht, sich einfach fallenzulassen. Wenn er auf die Brüstung des Balkons prallte, bestand die Gefahr, daß er sich das Rückgrat brach. Und wenn er ihn ganz verfehlte, würde er weiterstürzen – und tief unten auf dem Straßenpflaster den sicheren Tod finden.

Er hob den Kopf und sah Eliot, der nun am Rand des Daches stand und wie gleichgültig zu ihm herabblickte. Nittis Hände, Arme und Schultern mußten sein ganzes Gewicht aushalten und schmerzten inzwischen. Aber die dumpfe Pein half ihm, eine Entscheidung zu treffen. Sie verdrängte die Panik aus ihm, die ihn dazu veranlaßt hatte, die Flucht zu ergreifen. Sie lichtete den Nebel der Furcht hinter seiner Stirn und gab ihm die Möglichkeit, erneut klar zu denken.

Er hatte sich wie ein Narr verhalten, begriff Nitti jetzt. Das Gesetz stellte keine Gefahr für ihn dar. Schon des öfteren war es geschehen, daß es Beweise gegen ihn gab, aber letztendlich war er immer davongekommen.

Er begann damit, sich in die Höhe zu ziehen, was noch weitaus schwieriger war, als sich am Seil hinabzulassen.

Seine schmerzenden Muskeln zitterten, und die Hände schienen immer schwächer zu werden, während das Gefühl in ihm entstand, daß sein Körper zunehmend schwerer wurde. Als er sich dem Rand des Daches näherte, schnappte er keuchend nach Luft und bebte am ganzen Leib.

Mit einer Hand klammerte er sich am Seil fest, und mit der anderen griff er nach dem Rand des Daches, auf dem Eliot stand. Er zog mit der ganzen ihm noch verbleibenden Kraft. Und dann schöpfte er tief Atem, ließ das Seil los und versuchte, auch die andere Hand um den Dachrand zu schließen.

Die Finger verfehlten das Ziel – und plötzlich lastete das ganze Gewicht Frank Nittis an nurmehr einer und rasch schwächer werdenden Hand.

Er hob den anderen Arm und tastete verzweifelt in die Höhe, aber der Rand des Daches schien meilenweit entfernt zu sein.

Eliot Ness ging in die Hocke, verschränkte die Arme auf den Knien und starrte mit steinerner Miene auf Nitti herab.

Der Vollstrecker wagte es nicht mehr, sich zu rühren – aus Angst davor, ganz abzurutschen –, und aus weit aufgerissenen Augen sah er zu Ness hoch. In seinen Pupillen begann es zu glänzen, und sie offenbarten etwas, was sich bisher noch nie in ihnen gezeigt hatte. Nackte Angst.

Wortlos flehte Frank Nitti um sein Leben.

Eliot hockte weiterhin am Dachrand und sah ihn an, ohne sich zu rühren, ein unbeteiligter Beobachter, weiter nichts.

Nitti spürte, wie sich seine letzten Kraftreserven erschöpften, und die eine Hand, mit der er sich festhielt, rutschte langsam.

In der letzten Sekunde griff Eliot nach dem Arm Nittis und bewahrte ihn somit vor dem tödlichen Sturz in die Tiefe. Ness richtete sich auf und zog den Gangster aufs Dach zurück.

Eine Zeitlang blieb Nitti schwer atmend liegen, starrte fast ungläubig auf den festen Untergrund und konnte es kaum fassen, noch am Leben zu sein. Eliot stand über ihm und zog Handschellen aus der Tasche. »Hoch mit dir. Hände auf den Rücken.«

Langsam setzte sich Nitti auf und hob die Arme. Aber er blieb noch sitzen und versuchte, wieder gleichmäßig zu atmen.

»Auf die Beine!« sagte Eliot scharf.

Nitti zögerte einige Sekunden. Er nahm sich die Zeit, die er brauchte, um sich wieder ganz unter Kontrolle zu bringen. Als er schließlich aufstand, zeigte sich in seinem Gesicht wieder ein gelangweilter Ausdruck. Gleichmütig wandte er sich um und hielt die Arme auf den Rücken.

Eliot legte ihm die Handschellen an und stieß ihn in Richtung der Tür. »Du wirst auf dem elektrischen Stuhl schmoren, du Mistkerl. Und ich sehe dabei zu, wie du verbrennst, du verdammter Hurensohn. Du hast meinen Freund umgebracht.«

»Er starb so, wie er lebte«, erwiderte Nitti leise und höhnisch. »Wie ein Schwein.«

Eliot packte ihn an der Schulter und hielt ihn fest. *»Was?«* Dieses eine Wort klang wie ein Zischen, ein zorniges Fauchen.

Nitti drehte den Kopf und bedachte Ness mit einem verächtlichen Blick. »Ich sagte, Ihr Freund starb wie ein quiekendes irisches Schwein. Denken Sie daran, wenn meine Entlassungspapiere eintreffen.« Mit einem Ruck machte er sich aus dem Griff Eliots frei und schlenderte auf die Tür zu.

Ein dumpfes Grollen entrang sich der Kehle Eliots, ein Laut, der wie das Knurren eines Raubtieres klang, der nichts Menschliches an sich hatte. Ness hörte ihn gar nicht. Er spürte überhaupt nichts mehr, nahm nur die Hitze des Feuers aus Wut wahr, der Flammen des Zorns, die jäh in ihm emporloderten. Er sprang vor, packte Nitti am Kragen und am Gürtel und stürmte mit ihm in Richtung des Dachrands.

Und als Nitti begriff, was ihm drohte, gab er ebenfalls einen Schrei von sich, den noch niemand von ihm gehört hatte.

Er gellte vor Entsetzen.

Und stürzte heulend in die Tiefe, als Eliot ihn losließ. Tief unten prallte er auf das Dach eines parkenden Wagens, das sich unter der Wucht des Aufschlages einbeulte und den zerschmetterten Leichnam wie eine bizarr geformte metallene Wiege umschloß.

32

Ganz langsam kam Eliot die schmale Treppe herab und blieb immer wieder stehen, so als fiele es ihm schwer, das Gleichgewicht zu wahren.

Stone wartete in dem Korridor, der sich an das Ende der Treppe anschloß. Er stand neben dem Gerichtsdiener und entfaltete gerade ein Blatt Papier, das er inmitten der noch immer auf dem Tisch liegenden Besitztümer Nittis entdeckt hatte.

»Haben Sie ihn erwischt?« wandte sich der Gerichtsdiener an Eliot.

Eliot starrte ihn groß an, ohne ihn wirklich wahrzunehmen. Er war benommen und versuchte sich klarzumachen, was eben gerade auf dem Dach geschehen war. Leere herrschte in ihm. Er fühlte nichts, konnte keinen klaren Gedanken fassen.

Stone sah auf. »Ich glaube, Sie sollten sich das hier einmal ansehen, Mr. Ness.«

Eliot gab keine Antwort, weilte noch immer in einer anderen Welt.

»Es ist wichtig«, beharrte Stone und reichte ihm das Blatt.

Eliot zwang sich dazu, es zu betrachten. Es handelte sich um eine Liste. Neben jedem einzelnen Namen war eine Summe angegeben. Die Beträge schwankten zwischen einem Minimum von 1500 und einem Maximum von 6000 Dollar.

Es fiel Ness sehr schwer, sich zu konzentrieren, und er begriff nicht ganz, was die Aufstellung bedeutete. »Und?«

»Es ist eine Liste der Geschworenen«, erklärte Stone. »Sie sind bestochen worden.«

Eine halbe Stunde später nahm Richter McClure, der eine kurze Verhandlungspause angeordnet hatte, am Schreibtisch in seinem Büro Platz und verglich die Aufstellung von Namen und Summen mit seiner eigenen Liste der Geschworenen beim Prozeß gegen Capone.

Vor dem Schreibtisch wartete der Bezirksstaatsanwalt nervös auf die Entscheidung des Richters. Eliot Ness stand neben der geschlossenen Tür an der Wand und beobachtete McClure aus zusammengekniffenen Augen. Er hatte inzwischen die nach dem Geschehen auf dem Dach in ihm entstandene Lethargie überwunden. Aber er war noch immer blaß. Und er hatte irgend etwas verloren, das bisher Teil seines Lebens gewesen war – vielleicht für immer. Etwas anderes nahm nun jenen Platz in ihm ein.

Er wußte nicht genau, um was es sich dabei handelte, aber es bereitete ihm Unbehagen.

Der Richter sah von den beiden Listen auf und schüttelte den Kopf. »Damit kann ich nicht viel anfangen«, wandte er sich an den Bezirksstaatsanwalt. »Es ergibt sich kein Beweis daraus, und deshalb sehe ich mich außerstande ...«

»Euer Ehren«, warf Ness mit leiser und doch drängend klingender Stimme ein, »die Wahrheit ist, daß wir es bei Capone mit einem Mörder zu tun haben, und er wird weiterhin in dieser Stadt sein Unwesen treiben können, wenn wir nichts unternehmen, um ihn daran zu hindern, wenn wir nicht endlich unsere Verantwortung wahrnehmen.«

Er stieß sich von der Wand ab, blieb vor dem Schreibtisch stehen und begegnete dem Blick des Richters. »Es gibt nur eine Möglichkeit, mit Männern wie ihm fertig zu werden. Man muß ihnen nachstellen und darf nicht lockerlassen. Ich habe ...« Eliots Stimme begann zu vibrieren. Er holte tief Luft und fügte dumpf hinzu: »Ich habe meinen Schwur gebrochen und ... und mich über all die Gesetze hinweggesetzt, für die ich eigentlich eintreten sollte. Ich habe meine Prinzipien verraten, und ich glaube, es blieb mir gar keine andere Wahl. Aber jetzt kommt es darauf an, endlich Schluß damit zu machen, und Sie müssen ...«

Richter McClure unterbrach ihn zornig. »Ich entscheide selbst, was ich tun *muß*, Mr. Ness.«

Eliot sah den Bezirksstaatsanwalt an. »Würden Sie uns bitte allein lassen?« Morgan musterte ihn verwirrt und richtete seine Aufmerksamkeit dann auf den Richter.

»Euer Ehren«, sagte Eliot, »es liegt gewiß nicht in Ihrem Interesse, daß eine dritte Person von dem erfährt, was ich Ihnen mitteilen möchte.«

Der Richter zögerte und versuchte, in der ausdruckslosen Miene Eliots irgendeinen Hinweis zu erkennen. Schließlich nickte er.

Der Bezirksstaatsanwalt verließ das Büro und bedachte Eliot Ness noch mit einem letzten verwunderten Blick.

Zehn Minuten später kehrte Richter McClure in den Saal zurück und klopfte mit dem Hammer. Der Gerichtsdiener forderte die Anwesenden auf, sich zu setzen. Bezirksstaatsanwalt Morgan musterte Eliot neugierig und nahm wieder auf der Bank der Anklagevertretung Platz. Eliot setzte sich schweigend neben ihn.

»Gerichtsdiener«, sagte der Richter.

Der Beamte trat vor. »Ja, Sir?«

»Es sind mir einige Dinge vorgetragen worden, die es mir notwendig erscheinen lassen, eine Veränderung vorzunehmen, bevor die Verhandlung fortgesetzt werden kann. Bitte begeben Sie sich in den anderen Gerichtssaal, in dem Richter Hoffman den Vorsitz bei einem Scheidungsprozeß führt. Bringen Sie seine Geschworenen hierher und führen Sie diejenigen, die bisher bei dieser Verhandlung zugegen waren, zu ihm.«

Der Bezirksstaatsanwalt wandte sich verblüfft an Eliot und flüsterte: »Meine Güte – was haben Sie ihm denn nur gesagt?«

»Daß auch *sein* Name auf einer der verschlüsselten Bestechungslisten steht.«

»Aber das stimmt doch gar nicht.«

»Offenbar war sich McClure da gar nicht so sicher«, erwiderte Ness.

»Gerichtsdiener«, sagte der Richter laut. »Haben Sie mich verstanden?«

Der Beamte eilte rasch auf die entsprechenden Bänke zu und bat die Geschworenen, den Saal zu verlassen und ihm zu folgen. Capone brauchte einige Sekunden, bis er begriff, was eigentlich geschah, und als sich die Geschworenen erhoben, um der Aufforderung nachzukommen, sprang er auf und rief: »He! Warten Sie!«

Sein Hauptverteidiger versuchte, ihn auf den Sitz zurückzuziehen und zu beruhigen. Doch Capone stieß seine Hand beiseite und schrie den Richter an: »Ich sagte: Warten Sie! Was soll das? Ist das etwa Rechtens? Was ist hier eigentlich los?«

Sein Rechtsanwalt stand rasch auf, griff nach dem Arm Capones und versuchte erneut, ihn zum Schweigen zu bringen. »Ich glaube, wir müssen ...«

»Es ist mir gleich, was Sie glauben.« Capone kochte und sah ihn wütend an. »Unternehmen Sie etwas ... Was bildet sich dieser Richter eigentlich ein? Los, Mann – wofür bezahle ich Sie denn?«

Und der Rechtsanwalt flüsterte nervös: »Wenn wir Einspruch erheben, klagt man Sie auch noch wegen Geschworenenbestechung an, Al. Und das würde Ihnen einige zusätzliche Jahre einbringen. Unsere einzige Chance besteht darin, uns zu fügen – und zu versuchen, mit einem blauen Auge davonzukommen.«

Capone wollte ihn verfluchen, keuchte aber nur, als er endlich begriff.

Der Verteidiger wandte den Blick von ihm ab und sah den Richter an. »Euer Ehren, angesichts der besonderen Umstände bekennt sich mein Mandant jetzt schuldig.«

Unmittelbar im Anschluß an diese Worte entstand lärmendes Durcheinander im Gerichtssaal. Zuschauer sprangen auf und riefen und gestikulierten, und Reporter stürmten hinaus, um ihren Redaktionen von der sensationellen Neuigkeit zu berichten. Richter McClure hob den Hammer und klopfte, doch es dauerte eine Weile, bis wieder Ruhe einkehrte.

Al Capone ließ den Kopf hängen und versuchte noch immer, sich über die enorme Tragweite dessen klarzuwerden, was gerade passiert war. Als er ein Taschentuch hervorholte und sich damit den Schweiß von der Stirn wischte, bemerkte er einen Mann, der neben ihm stand und auf ihn herabsah. Capone hob den Kopf und erkannte Eliot Ness, der ihn mit ausdruckslosem Gesicht musterte.

Eliot nickte ihm zu. »Man darf erst dann aufhören zu kämpfen, wenn der Kampf vorbei ist. Ende der Lektion.«

Das waren die letzten Worte, die er an den Gangsterboß richtete. Ness wandte sich ruckartig um und verließ den Gerichtssaal.

Al Capone verschluckte sich fast an seiner eigenen Galle und starrte ihm wortlos nach.

33

An dem Tag, an dem die Verhandlung gegen Al Capone endete, betrat Eliot Ness zum letztenmal sein Büro und packte einige Dinge ein, die er nach Washington mitnehmen wollte. Dazu gehörte auch die Titelseite der Zeitung, auf der in großen Lettern geschrieben stand: CAPONE ZU ELF JAHREN VERURTEILT.

Eliot trennte sie ab, faltete sie zusammen und fügte sie den anderen Andenken in seiner Aktentasche hinzu, die auch die beiden Karikaturen enthielt, die ihn als ›Kreuzritter‹ zeigten. Zuletzt griff er nach einer Fotografie. Es handelte sich um den Schnappschuß, den Ferguson von ihm, Wallace, Stone und Malone gemacht hatte. Im Hintergrund war das dreimotorige Flugzeug zu sehen. Sie alle trugen die Schafsfelljacken, mit denen sie sich während des Einsatzes an der kanadischen Grenze vor der Kälte geschützt hatten.

Er betrachtete sie, als Stone hereinkam, gekleidet in die Rekrutenuniform der Polizei-Akademie.

»Sie schwänzen wohl, was?« fragte Eliot und legte das Foto in die Aktentasche.

Stone zuckte unbeholfen mit den Schultern. »Ich wollte mich nur von Ihnen verabschieden.«

Eliot schloß den kleinen Koffer, zog einen Gegenstand aus der Tasche und reichte ihn dem jungen Mann. »Hier. Ich glaube, das sollten Sie behalten.«

Stone erkannte die Kette: der Schlüsselanhänger mit dem Medaillon Malones. Er wollte es entgegennehmen, überlegte es sich dann aber anders und ließ die Hand sinken. »Es wäre Malone bestimmt lieber, wenn es in Ihrem Besitz bliebe.«

»Er hätte sich gefreut, das Medaillon einem Cop vermachen zu können – einem Cop von Chicago. Und ich kehre nach Hause zurück.« Eliot drückte Stone die Kette in die Hand.

Der junge Mann zögerte noch einige Sekunden lang – und steckte sie sich dann in die Tasche. »Danke.«

»Ich danke Ihnen. Und ... leben Sie wohl.«

Sie schüttelten sich die Hände, sahen sich an – und erinnerten sich.

Eliot lächelte, griff nach seiner Aktentasche, ging an Stone vorbei und verließ das Büro.

Stone blieb noch eine Weile und betrachtete den Schreibtisch, der neben dem Eliots stand. Malone hatte daran gearbeitet.

Auf dem Bürgersteig vor dem Polizei-Hauptquartier wartete ein Reporter auf Eliot. Nur einer. Und Ness erkannte ihn sofort.

»Noch eine letzte Bemerkung für unsere Leser?« fragte Ferguson.

Eliot schüttelte den Kopf.

»Nur einige wenige Worte – von dem Mann, der Al Capone das Handwerk legte.«

»Es gab da noch einige andere Leute, die größere Verdienste erwarben als ich«, erwiderte Ness. »Was mich angeht: Ich war nur zufällig zur Stelle, als man jemanden wie mich brauchte.«

Er wollte sich von dem Reporter abwenden, doch Ferguson hob rasch den Arm. »Noch eine Frage, Mr. Ness. Es heißt, die Prohibition werde bald aufgehoben. Was machen Sie dann?«

»Ich glaube«, sagte Eliot und lächelte, »dann genehmige ich mir einen Drink.«

Und im Anschluß an diese Worte ging er weiter.

Als Al Capone aus dem Gefängnis entlassen wurde, war er nur mehr ein Schatten seiner selbst. Er starb als psychisches und physisches Wrack, an der Syphilis, die er sich viele Jahre zuvor geholt hatte, zu Beginn seiner Karriere als Rausschmeißer in einem Bordell. Doch er gab ein Beispiel für andere Leute wie ihn. Zwar wurde die Prohibition im Jahre 1933 aufgehoben, aber das organisierte Verbrechen wuchs weiter, und sein verderblicher Einfluß erstreckt sich heute auf alle Bereiche der amerikanischen Gesellschaft.